윌리엄 셰익스피어 **말괄량이 길들이기**
다시 쓰기

★

식초 아가씨

앤 타일러 소설

공경희 옮김

일러두기

1. 본문의 주는 모두 옮긴이 주이다.
2. 본문의 고딕체는 작가의 의도를 존중하여 원문의 이탤릭체를 가급적 그대로 옮긴 것임을 밝혀 둔다.

1

케이트 버티스타는 뒷마당에서 정원을 손보다가 주방에서 울리는 전화벨 소리를 들었다. 케이트는 허리를 펴고 귀를 기울였다. 여동생이 아직 깨지 않았겠지만 집 안에 있었다. 그런데 다시 전화벨이 울리더니 이후 두 번 더 울렸고, 마침내 케이트는 동생의 목소리를 들었다. 자동 응답기 녹음 음성이긴 했지만.

"안-녕하세요? 저희거든요! 저희가 집에 없는 것 같죠, 아마? 그러니까 메시지를……"

케이트는 혀를 차면서 짜증스럽게 어깨에서 머리카락을 넘기며 급히 뒷문 계단으로 향했다. 그녀가 청바지에 손을 문지르고 방충문을 열어젖혔다.

"케이트, 전화받아라."

아버지가 말하고 있었다.

그녀가 수화기를 들고 말했다.

"왜요."

"도시락을 깜빡하고 왔구나."

케이트의 시선이 냉장고 옆 조리대로 향했다. 아니나 다를까 아버지의 도시락이 전날 밤 그녀가 놔둔 자리에 그대로 있었다. 케이트는 늘 슈퍼마켓에서 물건을 담아 주는 투명한 비닐봉지를 쓰기에 봉지 속이 훤히 보였다. 플라스틱 샌드위치 통과 사과 한 알.

"이런."

그녀가 중얼댔다.

"네가 갖다 줄 수 있겠니?"

"**지금** 갖다 달라고요?"

"그래."

"아이참, 아버지. 제가 무슨 포니 속달우편*이라도 되는 줄 아세요?"

케이트가 대꾸했다.

"달리 해야 될 일이라도 있니?"

아버지가 물었다.

"오늘은 일요일이라고요! 크리스마스로즈를 솎아 내던 참이에요."

✦ 미국 서부 개척 시대에 조랑말을 이용한 속달우편제도.

"아이고, 케이트. 너무 빡빡하게 굴지 마라. 차에 올라타서 씽 달려와, 착한 딸이면 그래야지."

"미쳐, 정말."

케이트는 중얼대면서 수화기를 내려놓고, 조리대에 놓인 도시락을 챙겼다.

이 대화에는 몇 가지 석연찮은 점들이 있었다. 우선 이 일이 벌어진 것부터 이상했다. 그녀의 아버지는 전화를 불신하는 사람이었다. 사실 연구소에는 전화기조차 **가지고** 있지 않았으니 그는 휴대폰을 사용했음이 분명했다. 그것 역시 예사롭지 않은 부분이었다. 그가 휴대폰을 갖게 된 이유는 오직 딸들이 그래야 된다고 고집을 부려서였다. 그는 처음 휴대폰이 생기자 잠시 허둥지둥 앱—주로 다양한 타입의 과학적인 계산용 앱—을 구매한 시기가 있었지만, 이후 완전히 흥미를 잃었고, 이제 휴대폰을 쓰지 않았다.

또 그가 일주일에 두 번쯤 도시락을 두고 가긴 했지만, 전에는 두고 간 줄도 몰랐는데 이제는 아는 것도 미심쩍었다. 닥터 버티스타는 기본적으로 먹는 데 치중하는 사람이 아니었다. 케이트는 퇴근해서 집에 돌아와 조리대에 그대로 있는 아버지의 도시락을 보곤 했지만, 그런 날 저녁에도 식사를 하러 오라고 서너 번은 불러야 했다. 아버지는 항상 학술지를 읽거나 메모를 검토하는 등의 중요한 할 일이 있었다. 만약 혼자 살았다면 굶어 죽었기 십상이었다.

그리고 아버지는 가벼운 허기를 느끼면 얼마든지 밖에 나가 사먹을 수도 있었다. 연구소는 존스홉킨스 대학교 근처에 있어서, 눈을 돌리는 곳마다 샌드위치 가게와 편의점이 있었다.

더구나 아직 정오도 안 됐는데 점심 타령이라니 이상하기 짝이 없었다.

그래도 화창했고 쌀쌀해도 산들바람이 불어서—기나긴 혹한기를 보낸 후 처음으로 그럭저럭 괜찮은 날씨였다—케이트는 솔직히 세상으로 나갈 핑계가 생긴 게 싫지 않았다. 하지만 차를 몰고 가지 않고 걸을 작정이었다. 아버지야 기다리라고 하지 뭐. (아버지는 옮겨야 될 장비가 있지 않는 한 출근할 때 **절대** 차를 가져가지 않았다. 그는 건강이 친구 삼을 만한 사람이었다.)

케이트는 현관문 밖으로 나와서, 버니가 늦잠을 자는 게 못마땅해 유난히 요란하게 문을 닫았다. 현관 앞쪽 인도에 듬성듬성 초라하게 자란 식물들이 눈에 들어오자, 크리스마스로즈를 다 솎은 후 이것들을 뽑아야 한다고 기억해 두었다.

꼬아서 묶은 도시락 봉지를 흔들면서, 민츠의 집과 고든의 집을—버티스타의 집보다 잘 가꾸어졌지만 똑같이 중앙에 입구 홀이 있는 당당한 벽돌 콜로니얼 양식 주택들—지나 모퉁이를 돌았다. 고든 부인이 진달래 관목 속에 무릎을 꿇고 앉아 뿌리에 부엽토를 뿌리고 있었다.

"어머, 케이트!"

부인이 노래하듯 외쳤다.

"안녕하세요."

"봄이 올 생각을 하나 보네."

"네."

케이트는 속도를 늦추지 않고 벅스킨 재킷 자락을 휘날리며 성큼성큼 걸었다. 앞에서 아가씨 둘이—홉킨스 학생일 공산이 큰—달팽이처럼 느릿느릿 움직였다.

"그 사람이 나한테 데이트 신청을 하고 싶어 하는 게 훤히 보이지 뭐야. 남자들이 흔히 그러듯 계속 헛기침을 했거든, 알지? 그런데 아무 말도 안 하더라."

"난 남자들이 그렇게 부끄럼을 탈 때가 좋더라."

다른 아가씨가 말했다.

케이트는 그들을 빙 돌아서 계속 걸었다.

다음 거리에서 왼쪽으로 돌아 더 다양한 건물이 섞인 구역으로 향했다. 아파트들, 작은 카페들, 칸을 막아 사무실로 만든 주택들을 지나서 마침내 다른 벽돌 콜로니얼 양식 건물로 들어갔다. 앞마당은 버티스타의 집보다 작지만, 현관은 더 크고 웅장했다. 현관 옆에는 여섯 내지 여덟 개의 명패에 각양각색의 기관들과 유명하지 않은 잡지들의 이름이 적혀 있었다. 하지만 루이스 버티스타의 명패는 없었다. 그의 연구소는 오랜 세월 여러 건물을 전전하다가 마침내 대학 인근이긴 해도 의학 단지와 한참 떨어진 이 썰렁한 곳에 자리 잡았다. 그런 사정이니 그는 명패를 거는 것을 쓸데없는 짓으로 치부한 듯했다.

현관 벽에 우편함들이 조르르 있고, 그 밑에는 전단지와 포장 음식 메뉴 더미가 미끄러질 듯 아슬아슬하게 쌓여 있었다. 케이트는 몇 군데 사무실 앞을 지났지만 '붓다를 위한 기독교인들' 사무실 문만 열려 있었다. 안에서 여자 셋이 책상 주위에 모여 있고 네 번째 여자가 티슈로 눈가를 누르고 있었다. (늘 **무슨 일인가** 벌어졌다.) 케이트는 복도 맨 끝에 있는 사무실의 문을 열고 가파른 나무 계단을 내려갔다. 그녀는 계단 밑에서 잠시 서 있다가 비밀 번호를 눌렀다. 1957, 위텝스키가 자가면역질환의 척도를 처음으로 규정한 해.

그녀가 들어선 방은 작고, 가구라곤 달랑 접이식 테이블과 철제 접이의자 두 개뿐이었다. 테이블에 놓인 갈색 종이봉투는 다른 사람의 도시락인 듯했다. 케이트는 아버지의 점심을 그 옆에 놓고 어떤 문으로 가서 두어 번 짧게 노크했다. 잠시 후 그녀의 아버지가 고개를 내밀었다―가장자리에만 좁게 검은 머리가 난 매끈한 대머리, 올리브빛 피부에 검은 콧수염, 둥근 무테안경.

그가 말했다.

"케이트구나. 들어오너라."

"아뇨, 됐어요."

케이트가 대답했다. 그녀는 냄새를―실험실 자체의 묘한 톡 쏘는 냄새와 쥐 방에서 나는 마른 종이 냄새―견디기가 힘들었다. 그녀가 말을 이었다.

"점심은 테이블에 놔뒀어요. 가 볼게요."

"아니다, 잠시만!"

그는 딸에게서 몸을 돌려 방에 있는 누군가에게 말했다.

"피요더? 나와서 내 딸이랑 인사하게."

"저는 가 봐야 해요."

케이트가 말했다.

"내 연구 조교와 만난 적이 없는 것 같은데."

그녀의 아버지가 말했다.

"됐어요."

하지만 문이 더 활짝 열리고, 노란 직모의 건장하고 탄탄한 체구의 사내가 아버지 옆에 섰다. 흰 실험 가운이 어찌나 칙칙한지 닥터 버티스타의 거무죽죽한 작업복 바지와 딱 어울렸다.

"브와우브!"

그가 말했다. 아니 적어도 그런 발음으로 들렸다. 그는 케이트를 감탄한 눈으로 쳐다보았다. 남자들은 처음 그녀를 만나면 그런 표정을 짓기 일쑤였다. 죽은 세포 뭉치 때문이었다. 그녀의 머리카락은 푸른 기가 도는 검은색으로 허리 아래까지 굽이치며 드리워졌다.

"이 친구는 피요더 체르바코프란다."

아버지가 케이트에게 말했다.

"표트르입니다."

남자가 발음을 고쳐 주었다. 그는 날카로운 **트**와 물결치듯 구르는 **르** 사이에 어떤 틈도 허용하지 않았다. 그리고 '셰르바코프'

라는 복잡한 자음들을 쏟아 냈다.[+]

"피요더, 케이트와 인사하게."

"안녕하세요."

케이트가 인사하고 아버지에게 말했다.

"이따 뵐게요."

"네가 잠시 있다 갈 줄 알았는데."

"뭐 때문에요?"

"저기, 내 샌드위치 통을 가져가야 되지 않겠니?"

"저기, 그건 아버지가 직접 가져오실 수 있지 않겠어요?"

갑작스러운 웃음소리에 두 사람은 표트르 쪽을 힐끗 쳐다보았다.

"제 모국의 아가씨들이랑 똑같군요."

"여성들이랑 똑같겠죠."

케이트가 힐난하듯 쏘아붙였다.

"네, 그들도 마찬가지죠. 할머니들이랑 숙모들도."

케이트는 그를 상대하는 것을 포기했다. 그녀가 말했다.

"아버지, 버니한테 친구들을 데리고 와서 난장판을 만들지 말라고 말해 주실래요? 오늘 아침에 티브이 방을 보셨어요?"

"알았다, 알았어."

[+] 이 인물의 이름은 Пётр Щербаков로, 로마자 표기로는 Pyotr Shcherbakov가 되어 이를 영어로 읽으면 자음이 복잡하게 이어지지만, 한글어문규정의 외래어 표기법상으로는 '표트르 셰르바코프'가 된다.

아버지는 대답했지만 그러면서 실험실로 들어가고 있었다. 그가 바퀴 달린 높은 스툴을 밀며 다시 나왔다. 그는 의자를 테이블 옆에 두었다.

"앉아라."

닥터 버티스타가 케이트에게 말했다.

"집에 가서 정원을 손질해야 해요."

"부탁이야, 케이트. 넌 나와 말동무를 해 주지 않는구나."

아버지가 말했다.

케이트는 그를 물끄러미 바라보았다.

"아버지와 **말동무**요?"

"앉아라, 앉아."

그가 스툴을 손짓하면서 말을 이었다.

"같이 샌드위치를 조금 먹고 가렴."

"배고프지 않아요."

케이트가 대꾸했다. 하지만 그녀는 아버지를 계속 쳐다보면서 스툴에 엉거주춤 걸터앉았다.

"피요더, 앉게. 자네도 내 샌드위치를 같이 먹자고. 원한다면 말이지. 케이트가 특별히 만들었어. 호밀 빵에 땅콩버터 꿀을 발랐지."

"제가 땅콩버터를 먹지 않는 줄 아시면서요."

표트르가 단호하게 말했다. 그는 접이식 의자를 당겨서 케이트와 대각선으로 자리 잡았다. 접이식 의자는 그녀가 앉은 스툴보다 상당히 낮아서, 케이트는 그의 정수리 부분의 머리숱이 줄기 시작하는 것을 알 수 있었다.

표트르가 덧붙여 말했다.

"모국에서 땅콩은 돼지 사료입니다."

"허허. 이 친구는 유머러스하다니까. 그렇지 않니, 케이트?"

닥터 버티스타가 말했다.

"네?"

"돼지들은 땅콩을 껍질째 먹습니다."

표트르가 대답했다.

그의 th 발음에 문제가 있다는 것을 케이트는 알아차렸다. 또 모음을 충분히 길게 발음하지 않았다. 그녀는 외국인의 억양이 답답했다.

"내가 휴대폰으로 전화해서 놀랐니?"

아버지가 그녀에게 물었다. 그는 무슨 이유에선지 여전히 서 있었다. 그가 작업복 바지 주머니에서 휴대폰을 꺼내면서 말을 이었다.

"너희가 옳았어. 이게 편하구나. 이제 더 자주 사용하련다."

그는 그게 뭔지 기억하려고 애쓰는 듯이 잠시 찡그리고 휴대폰을 쳐다봤다. 그러다가 버튼을 누르고 얼굴 앞에 내밀었다. 닥터 버티스타가 눈을 가늘게 뜨고 몇 걸음 물러났다. 찰칵, 기계음이 났다.

"봤지? 이게 사진을 찍는단다."

닥터 버티스타가 말했다.

"지우세요."

케이트가 명령조로 말했다.

"방법을 모르는데."

그가 말했고 휴대폰이 다시 찰칵 소리를 냈다.

"아이참, 아버지. 앉아서 드세요. 저는 가서 정원 손질을 해야 해요."

"알았다, 알았어."

그는 휴대폰을 치우고 앉았다. 그사이 표트르는 도시락을 열고 있었다. 그가 달걀 두 개와 바나나 한 개를 꺼내 납작한 종이봉투 위에 올려놓았다.

닥터 버티스타가 말했다.

"피요더는 바나나가 좋다고 믿지. 나는 계속 사과 이야기를 하지만 이 친구가 귀담아들을까?"

그는 도시락을 열고 사과를 꺼냈다.

닥터 버티스타가 표트르의 코밑에서 사과를 흔들면서 말했다.

"펙틴! 펙틴!"

"바나나는 기적의 음식입니다."

표트르가 차분히 말하고 바나나를 들어 껍질을 벗기기 시작했다. 그의 얼굴이 육각형에 가깝다는 것을 케이트는 알아보았다—광대뼈가 두 뾰족한 점을 이루고 귀밑의 두 점의 각도는 턱의 점까지 비스듬했고, 긴 머리가 이마 위에서 갈라지는 점이 꼭

짓점을 이루었다. 그가 말하고 있었다.

"암탉의 알도 그렇고요! 아주 제대로 된 완전한 음식입니다."

"케이트는 하루도 빠지지 않고 밤에 잠자리에 들기 전에 내 도시락을 만들지. 이 아이는 대단히 가정적이라네."

닥터 버티스타가 말했다.

케이트가 눈을 깜빡거렸다.

"하지만 땅콩버터인걸요."

표트르가 받아쳤다.

"흠, 그렇지."

"그렇지요."

표트르는 한숨을 쉬며 말했다. 그는 케이트에게 유감스러운 표정을 던지면서 덧붙였다.

"하지만 확실히 무척 **예쁘네요**."

"저 아이 여동생을 봐야 하는데."

케이트가 말했다.

"아! 아버지!"

"왜?"

"그 여동생은 어디 있습니까?"

표트르가 물었다.

"흠, 버니는 겨우 열다섯 살이야. 아직 고등학교에 다니네."

"네."

표트르가 대답했다. 그는 시선을 케이트에게 돌렸다.

케이트는 스툴을 획 뒤로 밀고 일어났다.

"잊지 말고 샌드위치 통을 챙겨 오세요."

그녀가 아버지에게 말했다.

"뭐야! 가려고? 왜 그리 서두르니?"

그러나 케이트는 그저 "갈게요"라고 말하고—표트르에게 한 말이었고 그는 평가하는 눈빛으로 그녀를 쳐다보고 있었다—문 가로 당당히 걸어가서 문을 획 열었다.

아버지가 일어났다.

"캐서린, 얘야. 그렇게 서두를 것 없다! 아, 이거 잘 풀리지 않 겠는걸. 이 아이가 워낙 분주해서 그렇다네, 피요더. 아이를 앉혀 놓고 잠시 쉬게 할 수가 없다니까. 딸애가 온 집안 살림을 도맡아 서 한다는 말을 했던가? 이 아이는 대단히 가정적이라네. 참, 그 말은 이미 했지. 게다가 전일제 일자리를 갖고 있지. 큰애가 어린 이집에서 가르친다는 말을 했던가? 케이트는 어린아이들을 아주 잘 다룬다네."

케이트가 아버지에게 몸을 돌리고 물었다.

"왜 이런 식으로 **말하시죠**? 무슨 생각으로 이러세요? 저는 아이 들을 싫어해요, 아버지도 아시잖아요."

다시 표트르가 웃음을 터뜨렸다. 그는 케이트를 향해 빙긋 웃 었다.

"왜 어린아이들이 싫죠?"

표트르가 그녀에게 물었다.

"글쎄요, 알고 있는지 모르겠지만 아이들은 그리 똑똑하지 않아요."

그가 다시 웃었다. 케이트는 웃음과 손에 든 바나나 때문에 침팬지가 연상되었다. 그녀는 몸을 돌려서 문을 쾅 닫고 나가 한 번에 두 계단씩 올라갔다.

뒤에서 문이 다시 열리는 소리가 났다. 아버지가 소리쳤다.

"케이트?"

그녀는 계단을 올라오는 발소리를 들었지만, 종종걸음으로 건물 앞쪽으로 향했다.

카펫이 깔린 곳에서 그의 발소리가 잦아들었다.

"밖에서 좀 보자, 괜찮지?"

그가 케이트의 등 뒤에 대고 소리쳤다.

밖에서 보자고?

하지만 그녀는 현관문에 다다르자 걸음을 멈추었다. 몸을 돌리고 아버지가 다가오는 모습을 지켜보았다.

"내가 상황을 엉망으로 만들었구나."

아버지가 말했다. 그는 손바닥으로 머리통을 쓰다듬었다. 내리닫이 작업복은 사이즈 구분이 없는 옷이고 배 부분이 튀어나와 텔레토비처럼 보이게 했다. 닥터 버티스타가 말을 이었다.

"너를 화나게 할 의도는 없었다."

"저는 화난 게 아니에요. 저는……"

그러나 케이트는 '상처받았다'라는 말을 할 수가 없었다. 그러면 눈물이 날 테니까. 대신 이렇게 덧붙였다.

"신물이 나요."

"무슨 말인지 모르겠구나."

케이트는 아버지의 그 말을 믿을 수 있었다. 솔직히 그는 아무 눈치도 채지 못했다.

케이트는 허리에 손을 올리고 물었다.

"그리고 거기서 뭘 하시려고 했던 거예요? 그 조교한테 왜 그렇게…… 유별나게 행동하셨어요?"

"그는 '그 조교'가 아니야. 그는 피요더 체르바코프고 내가 운이 좋아서 데리고 있는 친구지. 봐라, 그는 일요일에도 나왔어! 자주 그런단다. 그런데 그가 내 밑에서 일한 지 거의 3년이 됐으니, 네가 이름 정도는 제대로 알면 좋겠다 싶어서 말이지."

"3년요? 에니스는 어떻게 됐어요?"

"아이고! 에니스라니! 에니스 이후로 저 친구 전에 두 명이나 더 있었는데."

"어머나."

케이트가 말했다.

그녀는 아버지가 왜 이리 짜증 나게 구는지 몰랐다. 언제 조교들에 대해—혹은 솔직히 어떤 일에 대해서도—말한 적이라도 있나.

"내가 그들을 잡아 두는 데 좀 문제가 있는 모양이다. 외부에서 보기에 내 프로젝트가 대단히 전망이 밝지는 않을 테니."

다터 버티스터가 말했다.

간혹 케이트는 염려했지만 전에 아버지는 그런 사실을 인정한 적이 없었다. 그래서 불쑥 아버지에게 연민이 느껴졌다. 케이트는 양팔을 아래로 내렸다.

"난 피요더를 이 나라로 데려오려고 각고의 노력을 기울였지, 네가 아는지 모르겠다만. 당시 그는 스물다섯 살에 불과했지만 자가면역계 관련자라면 누구나 그에 대해 들어 알고 있었지. 출중한 친구야. O-1 비자를 받을 자격이 충분하고, 요즘은 그런 경우를 자주 보기 어렵단다."

"그래요, 잘됐네요, 아버지."

"특별한 능력 비자가 바로 O-1 비자란다. 그건 피요더가 이 나라 사람이 갖지 못한 독특한 기술이나 지식을 가졌다는 뜻이고, 또 내가 그를 필요로 하는 것을 정당화시킬 특별한 연구에 관여한다는 의미이기도 하지."

"잘됐네요."

"O-1 비자는 3년간 유효하거든."

케이트는 손을 뻗어 아버지의 팔뚝을 쓰다듬었다.

"**물론** 아버지는 프로젝트 때문에 초조하겠죠. 하지만 분명히 상황이 잘 풀릴 거예요."

그녀는 격려하는 어조로 들리기를 바라면서 말했다.

"정말 그렇게 생각하니?"

그가 물었다.

케이트는 고개를 끄덕이고 아버지의 팔을 두어 차례 어색하게 토닥였다. 그가 깜짝 놀란 표정을 지은 것을 보면 예상치 못한 행동이었음이 확실했다. 케이트가 아버지에게 말했다.

"틀림없이 그럴 거예요. 잊지 말고 집에 샌드위치 통을 가져오세요."

그러고 나서 그녀는 현관문을 열고 햇살 속으로 걸어 나갔다. '붓다를 위한 기독교인들'의 두 여자가 계단에 머리를 맞대고 앉아 있었다. 그들은 뭔가 때문에 한바탕 웃느라 잠시 후에야 케이트의 인기척을 느꼈고, 곧 서로 떨어져 그녀가 지나가게 길을 터 주었다.

2

4반 여자아이들은 한창 이별 놀이를 하고 있었다. 발레리나 인형이 선원 인형과 헤어지는 중이었다.

"존, 미안하지만 난 다른 사람이랑 사랑에 빠졌어."

발레리나 인형이―사실은 질리의 목소리―무뚝뚝한 사무적인 어조로 말했다.

"그가 누군데?"

선원 인형이 물었다. 선원 대신 말하는 사람은 에마 G.였다. 에마는 인형의 파란 세일러복 허리춤을 잡고 있었다.

"누구인지는 말할 수 없어. 그는 당신의 가장 친한 친구거든. 그러니까 말하면 당신 마음이 아플 거야."

"아니, 바보 같은 말이야. 네가 그의 가장 친구라고 말했으니까 어쨌거나 그 사람이 알 텐데."

에마 B.가 옆에서 지적했다.

"하지만 그는 가장 친한 친구가 아주 많을 수도 있어."

"아니, 그럴 수는 없어. '가장 친한' 친구라면 못 그래."

"아니, 그럴 수 있어. 난 가장 친한 친구가 네 명인걸."

"그러면 네가 이상한 애지."

"케이트! 에마가 나한테 뭐랬는지 들었어요?"

"왜 신경 쓰니? 에마한테 바로 네가 이상한 애라고 말해."

케이트가 말했다. 그녀는 저미샤가 미술 가운을 벗는 것을 도
와주고 있었다.

"바로 네가 이상한 애야."

질리가 에마 B.에게 말했다.

"아니야."

"맞아."

"아니야."

"케이트가 그렇다고 했어, 그러니까 맞아!"

"난 그렇게 말하지 않았는데."

케이트가 말했다.

"그랬어요."

케이트는 '아니야'라고 받아치려다가 바꿔서 말했다.

"저, 어쨌거나 이걸 시작한 사람은 내가 아니라고."

그녀는 아이들을—여자애 일곱 명, 샘슨 쌍둥이 형제 레이먼
드와 데이비드—인형 코너에 모았다. 다른 코너에는 나머지 남

자애 여섯 명 전원이 모래판에 모여 있었다. 아이들은 모래판을 스포츠 경기장으로 바꾸었다. 플라스틱 스푼으로 모래판 끝에 있는 주름진 젤리 틀에 레고 조각 던지는 놀이를 하는 중이었다. 대부분의 레고 조각이 빗나갔지만 누군가 성공할 때마다 환호성이 터졌고, 그러면 나머지 아이들은 서로 먼저 하려고 팔꿈치를 찌르면서 스푼을 차지하려 들었다.

케이트는 그쪽으로 가서 아이들을 조용히 시켜야 했지만 그러지 않았다. 그녀는 아이들이 에너지를 발산하게 놔두자고 생각했다. 게다가 사실 그녀는 정식 교사도 아니었다. 교사 보조였고 교사와는 아주 다른 지위였다.

'찰스빌리지 어린이집'은 에드나 달링 부인이 45년 전에 설립해서 여전히 운영 중이었고, 교사들 모두 연로해서 보조 교사가 필요했다. 교사 한 명에 보조 교사 한 명, 노동력이 더 많이 요구되는 2세반에는 보조 교사 두 명이 배당되었다—그 연배의 교사들이 악동들을 쫓아다니기를 어떻게 기대할 수 있을까? 어린이집은 앨로이시어스 교회의 지하층에 있었지만, 지하층이 지면 위로 나 있어서 교실들에 햇빛이 잘 들어 밝은 분위기였고, 이중문은 놀이터와 직접 연결되었다. 이 문에서 가장 멀리 떨어진 곳에 따로 교사 휴게실이 있었으며, 여기서 나이 든 여교사들은 허브 티를 마시고 노화 현상에 대해 수다 떨면서 긴 시간을 보냈다. 이따금 보조 교사들이 차를 마시거나 성인용 세면대와 변기가 놓인 화장실을 사용하러 교사 휴게실에 들어가곤 했다. 하지만 사적인 모임을 방해하는 느낌이 들어서, 교사들이 친절하게 대해 주는데도 보조 교사들은 그 근방에 얼쩡대지 않으려는 경향이 있었다.

조심스럽게 말하자면 어린이집에서 일하는 것은 케이트의 계획에 없던 일이었다. 그러나 대학교 2학년 때 그녀는 식물학 교수에게 그가 하는 광합성 설명이 '건성'이라고 타박한 일이 있었다. 그 사건이 다른 일로 이어져서 결국 케이트는 나가라는 요구를 받았다. 아버지의 반응이 염려스러웠지만, 상황을 다 들은 그는 "흠, 네가 옳았다. 설명이 건성**이었던** 거 맞네"라고 말했고 그것으로 끝이었다. 그래서 집에 돌아와서 할 일 없이 지내다가, 결국 셀마 이모가 나서서 어린이집에 일자리를 마련해 주었다. (셀마 이모는 그 어린이집의 이사였다. 그녀는 여러 이사회에 관여했다.) 원칙적으로 케이트는 이듬해 대학에 복학할 수 있었지만 어쩐지 그러지 않았다. 아마 아버지는 케이트에게 선택권이 있다는 것을 염두에 두었을 테고, 확실히 맏딸이 집에 와서 살림을 챙기고 어린 동생을 보살피면 그의 생활이 한결 수월해질 터였다. 당시 막내딸은 겨우 다섯 살인데도 늙은 가정부의 능력으로는 이미 감당이 되지 않았다.

케이트가 보조하는 교사는 촌시 부인(보조 교사들은 모든 교사를 '부인'으로 불렀다)이었다. 성격이 원만하고 뚱뚱한 그녀는 케이트가 태어나기도 전부터 네 살 아이들을 보살펴 왔다. 평소에는 온화한 무심한 태도로 아이들을 대했지만, 한 아이가 잘

못 행동하면 "코너 피츠제럴드, 네가 뭘 하는지 내가 **본다!**"라거나 "에마 그레이, 에마 윌스, 눈을 앞으로!"라고 지적했다. 촌시 부인은 케이트가 아이들에게 너무 무르다고 생각했다. 낮잠 시간에 한 아이가 눕지 않으려고 하면 케이트는 "그래, 그래만 봐 아주"라고 말하고 화가 나서 쿵쿵대며 가 버리곤 했다. 촌시 부인은 케이트에게 못마땅한 표정을 던지고는 아이에게 "**누가** 케이트 선생님이 시키는 대로 안 하고 있네"라고 말했다. 그런 순간이면 케이트는 사기꾼이 된 것 같았다. 그녀가 뭐라고 아이에게 낮잠을 자라고 지시한단 말인가? 그녀는 권위라고는 전혀 없었고, 아이들 모두 그것을 알았다. 아이들은 그녀를 키다리 수다쟁이 네 살로 보는 것 같았다. 어린이집에서 6년간 일하면서 아이들에게 한 번도 '케이트 선생님'이라고 불린 적이 없었다.

이따금 케이트는 다른 일자리를 구해 보려고 했지만 좋은 결과를 얻지 못했다. 정직하게 말하자면 그녀는 면접을 잘 보지 못했다. 또 어쨌든 그녀가 어떤 다른 일을 할 자격을 갖추고 있는지 알 수가 없었다.

대학 시절 남녀 공용 기숙사에서 지낼 때 휴게실에서 체스를 둔 적이 있었다. 체스 실력은 신통치 않았지만 그녀는 무모하고 변칙적인 대담한 경기를 펼쳤고, 어찌어찌 한동안 상대를 수세로 몰았다. 기숙사생 몇 명이 체스판 주위에 모여서 구경을 했는데, 케이트는 그들에게 신경을 쓰지 않았다. 그러다가 그녀 뒤에서 한 남학생이 옆 사람에게 속삭였다.

"이 친구. 아무 작전도. 없네."

이제 케이트는 아침에 어린이집으로 걸어가면서 그 말을 자주 떠올린다. 아이들이 부츠 벗는 것을 도우면서, 손톱에 낀 찰흙을 긁어 주면서, 무릎에 일회용 반창고를 붙여 주면서. 아이들이 부츠 신는 것을 도우면서도.

이 친구. 아무 작전도. 없네.

점심은 토마토소스를 얹은 면 요리였다. 평소처럼 반을 둘로 나눠서 케이트가 한 테이블을 맡고, 촌시 부인이 식당의 다른 쪽에 있는 테이블을 지도했다. 아이들은 자리에 앉기 전에 차례로 손등과 손바닥을 들어 케이트나 촌시 부인에게 검사받았다. 그런 다음 다 같이 앉았고 촌시 부인이 포크로 우유 잔을 땡 치면서 크게 말했다.

"기도 시간!"

아이들은 고개를 숙였다.

촌시 부인이 울리는 목소리로 기도했다.

"주님, 이 음식 선물과 이 상냥한 얼굴들을 주셔서 감사합니다. 아멘."

케이트의 테이블에 앉은 아이들이 곧바로 고개를 들었다.

"케이트는 눈을 뜨고 있던데."

클로이가 다른 아이들에게 말했다.

케이트가 대꾸했다.

"그래? 그게 어때서, 성녀 아가씨?"

이 말에 샘슨 쌍둥이가 키득댔다.

"성녀 아가씨."

나중에 그 말을 써먹으려고 외우기라도 하는 양 데이비드가 중얼댔다.

"기도할 때 눈을 뜨면 하나님은 고마워하지 않는다고 생각할 거예요."

클로이가 말했다.

케이트가 받아쳤다.

"흠, 난 고맙지 **않아**. 파스타는 별로거든."

다들 깜짝 놀라서 침묵했다.

"어떻게 파스타를 안 좋아할 수 있어요?"

마침내 제이슨이 물었다.

케이트가 대답했다.

"젖은 개랑 비슷한 냄새가 나거든. 눈치 못 챘니?"

"윽!"

다들 일제히 외쳤다.

아이들은 접시에 고개를 숙이고 킁킁댔다.

"맞지?"

케이트가 물었다.

아이들이 서로 쳐다보았다.

"나요."

제이슨이 말했다.

"우리 개 프리츠를 큰 게 냄비에 넣고 끓였나 봐."

앤트완이 말했다.

"윽!"

"그런데 당근은 괜찮아 보이네."

케이트가 말했다. 애초에 이 말장난을 시작한 게 후회되기 시작했다. 그녀가 덧붙여 말했다.

"자 얼른 먹어요, 여러분."

아이 두엇이 포크를 들었다. 대부분은 먹을 생각을 하지 않았다.

케이트는 청바지 주머니에 손을 넣어 육포 한 조각을 꺼냈다. 점심이 신통치 않을 경우에 대비해 늘 육포를 갖고 다녔다. 케이트는 먹는 데 까다로웠다. 그녀는 이로 육포를 쭉 찢어서 씹기 시작했다. 다행히 에마 W.를 제외하면 모두 육포를 좋아하지 않았고, 에마가 파스타를 뜨고 있으니 육포를 나눠 먹지 않아도 됐다.

"행복한 월요일이에요, 어린이 여러분!"

달링 부인이 알루미늄 지팡이를 짚고 테이블 옆에 서서 말했다. 그녀는 늘 각 그룹이 점심을 먹을 때 식당에 찾아왔고, 매번 인사말에 요일을 넣었다.

"행복한 월요일이에요, 달링 부인."

아이들이 중얼댔고, 그사이 케이트는 은근슬쩍 육포를 우묵한 왼쪽 볼 안으로 밀었다.

"왜 다들 먹지 않고 있죠?"

달링 부인이 물었다. (그녀는 뭐든 지나치는 법이 없었다.)

"파스타에서 젖은 개 냄새가 나요."

클로이가 대답했다.

"뭐야? 세상에!"

달링 부인은 검버섯이 핀 주름진 손으로 늘어진 가슴을 눌렀다. 그녀가 말을 이었다.

"**내가** 듣기에 여러분이 '좋은 것 규칙'을 잊고 있는 것 같네요. 여러분? '좋은 것 규칙'이 뭔지 말해 볼 사람?"

아무도 입을 열지 않았다.

"제이슨?"

"'좋은 말을 할 수 없다면 아무 말도 하지 않는다.'"

"'아무 말도 하지 않는다.' 맞아요. 오늘 우리 점심에 대해 좋은 말을 할 수 있는 사람?"

침묵.

"케이트 선생님? **선생님이** 좋은 말을 할 수 있겠어요?"

"저기, 이건 아주…… 반들대네요."

케이트가 말했다.

달링 부인은 그녀를 쌀쌀맞게 지긋이 쳐다봤지만 이렇게만 말했다.

"좋아요, 여러분. 점심 맛있게 먹어요."

그런 다음 그녀는 쿵쿵대며 촌시 부인의 테이블로 향했다.

"이건 젖은 개만큼 반들거려요."

케이트가 아이들에게 소곤댔다.

다들 웃음을 터뜨렸다. 달링 부인은 걸음을 멈추더니 지팡이를 짚은 채로 몸을 돌렸다.

"참, 그런데 케이트 선생님, 오늘 낮잠 시간에 내 사무실에 들 를래요?"

"그러죠."

케이트가 대답했다.

그녀는 입에 든 육포를 삼켰다.

아이들은 휘둥그레진 눈을 그녀에게 돌렸다. 네 살배기들도 원 장실로 불려 가는 게 좋은 일이 아님을 알았다.

잠시 후 제이슨이 케이트에게 말했다.

"우리는 케이트가 좋아요."

"고맙다, 제이슨."

"나랑 동생은 어른이 되면 케이트랑 결혼할 건데."

데이비드 샘슨이 말했다.

"그래, 고맙다."

그런 다음 그녀는 손뼉을 치면서 말했다.

"다들 알아? 오늘 디저트는 쿠키 아이스크림이야."

아이들은 작게 "음" 소리를 냈지만 걱정스러운 표정은 그대로 남아 있었다.

아이들이 아직 아이스크림을 다 먹기도 전에 5세반 어린이들이 식당 문간에 도착해서 서로 넘어뜨리고 줄에서 벗어났다. 덩치가 크고 위협적인 거인들, 작은 세계에 갇힌 케이트의 눈에는 아이들이 그렇게 보였다. 다들 작년에 그녀의 '4반'이었는데도.

"우린 가자, 애들아! 우리가 사람들을 여기서 기다리게 하는구나. 워싱턴 부인께 감사하다고 말하고."

촌시 부인이 일어나면서 소리쳤다.

"감사합니다, 워싱턴 부인."

아이들이 합창하듯 말했다. 워싱턴 부인은 주방 문간에 서서 웃으면서 위엄 있게 고개를 끄덕이고 앞치마로 손을 감쌌다. (어린이집은 예절에 상당히 치중했다.) 4세반은 대충 줄지어, 기죽은 공손한 태도로 다섯 살 형들 앞을 지나갔고 케이트가 맨 뒤에 섰다. 그녀는 5반 보조 교사인 조지나 앞을 지나면서 중얼댔다.

"원장실에 가 봐야 해."

"어쩌면 좋아! 행운을 빌어."

조지나가 말했다. 그녀는 유쾌한 얼굴과 발그레한 뺨의 젊은 여성으로, 첫아이를 가져서 배가 불룩했다. 케이트는 **조지나가** 원장실에 불려 간 적은 없을 거라고 짐작했다.

4반 교실에서 그녀는 비품장의 열쇠를 열고 아이들이 낮잠을 자는 알루미늄 침상들을 꺼냈다. 방에 침상들을 쭉 펴고, 아이들이 사물함에 보관하는 담요와 작은 베개를 올려놓았다. 그리고 평소처럼 가장 수다스러운 여자애 넷이 한쪽 구석에 모여 자려는 계획을 좌절시켰다. 평소 촌시 부인은 낮잠 시간을 교사 휴게실에서 보냈지만, 오늘은 점심시간 후에 4반 교실로 돌아와 책상에 자리 잡고 가방에서 《볼티모어 선》지를 꺼냈다. 달링 부인이 케이트를 원장실로 부르는 소리를 들은 모양이었다.

리엄 D.는 졸리지 않는다고 투정했다. 매일 똑같은 말을 하지만, 운동장 놀이 시간이 되면 케이트가 죽은 듯한 깊은 잠에서 깨워야 되는 아이가 바로 리엄이었다. 그녀는 아이가 좋아하는 대로 담요를 몸 밑에 단단히 여며 주었다—다른 남자애들이 가까이서 듣지 않을 때면 리엄은 노란색 두 줄이 그려진 흰 플란넬 담요를 '담요 친구'라고 불렀다. 또 누우면 배기지 않게 질리의 머리 끈을 빼 줘야 했다. 케이트는 머리 끈을 질리의 베개 밑에 끼워 넣고 말했다.

"이따 깨서 머리 끈을 찾을 수 있게 어디 뒀는지 기억해 두렴."

늦지 않게 돌아와 질리에게 일러 줄 수 있을 테지만, 만약 돌아오지 못하면? 개인 물품을 챙겨서 어린이집에서 나가라고 통고받는다면? 케이트는 손을 넣어 질리의 머리를 풀어 주었다—부드러운 갈색 머리칼은 매끄럽고 베이비샴푸와 크레용 냄새가 났다. 쫓겨나면 그녀는 앤트완이 살짝 따돌림당하는 문제를 해결하는 걸 돕지 못하겠지. 여기 남아서 에마 B.가 6월에 중국에서 올 새 자매와 어떻게 지내는지 보지 못할 터였다.

케이트가 아이들을 싫어한다는 것은 사실이 아니었다. 적어도 몇 명은 제법 좋아했다. 다만 **모든** 아이가 마치 콩짜개덩굴인가 뭔가의 똑같은 잎들이라도 되는 것처럼 똑같이 좋은 것은 아니었다.

하지만 그녀는 촌시 부인에게 경쾌하게 말했다.

"금방 돌아올게요!"

촌시 부인은 빙그레 미소 짓고 (다른 뜻 없이? 동정하는 웃음?) 다시 신문으로 눈을 돌렸다.

달링 부인의 사무실은 2반 교실 바로 옆이었는데, 2세반 아이들은 너무 어려서, 떨어질 것에 대비해 침상 대신 바닥에 요를 펴고 재웠다. 문에 난 유리창으로 어두컴컴한 교실이 들여다보였고, 억지로 조용한 분위기를 조성한 느낌이 풍겼다.

원장실 문의 유리창으로, 책상에 앉아 통화하면서 서류들을 넘기는 달링 부인이 보였다. 그러나 케이트가 노크를 하자마자 그녀는 얼른 인사를 하고 전화를 끊고 외쳤다.

"들어와요!"

케이트가 원장실 안으로 들어가, 책상과 마주 놓인 등판이 수직인 의자에 앉았다.

"드디어 얼룩진 카펫을 교체하려고 견적서를 받았지."

달링 부인이 말했다.

"아."

케이트가 중얼댔다.

"그런데 문제는 **왜** 얼룩이 생기느냐는 거야. 분명히 새는 부분이 있을 테고 그걸 찾아내기 전에는 새 카펫을 깔 이유가 없겠지."

케이트는 이 문제에 대해 대꾸할 말이 없어서 잠자코 있었다.

달링 부인이 입을 열었다.

"흠. 그 얘기는 그 정도로 됐고."

그녀는 서류들을 가지런히 정리해 서류철에 끼웠다. 그러더니 다른 서류철에 손을 뻗었다. (케이트의 서류철인가? 케이트 관련 서류철이 있었나? 도대체 저 안에 뭐가 있을까?) 원장은 서류철을 열어서 맨 위에 놓인 문건을 잠깐 살피더니, 안경 너머로 케이트를 쳐다보았다.

달링 부인이 말했다.

"그래서 말이지, 케이트. 난 궁금해. 케이트라면 이곳에서의 자신의 근무 성과를 정확히 어떻게 평가하겠어?"

"제 뭐요?"

"어린이집 근무 성과. 가르치는 능력."

"아, **저는** 잘 모르겠는데요."

케이트가 대답했다.

그녀는 이 말이 대답으로 받아들여지기 바랐지만, 달링 부인이 계속 기대하면서 쳐다보자 덧붙여 말했다.

"제 말은, 사실 저는 교사가 아닌걸요. 보조 교사예요."

"그래서?"

"보조일 뿐이죠."

달링 부인이 계속 그녀를 바라보았다.

마침내 케이트가 말했다.

"하지만 그럭저럭 괜찮게 하는 것 같아요."

"그래, 대부분은 잘하고 있지."

달링 부인이 말했다.

케이트는 놀란 표정을 짓지 않으려고 애썼다.

원장이 말을 이었다.

"솔직히 아이들이 케이트를 무척 따르는 것 같다고 말할 수 있지."

'이유는 알 수 없지만'이라는 말이 소리 없이 허공에 매달려 있었다.

"안타깝게도 학부모들의 생각은 좀 다른 것 같아."

"아 네."

케이트가 말했다.

"이 이야기는 전에도 나온 적이 있지, 케이트. 기억하나?"

"네, 기억합니다."

"우리 둘이 이 문제를 두고 논의한 적이 있어. 대단히 **진지한** 논의였지."

"그랬죠."

"이번에는 크로스비 씨 때문인데. 저 미샤의 아버지."

"그분이 왜요?"

케이트가 물었다.

"그분 말로는 목요일에 케이트랑 대화했다더군."

달링 부인이 낸 위에 놓인 서류를 집어 들고 안경을 올려 쓰며 내용을 살폈다. 그녀가 말을 이었다.

"목요일 아침 그가 저미샤를 어린이집에 데리고 왔지. 그는 케이트에게 딸이 엄지를 빠는 문제에 대해 대화하고 싶다고 말했어."

"손가락 빠는 것 때문에요."

케이트가 바로잡았다. 저미샤는 '사랑해요'라는 수화처럼 검지와 약지의 옆쪽을 빠는 습관이 있었다. 케이트는 전에도 몇 차례 그런 습관을 본 적이 있었다. 작년에는 베니 메이오가 그러곤 했다.

"손가락 빨기, 그래 좋아. 아버님은 케이트에게 딸이 그러는 걸 볼 때마다 말려 달라고 부탁했지."

"기억나요."

"그럼 케이트가 어떻게 대답했는지도 기억나나?"

"그 습관은 걱정하지 않아도 된다고 말했죠."

"그게 다야?"

"저미샤 스스로 차츰차츰 고칠 거라고 말했어요."

"케이트는……"

이 대목에서 달링 부인은 문건에 적힌 내용을 소리 내어 읽었다.

"……이렇게 말했지. '아이가 곧 고칠 가능성도 있어요. 일단 손가락이 길어져서 양쪽 눈을 찌르게 되면요.'"

케이트는 웃음을 터뜨렸다. 그렇게 재치 있게 답한 줄 모르고 있었다.

달링 부인이 말했다.

"그 말을 듣고 크로스비 씨가 어떤 기분이었을 것 같아?"

"그 말을 듣고 그가 어떤 기분이었을지 제가 어떻게 알겠어요?"

달링 부인이 대답했다.

"흠, 추측해 볼 수 있겠지. 하지만 내가 먼저 말해 주는 게 낫겠군. 그 말을 듣고 그는 케이트가……"

그녀가 다시 적힌 내용을 소리 내어 읽었다.

"'……경솔하고 무례하다'고 느꼈지."

"이런."

달링 부인은 서류를 내려놓고 케이트에게 말했다.

"난 언젠가 케이트가 자격을 제대로 갖춘 교사가 되는 게 상상되거든."

"그러세요?"

케이트는 이곳을 진짜 커리어를 쌓을 직장으로 여긴 적이 없었다. 커리어의 시작으로 볼 만한 근거가 없었다.

달링 부인이 말했다.

"난 케이트가 성숙해지면 한 반을 책임지는 걸 상상할 수 있어. 그런데 '성숙해진다'는 건 비단 나이를 더 먹는다는 의미만은 아니야, 케이트."

"아. 그렇죠."

"내 말은 케이드가 사교술을 키울 필요가 있을 거라는 뜻이야. 어느 만큼의 요령, 어느 만큼의 자제력, 어느 만큼의 외교술."

"네."

"내가 무슨 말을 하는지 이해가 되긴 하나?"

"요령. 자제력. 외교술."

달링 부인은 잠시 케이트를 살폈다. 원장이 말했다.

"그러지 않으면 케이트가 우리 작은 공동체에서 계속 지내는 게 그려지지 않기 때문이야, 케이트. 난 그걸 그려 보고 **싶어**. 이모님 때문에라도 케이트를 계속 데리고 있고 싶지만, 케이트는 여기서 살얼음판을 걷고 있지. 본인이 그걸 알았으면 해."

"알겠습니다."

케이트가 말했다.

달링 부인은 안심한 눈치는 아니었지만 잠시 가만히 있다가 입을 열었다.

"좋아, 케이트. 나가면서 문을 열어 두고 가면 좋겠네."

"그러지요, 원장님."

케이트가 대답했다.

"내가 수습 기간 중이라는 생각이 들어."

케이트가 3세반 보조 교사에게 말했다. 두 사람은 운동장에 나란히 서서 시소에서 아이들이 사고를 당하지 않는지 감독하는 중이었다.

내털리가 말했다.

"수습 기간은 이미 거치지 않았나?"

"그래. 아마 맞는 말일 거야."

케이트가 말했다.

"이번에는 무슨 일을 저질렀는데?"

"학부모에게 무례하게 굴었거든."

내털리는 얼굴을 찡그렸다. 보조 교사 모두 학부모들에 대해 같은 감정을 느꼈다.

케이트가 말을 이었다.

"자기 딸을 '리틀 미스 퍼펙트'로 키우려고 애쓰는 독불장군 꼴통 아빠였어."

하지만 그때 애덤 반스가 2세반 아이 두엇을 데리고 도착하자, 그녀는 하던 말을 끊었다. (케이트는 애덤이 가까이 있으면 늘 본래보다 더 좋은 사람으로 보이려고 애썼다.)

"무슨 일이에요?"

애덤이 묻자 내털리가 대답했다.

"아, 별일 아니에요."

반면 케이트는 청바지 주머니에 손을 찌르면서 그에게 실없는 웃음을 지어 보였다.

"여기 그레고리가 시소를 타고 싶다고 해서요. 그레고리에게 어떤 형아가 타게 해 줄 거라고 말했어요."

애덤이 말했다.

내털리가 대답했다.

"물론이죠! 도니, 그레고리에게 잠깐 시소를 타게 해 줄 수 있니?"

애덤이 아니라면 내털리는 그렇게 편의를 봐주지 않을 터였다. 아이들은 기다리는 법을 배워야 했다—두 살 꼬마라 해도. 케이트는 눈을 가늘게 뜨고 내털리를 쳐다보았다.

도니가 말했다.

"하지만 방금 탔는데요!"

애덤이 얼른 끼어들었다.

"아, 그렇구나. 그럼 공평하지 않지. 도니 형에게 공평해야겠지, 그레고리?"

그레고리는 공평하기 **싫은** 기분인 듯했다. 아이는 눈에 눈물이 그렁그렁해서 턱을 떨기 시작했다.

내털리가 과하게 적극적인 말투로 외쳤다.

"아니면 내게 방법이 있어요! 그레고리, 네가 도니랑 **같이** 타면 되겠네! 도니가 형답게 같이 타게 해 주면 되지!"

케이트는 토하고 싶었다. 목구멍에 손가락을 집어넣는 시늉을 하기 직전까지 갔지만 간신히 멈추었다. 다행히 애덤은 그녀 쪽을 쳐다보고 있지 않았다. 그는 그레고리를 번쩍 들어서 시소의 도니 앞에 앉혔고, 도니는 적어도 이런 상황을 참아 주었다. 애덤이 시소의 다른 쪽으로 걸어가서 제이슨 뒤쪽에 손을 얹고 무게를 실었다.

애덤은 어린이집의 유일한 남자 보조 교사로, 호리호리하고 친절한 얼굴을 가진 청년이었다. 영어 전공자 타입으로 검은 머리가 헝클어지고 수염은 곱슬했다. 달링 부인은 그를 고용하는 것을 대단히 과감한 처사로 여기는 눈치였다. 사실 이즈음 대부분의 어린이집에 남자 교사가 몇 명씩 있었지만. 원장은 처음에는 애덤을 5세반에 배당했다. 5세반은 주로 남자애들로 유치원에 다닐 나이였지만, 1년간 더 사회성을 키울 필요가 있다고 생각되는 애들이었다. 원장은 남자 교사가 기강과 체계를 잡아 줄 거라고 기대했다. 그러나 알고 보니 애덤은 유순하고 무척 상냥한 데다 세심해서, 부임 첫해의 중간쯤 조지나와 담당 반을 바꾸었다. 이제 그는 행복하게 두 살 아이들을 보살피면서 코를 닦아 주고 갑자기 집에 가고 싶다고 떼쓰는 아이들을 달랬다. 또 매일 낮잠 시간 전에는, 잠을 부르는 기타 선율을 튕기면서 중얼중얼 솜털 같은 목소리로 자장가를 불러 주었다. 대부분의 남자들과 달리 애덤은 케이트보다 훌쩍 커 보였지만, 어쩐지 그와 있을 때마다 그녀는 스스로 거구에 꺽다리처럼 느꼈다. 갑자기 더 나긋나긋하고 우아한, 숙녀다운 모습이길 간절히 원했고, 품위 없는 자신이 당황스러웠다.

케이트는 어머니가 있으면 좋겠다고 바랐다. 아니 어머니가 있었지만, 세상에서 더 잘 어울려 사는 법을 가르쳐 줄 어머니가 없는 게 아쉬웠다.

시소를 움직이면서 애덤이 케이트에게 말을 걸었다.

"낮잠 시간에 앞을 지니가는 길 봤어요. 달링 부인이랑 문제가 있었어요?"

"아뇨…… **당신도** 알잖아요. 염려되는 아이 때문에 원장님과 상의를 했어요."

그녀가 말했다.

내털리가 콧방귀를 뀌었다. 케이트가 노려보자 그녀는 과장되게 '어머-실례'란 표정을 지었다. 내털리의 속이 뻔히 보였다. 그녀가 애덤에게 홀딱 반한 것이 훤히 드러났다.

지난주 애덤이 소피아 왓슨에게 직접 만든 드림캐처*를 줬다는 얘기가 어린이집 전체에 돌았다. 모두 "오호!"라고 말했다. 하지만 케이트는 소피아가 같은 2세반 보조 교사이기 때문일 뿐이라고 짐작했다.

요령, 자제력, 외교술. 요령과 외교술의 차이가 뭘까? 아마 '요령'은 예의 바르게 말하는 것인 반면 '외교술'은 아무 말도 안 하는 거겠지. 그런데 '자제력'에 그게 포함되지 않나? '자제력'에 세 가지 다 포함되지 않을까?

사람들이 언어를 너무 헤프게 쓰는 경향이 있다고 케이트는 생각했었다. 필요 이상으로 많은 어휘를 사용했다.

날씨가 아주 좋아서 짬을 내 집까지 걸어가는 중이었다. 아침

✦ 악몽을 막아 준다는 인디언의 전통 공예품.

에는 굉장히 쌀쌀했는데, 그 후 포근해져서 재킷을 어깨에 걸치고 걸었다. 앞쪽에 한가롭게 산보하는 젊은 남녀가 있었고, 여자가 린디라는 딴 여자에 대해 한량없이 떠들었지만 케이트는 그들을 앞질러 가려 하지 않았다.

어느 집 정원의 평범한 연파랑 팬지꽃 화분을 보자, 그녀의 뒷마당에서 꽃이 필지 궁금했다. 뒷마당은 그늘이 지나치게 많았다.

뒤에서 그녀의 이름을 부르는 소리가 들렸다. 케이트가 고개를 돌리니 연한 색 머리의 남자가 택시라도 부르듯 한 팔을 들고 그녀에게 종종걸음으로 다가왔다. 한순간 무슨 관계가 있는 사람인지 어리둥절했지만, 그러다가 아버지의 연구 조교를 알아보았다. 가운을 입지 않아서 헷갈렸다. 그는 청바지와 단순한 회색 저지 상의 차림이었다.

"하이!"

그가 옆에 다가오면서 인사했다. ('카이'처럼 들렸다.)

"피터."

케이트가 말했다.

"표트르."

"잘 지내죠?"

그녀가 물었다.

"감기에 걸릴 것 같아 걱정이에요. 콧물이 흐르고 재채기가 많이 나네요. 어젯밤 이후 내내 그래요."

"인 좋은 일이네요."

케이트가 말했다.

그녀는 다시 걷기 시작했고, 표트르가 옆에서 걸었다. 그가 물었다.

"어린이집에서 좋은 하루였나요?"

"괜찮았어요."

이제 그들은 젊은 남녀 바로 뒤에 있었다. 아가씨는 린디가 그 남자를 버려야 된다고 말하는 중이었다. 남자가 린디를 불행하게 만든다고. 그러자 옆의 청년이 대꾸했다.

"어, 글쎄. 내 보기에는 린디가 괜찮은 것 같던데."

"**눈이** 어디 달린 거야?"

아가씨가 그에게 쏘아붙이고 말을 이었다.

"두 사람이 같이 있을 때면 린디는 계속 그의 얼굴을 들여다보는데, 그 사람은 계속 외면한다고. 다들―팻시, 폴라, 제인 앤― 그걸 눈치챘고, 결국 내 언니가 나서서 린디에게 **말했어.** 그녀가 말하길……"

표트르는 얼른 케이트의 팔뚝을 잡아 앞사람들을 비켜서 앞서도록 이끌었다. 순간적으로 그녀는 놀랐다. 표트르는 그녀보다 크지 않았지만, 케이트는 보조를 맞추느라 애를 먹었고 그러다가 그렇게 애쓸 필요가 있을까 싶어서 걸음을 늦추었다. 표트르도 천천히 걸었다.

"연구소에 있어야 되지 않나요?"

케이트가 물었다.

"그렇죠! 지금 가는 길이에요."

연구소는 반대 방향으로 두 블록 떨어져 있으니 이치에 닿지 않는 말이지만, 그녀가 관여할 바가 아니었다. 케이트는 손목시계를 힐끗 보았다. 버니보다 먼저 집에 도착하고 싶었다. 버니는 혼자 있을 때 남자들을 집에 들이면 안 되지만 간혹 그런 일이 생겼다.

"우리 나라에는 격언이 있지요."

표트르가 말하고 있었다.

그 나라는 늘 그렇다고 케이트는 생각했다.

"우리는 이렇게 말합니다. '일을 나눠서 하면 한 번에 붙여서 하는 것보다 시간이 덜 걸린다.'"

"그럴듯하네요."

케이트가 대답했다.

"머리를 기른 지 얼마나 됐습니까?"

화제 전환에 그녀는 깜짝 놀랐다.

"네? 아. 중학교 2학년 이후일 거예요. 모르겠어요. 그냥 '채티 캐시'[+] 짓거리를 더는 참을 수가 없어서 그랬죠."

"채티 캐시?"

"미용실에서요. 재잘, 재잘, 재잘. 그런 장소들은 수다로 **홍수가**

[+] 미국에서 판매되는, 누르면 말하는 인형 이름.

나요. 그런 데서 여자들은 자리에 앉기도 전부터 떠들어 대기 시작하죠—애인 이야기, 남자 이야기, 시어머니 이야기. 룸메이트, 시샘 많은 여자 친구들. 불화, 오해, 연애, 이혼. 말할 거리를 어떻게 그렇게 많이 찾아낼 수 있을까요? 난 아무 생각도 못 하겠던데요. 난 늘 미용사와 수다를 못 떨었어요. 결국 '쳇, 머리 자르는 걸 관둬야지'가 된 거죠."

"머리가 어마어마하게 매력적입니다."

표트르가 말했다.

"고마워요. 저기, 난 여기서 돌아가야 되는데요. 연구소가 저 뒤쪽이라는 걸 아세요?"

케이트가 말했다.

"이런! 저 뒤쪽이라니!"

표트르가 말했다. 그다지 당황하는 눈치는 아니었다. 그가 덧붙여 말했다.

"그래요, 케이트! 곧 만나요! 즐겁게 대화했네요."

케이트는 이미 집이 있는 거리로 들어서기 시작했고, 뒤를 돌아보지 않고 한 팔만 들었다.

그녀가 집에 발을 들여놓기 무섭게 틀림없는 남자 목소리가 들렸다.

"**버니!**"

케이트가 엄한 말투로 외쳤다.

"여기 있어!"

버니가 노래하듯 외쳤다.

케이트는 재킷을 입구 홀 벤치에 던져두고 거실로 들어갔다. 버니는 복슬복슬한 금색 곱슬머리에 순진무구한 표정으로, 계절에 비해 너무 얇은 오프숄더 블라우스를 입고 소파에 앉아 있었다. 옆집 아들인 에드워드 민츠가 버니 옆에 앉아 있었다.

이것은 새로운 상황이었다. 에드워드 민츠는 버니보다 서너 살 많고 수척해 보였다. 턱에 난 누더기 같은 베이지색 수염을 보자 케이트는 이끼가 연상되었다. 그는 3년 전 6월에 고등학교를 졸업했지만 대학에 진학해서 떠나지 못했다. 그의 어머니는 아들이 '그 일본 병'에 걸렸다고 주장했다.

"어떤 질병요?"

케이트가 묻자 민츠 부인은 대답했다.

"젊은 사람들이 방에 틀어박혀서 삶을 사는 걸 거부하는 병 말이야."

그런데 에드워드는 방에 틀어박힌 게 아니라 현관문 앞 유리방에 틀어박힌 것 같았다. 버티스타네 식당 창과 마주 보는 그 공간에서 밤낮없이 긴 의자에 앉아 무릎을 끌어안고 의심스러운 작은 담배를 뻐끔대는 모습을 자주 볼 수 있었다.

뭐, 그건 그렇고. 적어도 연애의 위험은 없었다. (버니는 풋볼 선수 타입에 약했다.) 그래도 규칙은 규칙이기에 케이트가 말했다.

"버니, 너 혼자 있을 때 손님을 대접하면 안 되는 걸 알잖아."

"대접이라고!"

버니가 당황해서 눈을 동그랗고 뜨고 빽 소리쳤다. 그녀는 무릎 위에 펼쳐진 스프링 노트를 들어 보이면서 덧붙였다.

"난 스페인어 교습을 받는 중이라고!"

"네가?"

"아빠한테 물어봤어, 기억나지? 세뇨라 맥길리커디가 나한테 가정교사가 필요하다고 말했거든? 그래서 아빠한테 물어봤더니 그래도 된다고 했거든?"

"그래, 하지만……"

케이트가 말을 시작했다.

그래, 하지만 아버지는 마리화나를 피우는 옆집 아들한테 배워도 된다는 뜻은 아니었을걸. 그러나 케이트는 이런 말은 하지 않았다. (외교술.) 대신 그녀는 에드워드에게 몸을 돌리고 물었다.

"특별히 스페인어를 잘해, 에드워드?"

"그런데요, 버티스타 씨. 다섯 학기를 배웠어요."

에드워드가 대답했다. 케이트는 '버티스타 씨'가 건방진 말투인지 진지한 말투인지 알 수가 없었다. 어느 쪽이든 짜증스러웠다. 그녀는 **그런 말을 들을 정도로** 나이 들지 않았다. 에드워드가 다시 말했다.

"가끔 스페인어로 생각하기도 하는걸요."

이 말에 버니는 가볍게 키득댔다. 버니는 매사에 키득댔다.

그녀가 말했다.

"에드워드가 이미 아주 많이 가르쳐 줬거든?"

사람을 짜증 나게 만드는 버니의 또 다른 습관은 평서문을 의문문으로 바꿔 말하는 것이었다. 케이트는 **진짜** 질문으로 생각하는 척해서 동생을 꼼짝 못 하게 만드는 것을 좋아했다.

"내가 모르지 않겠니? 난 너랑 집에 있지 않았는데."

에드워드가 말했다.

"예?"

그러자 버니가 그에게 말했다.

"그냥 무시해도 되거든?"

에드워드가 말했다.

"난 매 학기 스페인어 과목에서 A나 A 마이너스를 받았어요. 졸업반 때만 아니었는데 그건 내 잘못이 아니었어요. 스트레스에 시달렸거든요."

"그래, 하지만 버니는 집에 혼자 있을 때 남자 손님들과 있으면 안 되거든."

"아휴 참! 이거 **창피해서**!"

버니가 외쳤다.

케이트가 동생에게 말했다.

"딱하게 됐지. 계속해. 내가 근처에 있을 테니까."

그녀 뒤에서 버니가 중얼대는 소리가 들렸다.

"Un bitcho."

"Una bitch-AH."[*]

에드워드가 틀린 부분을 선생님 같은 억양으로 교정해 주었다. 그들은 한동안 킬킬대며 웃었다.

버니는 남들이 생각하는 것처럼 귀염성 있는 아이가 아니었다. 케이트는 버니가 존재하는 이유조차 이해 못 했었다. 어머니는—가냘프고 말수가 적고, 분홍빛 도는 금발에 버니와 똑같이 별 같은 눈을 가졌던—케이트의 첫 14년 인생 동안 '요양 기관'이라는 곳들을 들락날락하면서 살았다. 그러다가 하늘에서 뚝 떨어지듯 버니가 태어났다. 어떻게 부모님이 자식을 더 낳는 게 좋을 거라고 생각했는지 케이트로서는 상상이 되지 않았다. 어쩌면 그들은 고심하지 않았을 것이다. 어쩌면 조심성 없는 열정이 빚은 일이었을 것이다. 그러나 그것은 훨씬 더 상상하기 힘들었다. 아무튼 두 번째 임신은 시아 버티스타의 심장 장애를 심화시켰거나 장애를 불러왔고, 그녀는 버니가 첫돌을 맞이하기도 전에 세상을 떠났다. 평생 어머니의 부재를 알았기에 케이트에게 그녀의 죽음은 큰 변화가 아니었다. 또 버니는 어머니를 기억도 못 했다. 어머니와 비슷한 구석—예를 들면 새치름하게 당긴 턱과 검지 끝을 잘근잘근 씹는 습관—이 있는 게 묘하긴 했지만. 버니는 마치 자궁에 있을 때부터 어머니를 눈여겨봤던 것 같았다. 어머니의 언니인 셀마 이모는 "세상에, 버니. 널 보면 난 울게 되는구

---

[*] 영어 단어 bitch(암캐)에 스페인어 명사형의 성性 변화로 말장난을 한 것으로 보인다.

나. 네가 네 가여운 엄마를 빼다 박았거든!"이란 말을 입에 달고
살았다.

한편 케이트는 어머니와 비슷한 구석이 전혀 없었다. 케이트는
피부가 검고 뼈대가 굵고 수척했다. 그녀가 손가락을 잘근잘근
씹었다면 괴상망측해 보였을 테고 어디서도 귀염성 있다는 말을
듣지 못했을 터였다.

케이트는 una bitcha였다.

"캐서린, 애야!"

케이트는 놀라서 스토브에서 몸을 돌렸다. 아버지가 함박웃음
을 지으며 문간에 서 있었다. 그가 맏딸에게 물었다.

"오늘 하루 어떻게 지냈니?"

"괜찮았어요."

"일은 잘 풀렸고?"

"그저 그렇게요."

"잘됐구나!"

그는 계속 거기 서 있었다. 평소의 그라면 연구소에서 기운 빠
진 모습으로 퇴근했을 테고, 머릿속에는 작업 중이던 일이 고스
란히 남아 있었을 것이다. 그러나 왠지 오늘은 어떤 색다른 일이
심중에 있는 듯했다. 그가 다시 말했다.

"걸어서 출근했던가 보더라."

"아, 그럼요."

케이트가 내꾸했다. 그녀는 일기가 지독히 나쁜 날이 아니면 늘 걸어서 출근했다.

"또 집까지 상쾌하게 걸어왔고?"

"네. 오다가 아버지의 조교랑 마주쳤어요."

"**그랬구나!**"

"네."

"잘했네! 그가 어떻더냐?"

"그가 **어땠느냐**니요? 그가 어땠는지 **아버지가** 모르세요?"

케이트가 반문했다.

"내 말은 둘이 무슨 이야기를 나눴느냐는 거지."

케이트는 기억해 내려 애썼다.

"머리 이야기?"

그녀가 말했다.

아버지가 계속 미소를 지었다. 그가 마지막으로 물었다.

"아. 그 외에는?"

"그게 다였을걸요."

케이트가 다시 스토브로 몸을 돌렸다. 그녀는 매일 밤 저녁 식사로 먹는 죽을 데우고 있었다. 가족은 이것을 '고기 곤죽'이라고 불렀지만 주재료는 말린 콩과 녹색 채소와 감자였다. 케이트는 매주 토요일 오후에 이 재료들에 쇠고기 스튜를 조금 넣고 졸여서 거무죽죽한 풀죽처럼 만들었다가 한 주 내내 식탁에 올렸다. 이 음식을 고안한 사람은 아버지였다. 그는 왜 사람들이 일정한 방식으로 살지 않는지 이해 못 했다. 이렇게 먹으면 필요한 영양분이 전부 공급되고 시간과 음식을 선택하는 수고를 덜 수 있었다.

그녀가 가스 불을 줄이면서 말했다.

"아버지, 버니가 에드워드 민츠를 스페인어 가정교사로 정한 걸 아셨어요?"

"에드워드 민츠가 누군데?"

"옆집 사는 에드워드요, 아버지. 오늘 오후에 퇴근해 보니 에드워드가 여기 와 있더라고요. 그런데 그가 여기 이 집에 와 있는 게 규칙 위반인 건 기억하시겠죠? 또 그가 가정교사로 적당한지도 알 수 없고요. 버니가 얼마나 교습비로 준다고 말했는지조차 저는 몰라요. 버니가 **아버지한테는** 말했어요?"

"흠, 내 생각에는 그 아이가…… 맞아, 버니가 스페인어 과목에서 잘하지 못한다고 했던 기억이 나는 것 같구나."

"네, 그리고 아버지는 가정교사를 구해 보라고 말했지만, 왜 버니가 수학과 영어 가정교사를 소개받은 업체에 연락하지 않았을까요? 왜 이웃 청년을 가정교사로 삼았을까요?"

"그 아이 나름의 분명한 이유가 있었겠지."

아버지가 말했다.

"왜 아버지가 그렇게 생각하는지 모르겠어요."

케이트가 말했다. 그녀는 숟가락을 냄비 가장자리에 탁탁 쳐서 달라붙은 곤죽 덩어리를 떨구었다.

케이트는 늘 아버지가 평범한 일상생활에 대해 전혀 모르는 게 놀라웠다. 그는 진공상태에서 살았다. 예전 가정부는 아버지가 너무 똑똑해서 그런 거라고 말해 주곤 했다.

"그분 머릿속에는 아주 중요한 문제들이 있거든. 세상의 질병 같은 걸 싹 없애는 일 말이야."

그러자 케이트가 가정부에게 말했었다.

"저기, 그런다고 우리를 마음에 못 두는 건 아니잖아요. 아버지에게는 우리보다 쥐들이 더 중요한 것 같아요. 우리 생각은 안중에도 없는 것 같다고요!"

"아니, 아버지는 신경 쓰신단다! 그렇고말고. 다만 그 마음을 보여 주지 못하는 거야. 마치 그는…… 그런 언어 같은 걸 배우지 못한 것 같아, 다른 별나라에서 왔다고 할까. 하지만 내 장담하는데, 아버지는 너희를 염려하신단다."

그 가정부라면 달링 부인의 '좋은 것 규칙'을 쌍수 들고 환영했을 텐데.

아버지가 말하고 있었다.

"저번 날 피요더의 비자 이야기를 꺼냈을 때 네가 문제를 완전히 이해 못 했던 것 같아. 그의 비자는 3년간 유효하지. 그 친구가 여기 온 지 2년 10개월 지났단다."

"저런."

케이트가 중얼댔다. 그녀는 가스 불을 끄고 냄비의 양쪽 손잡이를 들면서 말했다.

"잠시만요."

아버지가 문간에서 물러났다. 케이트가 그를 지나쳐 식당으로 들어가, 식탁 가운데 늘 놓여 있는 삼발이에 냄비를 올려놓았다.

식당은 어머니가 친정에서 물려받은 격식 있고 고상한 가구로 꾸며져 있었지만, 그녀가 세상을 떠난 후 두서없는 분위기를 풍겼다. 식기장에 놓인 은식기 사이에 비타민 병들, 개봉한 우편물, 잡다한 사무용품이 섞여 있었다. 앉지 않는 식탁 끄트머리에는 영수증, 계산기, 관리 장부, 소득세 신고서 다발이 쌓여 있었다. 세금 신고는 늘 케이트가 도맡았기에 이제 그녀는 바싹 뒤따라오는 아버지를 미안한 눈빛으로 힐끗 보았다. (세금 신고 마감일이 코앞이었다.) 하지만 그는 자기 생각에 빠져 있었다.

"어려움을 알겠지."

그가 말했다. 그는 맏딸을 따라서 주방으로 다시 갔다. 케이트는 냉장고에서 요구르트를 꺼냈다.

"잠시만요."

그녀가 다시 말했다. 아버지는 케이트를 따라서 다시 식당으로 갔다. 아래위가 붙은 작업복 앞주머니 깊이 주먹을 넣어서 그는 팔에 토시를 낀 것처럼 보였다.

"2개월 후면 그 친구는 이 나라를 떠나야 되게 생겼다."

그가 말했다.

"아버지가 그의 비자를 갱신해 줄 수 있지 않나요?"

"이론적으로는 그럴 수 있지. 그런데 그를 위해서 누가 신청하느냐가 문세시—그 프로젝트가 그만큼 중요하다는 것에 대해 말이야. 그런데 내 일부 동료들은 내 프로젝트를 무모한 짓으로 보는 것 같아. 흠, **그들이** 뭘 알겠니, 그렇지? 난 여기 뭔가 쥐고 있고 그게 실제로 느껴지거든. 나는 자가면역질환을 해결할 단 하나의 통합된 열쇠를 발견할 찰나에 와 있지. 그런데 이민국은 내가 피요더 없이 해내야 된다고 말할 거야. 9·11 사태 이후 이민국이 어찌나 어처구니없이 나오는지."

"저런."

케이트가 중얼댔다. 그들은 다시 주방으로 돌아왔다. 그녀는 조리대에 놓인 큰 그릇에서 사과 세 알을 골랐다. 케이트가 물었다.

"그러면 누구로 대체하실 예정이에요?"

"대체라니!"

닥터 버티스타가 쏘아붙였다. 그는 딸을 노려보며 말을 이었다.

"케이트, 이 사람은 피요더 체르바코프야! 난 피요더 체르바코프랑 연구해 왔으니 다른 누구와도 하지 않을 게다."

"저기요, 제가 듣기에는 **반드시** 다른 사람이 해야 될 것 같은데요."

케이트는 다시 "잠시만요"라고 말하고 식당으로 돌아갔다. 이번에도 아버지가 쫓아왔다. 그녀가 각각의 접시에 사과 한 알씩 놓았다.

"난 망했어. 끝장나게 생겼다. 차라리 연구를 접는 게 나을 거 야."

아버지가 말했다.

"그만하세요, 아버지."

"만약, 혹시 우리가 그에게…… 신분 변화를 시켜 줄 수 있다면 몰라도."

"아, 그러세요. 그에게 신분 변화를 시켜 주세요."

케이트는 아버지 앞을 지나 복도로 나갔다. 그녀가 위층에 대고 소리쳤다.

"버니! 저녁 먹자!"

"우리가 그의 신분을 '미국인과 결혼'으로 바꿔 줄 수 있을 거 야."

"표트르가 미국인이랑 결혼했어요?"

"아니, 아직 그런 건 아니고."

아버지가 말했다. 그는 케이트를 따라서 식당으로 가면서 말을 이었다.

"하지만 그 친구가 제법 잘생겼잖니. 너도 동의하지 않니? 건물에서 일하는 아가씨들 모두 갖은 핑계를 대면서 피요더에게 말을 붙이려는 것 같거든."

"그러면 그가 건물에 있는 어느 아가씨랑 결혼할 수 있는 거예요?"

케이트가 물었다. 그녀는 자리에 앉아 냅킨을 흔들어 펼쳤다.

아버지가 말했다.

"그렇지는 않을걸. 그 친구가…… 대화가 더 이상 진전되지 않는 눈치야, 애석하게도."

"그럼 누구랑 해요?"

아버지가 식탁 상석에 앉았다. 그는 헛기침을 했다. 그가 입을 열었다.

"너면 어떨까?"

케이트가 그에게 말했다.

"진짜 웃기네요. 아이 정말, 애는 어디 **있지**? 버니스 버티스타! 냉큼 이리 내려오지 못해!"

그녀가 소리쳤다.

"나, 내려**왔어**, 귀청 찢어지게 고함지를 것 없어."

버니가 문간에 들어서면서 말했다.

버니는 케이트의 맞은편 의자에 털썩 주저앉았다.

"오셨네요, 아빠!"

버니가 말했다.

긴 침묵이 흘렀고 그사이 닥터 버티스타는 심연에서 몸을 끌어올리는 것 같았다. 마침내 그가 말했다.

"그래, 버니."

그의 목소리는 서글프고 공허했다.

버니는 케이트에게 눈썹을 치떴다. 케이트는 어깨를 으쓱하고 국자를 집어 들었다.

3

"행복한 화요일이에요, 어린이 여러분!"

달링 부인이 인사하고 나서, 또다시 케이트에게 원장실로 오라고 말했다.

촌시 부인이 병가를 내서 케이트는 이번에는 낮잠 시간에 교실을 비울 수 없었다. 또 화요일은 어린이집이 끝난 후에 방과 후 돌봄을 책임지는 날이었다. 그러니 점심시간부터 5시 30분까지 궁금해하면서 보내야 될 터였다.

그녀는 달링 부인이 무슨 일 때문에 보자고 하는지 전혀 짐작이 되지 않았다. 하긴 언제는 짐작할 수 있었나. 이곳의 에티켓은 요상하기 짝이 없는걸! 혹은 관습이라나 전통이라나 뭐라나……예를 들면 타인들에게 발뒤꿈치나 그런 걸 보이지 않는다거나. 케이트는 잘못했을 만한 일을 떠올려 보려고 애썼지만, 어제 오후에서 오늘 정오 사이에 잘못했으면 얼마나 잘못**했을 수** 있을까? 그녀는 학부모들과 접촉을 최소화하는 것을 방침으로 삼았고, 오늘 아침에 앤트완의 재킷 지퍼를 열면서 안달하던 소리를 설마 원장이 들었을 리 없겠지. 케이트는 "멍텅구리 거지 같은 현대 **생활** 같으니"라고 중얼댔었다. 하지만 그녀가 욕을 퍼부은 대상은 앤트완이 아니라 생활이었고, 분명히 아이도 그걸 알았다. 게다가 앤트완은 기회가 있어도 조르르 달려가서 고자질할 부류의 아이가 아닐 듯했다.

아래에서 열 수 있지만 윗부분은 그대로 잠겨 있는 이중 지퍼가 문제였고, 그녀는 결국 앤트완의 머리 위로 재킷을 벗겨야 했다. 그런 모양의 지퍼가 싫었다. 주제넘는 지퍼 같으니라고. 사람의 결정 없이 모든 욕구를 파악하려 들다니.

케이트는 달링 부인이 전날 어떤 말로 으름장을 놓았는지 떠올리려고 애썼다. '한 번만 더 말썽을 부리면 해고'라는 말은 안 했던 것 같은데? 그래, 그렇게 구체적으로 말하지는 않았다. 어른들이 애들을 위협할 때마다 쓰는 애매한 '안 그랬다간'이라는 말투 정도였다. 하기야 결국 상황이 말처럼 으스스하지 않다는 것을 애들도 간파하지만.

'살얼음판'이라는 구절이 있었던 것 같은 기억이 난다.

직장을 잃게 되면 하루하루를 어떻게 채울까? 그녀의 삶에 다른 것은 전혀 없었다—매일 아침 침대에서 나올 이유를 생각할 수가 없었다.

'어제 한 일 발표회'에서 클로이 스미스는 주말에 동물 체험 농장에 다녀왔던 일에 대해 말했다. 클로이는 새끼 염소들을 봤다고 했다. 케이트는 "운이 좋았네"라고 말하고 (그녀는 염소를 애틋해했다) 물었다.

"염소들이 행복할 때 그러듯 시끄럽게 떠들어 댔니?"

"네, 몇 마리는 날아가려는 것 같았어요."

클로이가 대답했고, 설명이 어찌나 담담한 어조인지, 어찌나 구체적이고 무덤덤하게 말하던지 케이트는 샘솟는 순수한 기쁨을 경험했다.

어떤 것의 가치를 알기도 전에 그것을 잃는 상상을 해야 된다니 우스웠다.

5시 40분, 마지막 남은 아이의 어머니가 도착하자—5세반 학부모인 애머스트 부인은 아들을 어린이집에 입원시킨 후 늘 늦게 데리러 왔다—케이트는 불미스러운 말을 입 밖에 내지 않으려고 입을 꾹 다물고 가식적인 미소를 지었다. 그녀는 어깨를 반듯하게 펴고 심호흡을 크게 한 후 원장실로 향했다.

달링 부인은 실내용 화분에 물을 주고 있었다. 아마 시간을 보내려고 이미 다른 모든 방법을 동원했을 터였다. 케이트는 원장의 권태로움이 짜증으로 변하지 않았기를 바랐다. 그녀 자신이 기다리는 쪽이었다면 짜증 났을 테니까. 그래서 케이트는 이렇게 말했다.

"늦어서 정말 정말 죄송해요. 애머스트 부인의 잘못이었어요."

달링 부인은 애머스트 부인에게는 관심이 없는 듯했다.

"앉아."

그녀가 케이트에게 말하고, 스커트를 매만지면서 책상 뒤쪽에 앉았다.

케이트가 의자에 앉았다.

"에마 그레이."

달링 부인이 말했다. 그녀는 오늘은 에두르지 않고 용건을 말했다.

에마 그레이? 케이트는 머릿속으로 문제가 될 만한 일들을 떠올렸다. 그녀가 아는 한 그런 일은 전혀 없었다. 에마 그레이는 문제를 일으킨 적이 없었다.

"에마가 케이트에게 4세반에서 누가 그림을 가장 잘 그린다고 생각하느냐고 물었지."

달링 부인이 말했다. 그녀는 전화기 옆에 놓인 메모지를 참고해서 말을 이어 갔다.

"케이트는 말하기를……"

그녀는 적힌 어구를 그대로 읽었다.

"……'아마 제이슨일 것 같은데.'"

"맞아요."

케이트가 말했다.

그녀는 깜짝 놀랄 말이 나오기를 기다렸지만, 달링 부인은 이미 할 말을 다 한 것처럼 메모지를 내려놓았다. 그녀는 양손을 깍지 끼고 케이트에게 '그래서 말이지!'라는 표정을 지어 보였다.

케이트가 말했다.

"딱 그렇게 말했어요."

달링 부인이 그녀에게 말했다.

"에마의 어머니가 몹시 흥분했어. 케이트가 에마에게 열등감을 느끼게 했다더군."

"에마는 열등**해요**. 에마 G.는 그림을 잘 못 그려요. 그 아이는 제 솔직한 의견을 물었고, 저는 에마에게 솔직한 대답을 해 준 건데요."

"케이트, 거기에는 논란거리가 너무 많아서 어디서부터 시작해야 좋을지조차 모르겠군."

달링 부인이 말했다.

"그 대답이 뭐가 잘못됐지요? 저는 통 모르겠는데요."

"흠, 케이트가 했어야 되는 대답은 '아, 에마. 나는 그림 그리기를 경쟁으로 본 적이 없단다. 너희 **모두**가 상상력이 풍부해서 얼마나 기쁜지 몰라'지. '너희 모두가 하는 일에 최선을 다해서.'"

케이트는 이런 식으로 대답하는 상상을 해 보려 애썼다. 상상이 되지 않았다. 그녀가 대답했다.

"하지만 에마는 개의치 않았어요. 맹세컨대 그 아이는 마음 쓰지 않았어요. 에마의 대답은 '아, 맞아요, 제이슨이에요'가 전부였고, 하던 일로 돌아갔어요."

"그 아이는 제 어머니에게 그 일을 알릴 정도로 신경이 쓰였던 거야."

달링 부인이 말했다.

"그냥 이야기를 하려고 그랬던 거겠죠."

"아이들은 '그냥 이야기를 하지' 않아, 케이트."

케이트의 경험상 그냥 이야기하는 것은 아이들이 가장 좋아하는 활동이었지만 이렇게 대답했다.

"저기, 어쨌거나 지난주에 있었던 일인걸요."

"그리고 그 말의 요지는?"

평소 케이트는 이 질문에 "**아이참**, 그걸 간파 못 하시다니 안타깝네요"라고 대답했다. 그러나 그녀는 이번에는 꾹 참았다. (자제력을 실천하는 데 따르는 불만은 아무도 그런 줄 모른다는 점이었다.)

그녀가 대답했다.

"그러니까 제가 그 일을 지금 한 게 아니라는 점이 요지예요. 저미샤의 아버지와 부딪치기 전에 있었던 일이에요. 제가 태도를 고치겠다고 약속하기 전이었어요. 제가 무슨 약속을 했는지 기억하며 약속을 지키고 있다는 뜻이에요. 저는 대단히 외교적이고 요령껏 대처하고 있어요."

"그 말을 들으니 다행이네."

달링 부인이 말했다.

그녀는 석연치 않은 표정을 지었다. 하지만 케이트에게 해고 통고는 하지 않았다. 그냥 고개를 저으면서 그만 된 것 같다고만 말했다.

케이트가 집에 도착해 보니 버니가 주방에서 법석을 떨고 있었다. 동생은 하얀 덩어리를 너무 높은 온도에서 튀기는 중이었고, 집 전체에 중국 식당에서 나는 뜨거운 기름과 간장 냄새가 진동했다.

"이게 다 뭐야?"

케이트가 버니 앞을 지나쳐 불을 줄이러 가면서 물었다. 버니가 뒤로 물러났다.

"제발 흥분하지 마, 두부거든?"

버니가 뒤집개를 파리채처럼 위로 들면서 대꾸했다.

"두부!"

"내가 채식주의자가 되려고 하거든?"

"웃기지 마."

케이트가 말했다.

"이 나라에서 매일 매시간 66만 마리의 무고한 동물들이 우리를 위해 죽거든?"

"그걸 어떻게 알았어?"

"에드워드가 말해 줬어."

"에드워드 민츠?"

"그는 얼굴을 가진 것은 먹지 않거든? 그러니까 다음 주부터 언니는 쇠고기를 넣지 않고 고기 곤죽을 만들어야 해."

"고기 없는 고기 곤죽을 만들라니."

"그게 더 건강할 거야. 언니는 몰라, 우리 몸에는 독소가 꽉 차 있다고."

"아주 사이비 종교 집단에 들어가지그래?"

케이트가 버니에게 말했다.

"언니가 이해 못 할 줄 알았어!"

"나 참, 가서 식탁 차려."

케이트가 힘없이 말했다. 그녀는 냉장고를 열고 고기 곤죽 냄비를 꺼냈다.

버니가 늘 이렇게 멍청했던 것은 아니었다. 그러기 시작한 때는 열두 살 언저리였던 것 같고 동생은 경망스럽게 변했다. 머리에도 변화가 반영되었다. 예전에는 얌전한 양 갈래 땋은 머리였지만 이제 탄력 있는 짧은 곱슬머리가 사방으로 뻗쳤고, 적당한 각도에서는 곱슬머리 사이로 햇빛이 보였다. 버니는 입술을 살짝 벌리고 눈을 휘둥그레 천진난만하게 뜨는 습관을 들였으며, 허리밴드를 겨드랑이 아래까지 올려 짧은 스커트 자락이 허벅지까지 올라오게 해서 묘하게 어린애처럼 보이게 옷을 입었다. 모든 게 남자애들과 관계있다고 케이트는 짐작했다─남자애들의 시선을 끌려고. 하지만 왜 아이 같은 게 사춘기 소년들에게 매력적일까? (그런데 확실히 매력적이었다. 버니는 인기가 좋았다.) 공식 석상에서 버니는 안짱걸음으로 걷고 거의 항상 손끝을 물어뜯어서, 수줍어 보인다는 무지막지한 오해를 끌어냈다. 그러나 사적인 공간인 여기 주방에서 버니는 정상적으로 걸었다. 접시를 한 아름 안고 쿵쾅대며 식당으로 가서 식탁에 하나-둘-셋 접시를 내려 놓았다.

케이트가 조리대에 놓인 그릇에서 사과를 고를 때, 입구 홀에서 아버지의 목소리가 들렸다.

"내가 케이트에게 우리가 여기 왔다고 알리겠네."

그러더니 그가 외쳤다.

"케이트?"

"네."

"우리다."

그녀는 버니와 눈빛을 교환했다. 이제 버니는 접시에 두부 덩어리를 담고 있었다.

"우리가 누군데요?"

케이트가 외쳤다.

닥터 버티스타가 주방 문간에 나타났다. 표트르 셰르바코프가 그 뒤에 서 있었다.

"어머. 표트르."

케이트가 말했다.

"켈로!"

표트르가 인사했다. 그는 어제 입었던 회색 저지 상의 차림으로 한 손에 작은 종이봉투를 들고 있었다.

"그리고 여기는 내 다른 딸 버니. 번-번스, 피요더와 인사해라."

닥터 버티스타가 말했다.

"안녕! 안녕하세요?"

버니가 보조개가 쏙 들어가게 웃으면서 인사했다.

"이제 이틀째 기침하고 재채기를 하고 있어요. 콧물도 흐르고요. 세균 때문일 거라고 생각합니다."

표트르가 버니에게 말했다.

"아, 안됐다!"

"피요더는 우리랑 식사할 거야."

닥터 버티스타가 알렸다.

케이트가 대꾸했다.

"그래요?"

그녀는 보통 그런 일이 있으면 요리사에게 미리 알리는 게 관례라고 지적해야 했겠지만, 사실 이 집안에는 풍습 따윈 없었다. 이런 상황이 벌어진 적이 아예 없었으니까. 케이트가 기억할 수 있는 한, 버티스타 일가의 저녁 식탁에 손님이 함께한 적은 없었다. 또 버니는 벌써 "잘됐네요!"라고 말했다. (버니는 사람이 많을수록 더 즐거워진다고 생각하는 부류였다.) 버니가 식기세척기에서 깨끗한 접시와 포크류를 꺼냈다. 한편 표트르는 케이트에게 종이봉투를 내밀었다.

"손님으로 온 선물입니다. 디저트예요."

표트르가 그녀에게 말했다.

케이트는 봉투를 받아서 안을 들여다보았다. 초콜릿 네 개가 들어 있었다.

"아, 고마워요."

그녀가 말했다.

"90퍼센트 카카오예요. 플라보노이드가 함유되어 있죠. 폴리페놀도."

"피요더는 다크초콜릿의 효능을 철석같이 믿지."

닥터 버티스타가 말했다.

버니가 표트르에게 말했다.

"어머, 난 초콜릿을 무지 좋아하는데! 난 중독됐거든요? 아무리 먹어도 물리지 않거든요?"

버니가 재잘대면서 과장된 반응을 보여서 다행이었다. 케이트는 그리 환대하고 싶은 기분이 아니었으니까. 그녀는 그릇에서 사과를 하나 더 꺼내서 식당으로 가다가, 아버지 앞을 지나면서 뚱한 표정을 지었다. 그는 미소를 지으며 손을 맞대고 비볐다.

"가벼운 친교지!"

닥터 버티스타가 비밀을 털어놓는 어조로 케이트에게 말했다.

"흠."

그녀가 주방에 다시 갔을 즈음 버니는 표트르에게 모국의 어떤 부분이 가장 그립냐고 묻고 있었다. 버니는 접시와 포크류를 든 채, 매료된 눈빛을 반짝이며 그의 얼굴을 올려다보았다. '이달의 미스 안주인'처럼 격려하듯 머리를 갸우뚱하고서.

"피클이 그리워요."

표트르는 주저하지 않고 대답했다.

"그게 그렇게 환상적인가요?"

"식탁을 마저 차려. 여기, 저녁 식사 나갈 준비가 됐어."

"뭐야? 잠깐만. 먼저 한잔 마실 수 있을 줄 알았는데."

"한잔요!"

"거실에서 한잔."

"그래요! 나도 한 잔 마셔도 되죠, 아빠? 와인 쬐금."

"아니, 안 돼. 지금만으로도 네 뇌의 성장은 정지됐거든."

케이트가 동생에게 말했다.

표트르는 야유하듯 웃었다. 버니가 말했다.

"아빠! 언니가 나한테 하는 말 들었어요?"

케이트가 대꾸했다.

"진심으로 한 말이었어. 우린 가정교사를 더 쓸 형편이 아니야. 게다가 아버지, 저는 배고파 죽겠어요. 평소보다 훨씬 늦게 오셨 잖아요."

닥터 버티스타가 말했다.

"알았다, 알았어. 미안하네, 피요더. 요리사가 대장인가 보구면."

"괜찮습니다."

표트르가 말했다.

이렇게 되는 편이 나았다. 케이트가 아는 한 집에 있는 술은 지난 새해 첫날 따 놓은 키안티 와인밖에 없어서였다.

그녀는 고기 곤죽을 식당으로 가져가서 삼발이 위에 내려놓았다. 한편 버니는 그녀의 옆자리에 표트르의 자리를 마련했다. 소득세 서류 더미 때문에 모두 식탁 한쪽에 옹기종기 모여 앉아야 했다.

"가족들은 어때요, 피요더? 고향의 **가족**이 그립지 않아요?"

표트르가 자리 잡자 버니가 물었다. (이 아이는 지칠 줄 몰랐다.)

"난 가족이 없어요."

그가 대답했다.

"전혀 없어요?"

"난 고아원에서 자랐어요."

"어머! 난 고아원 출신인 사람을 만나 본 적이 없는데!"

"너, 표트르의 물을 잊었구나."

케이트가 버니에게 말했다. 그녀는 고기 곤죽을 접시에 담아 내주고 빈 접시를 받았다.

버니가 의자를 밀고 일어나려고 하는데 표트르가 손바닥을 들어 보이면서 말했다.

"괜찮아요."

"피요더는 물이 효소를 희석한다고 생각하지."

닥터 버티스타가 말했다.

버니가 중얼댔다.

"앵?"

"소화효소."

"얼음 넣은 물이 특히 그렇죠. 통로 중간에서 효소를 냉각시켜요."

표트르가 말했다.

"이 이론을 들어 본 적이 있니?"

닥터 버티스타가 딸들에게 물었다. 그는 재미난 표정을 지었다.

케이트는 조교의 신분을 바꿔 주기로 작정했다면 아버지 스스로 그와 결혼 못 해서 아쉽다고 생각했다. 두 사람은 천생연분인 듯했다.

화요일마다 케이트는 고기 곤죽 부리토를 만들 수 있게 토르티야와 살사를 식탁에 올렸다. 하지만 표트르는 토르티야를 좋아하지 않았다. 그는 곤죽 위에 살사를 잔뜩 담은 다음 숟가락으로 퍼 먹으면서, 닥터 버티스타의 말을 들으며 고개를 끄덕였다. 케이트의 아버지는 왜 남자들보다 여자들이 자가면역질환에 더 잘 걸리는지 설명하는 중이었다. 케이트는 접시 위에서 음식을 빙빙 돌렸다. 생각했던 것만큼 배가 고프지 않았다. 그리고 식탁 맞은편에 앉은 버니는 두부가 별로인 듯했다. 포크로 한쪽 구석을 잘라서 앞니로 씹으면서 시험 삼아 맛을 봤다. 버니가 먹을 녹색 채소는—파르스름한 셀러리 두 줄기—지금까지 건드리지 않은 채 그대로였다. 케이트는 동생이 육류를 먹지 않는 기간이 사흘이면 끝날 거라고 예상했다.

닥터 버티스타는 표트르에게, 이따금 남자들보다 여자들이 더…… 민감한 것 같다고 말하다가 갑자기 입을 다물고 버니의 접시를 쳐다보았다.

그가 물었다.

"그게 뭐냐?"

"두부거든요?"

"두부!"

"난 고기 먹는 걸 중단했거든요?"

"그게 현명한 처사일까?"

아버지가 물었다.

"이상하네요."

표트르가 말했다.

"이제 알았지?"

케이트가 버니에게 말했다.

표트르가 닥터 버티스타에게 물었다.

"따님이 비타민 B-12를 어디서 얻을까요?"

"아침에 먹는 시리얼에서 취할 수 있겠지. 물론 시리얼에 영양분이 강화되어 있다면."

닥터 버티스타가 생각에 잠겨 중얼댔다.

표트르가 말했다.

"그래도 이상합니다. 미국인들이 그렇게 음식을 빼고 먹는 게 말이죠! 다른 나라에서는 건강하고 싶으면 음식을 더 첨가해서 먹거든요. 미국인들은 음식을 빼고 먹고요."

버니가 말했다.

"예를 들어 참치 통조림은 어때요? '그 자체로는' 얼굴을 갖고 있지 않죠? 내가 참치 통조림에서 B-12를 얻을 수 있나요?"

케이트는 버니가 '그 자체로는'이란 말을 툭 내뱉은 데 놀라서, 한참 지나서야 아버지가 참치 언급에 과민 반응하는 것을 알아차렸다. 그는 양손으로 머리를 감싸고 앞뒤로 흔들면서 탄식했다.

"안 돼, 안 돼, **안 돼**, 안 돼, 안 된다고!"

그들 모두 닥터 버티스타를 쳐다보았다.

그가 고개를 들고 말했다.

"수은."

"아."

표트르가 중얼댔다.

버니가 말했다.

"뭐, 상관없어요. 난 평생 땅에 발 한 번 대지 못하고 우리에 갇혀 사는 작은 송아지를 먹는 걸 거부해요."

"넌 핵심에서 너무 벗어났어. 네가 말하는 건 송아지 고기야! 난 고기 곤죽에 송아지 고기를 넣은 적이 없어!"

"송아지 고기든 쇠고기든, 보드라운 털북숭이 양이든…… 난 그런 건 먹고 싶지 않아. 그건 사악한 짓이야. 말해 봐요, 피요더. 작은 새앙쥐들을 괴롭히면서 어떻게 살 수가 있죠?"

버니가 그에게 화살을 돌렸다.

"새앙쥐들?"

"혹은 뭐가 됐든 그 실험실에서 고문하는 동물들요."

"아이고, 번-번스."

닥터 버티스타가 통탄하듯 중얼댔다.

"난 생쥐들을 고문하지 않아요. 그것들은 아버님의 연구소에서 아주 멋진 삶을 살아요. 오락도 하고! 교제도 하고! 몇몇은 이름도 있어요. 그것들은 야외에서 사는 것보다 더 낫게 삽니다."

표트르가 위엄 있게 말했다.

"하지만 그것들의 몸에 바늘을 찌르잖아요."

버니가 대꾸했다.

"그렇기는 하지만……"

"그리고 그 바늘들이 쥐들을 아프게 하고요."

"아니요, 요즘은 바늘이 쥐를 아프게 하지 **않고**, 그게 흥미롭지요. 왜냐면……"

전화벨이 울렸다. 버니가 말했다.

"내가 받을게요!"

버니는 의자를 뒤로 쭉 밀고 발딱 일어나서 주방으로 뛰어갔다. 표트르는 입을 벌린 채 그 자리에 남아 있었다.

버니가 말했다.

"여보세요? 어, 아-안녕! 안녕!"

숨넘어가는 경망스러운 목소리로 미루어 케이트는 버니가 남자와 통화 중임을 짐작할 수 있었다. 놀랍게도 아버지 역시 눈치 챈 모양이었다. 그가 얼굴을 찌푸리면서 말했다.

"누구랑 통화**하는** 게냐?"

그러더니 몸을 돌려서 외쳤다.

"버니? 누구 전화냐?"

버니는 아버지의 질문을 못 들은 체했다.

"어머나. 어머나, 너무 친절하다! 그렇게 말하니 너무나 친절해!"

그들은 버니의 말소리를 들었다.

"누구랑 통화하는 거야?"

닥터 버티스타가 케이트에게 물었다.

그녀는 어깨를 으쓱했다.

"버니가 식사 시간 내내 그…… **문자질**만으로도 모자라서, 이제 애들이 전화를 거는 거야?"

"**저를** 쳐다보실 거 없어요."

케이트가 아버지에게 말했다.

그녀가 전화로 버니처럼 말했다면 목이 막혀서 말이 안 나왔을 터였다. 자존심이 싹 사라졌겠지. 순간적으로 케이트는 전화를 받는, 그러니까 애덤 반스의 전화를 받는 상상을 했다. 그에게 무슨 말이든 그렇게 해 주니 친절하다고 말하는 광경을 그렸고, 그 생각만으로도 손발이 오그라들었다.

"버니랑 민츠네 아들에 대해 이야기하셨어요?"

케이트가 아버지에게 물었다.

"무슨 민츠네 아들?"

"버니의 가정교사요, 아버지."

"아. 아직 안 했다."

케이트는 한숨을 쉬고 표트르에게 고기 곤죽을 더 먹으라고 권했다.

표트르와 닥터 버티스타는 림프 증식에 관한 토론에 빠져들었다. 버니가 통화를 마치고 돌아와서, 둘 사이에 뿌루퉁하게 앉아 두부 덩어리를 잘게 잘랐다. (소녀는 주목받지 않는 게 어색했다.) 식사 마지막에 케이트가 일어나더니 주방에 가서 초콜릿을 가져왔지만, 접시를 치울 생각을 하지 않아서 다들 남은 음식 위에 초콜릿 포장지를 버렸다.

케이트는 초콜릿을 한 입 베어 물고 얼굴을 찌푸렸다. 카카오 함량 90퍼센트면 다른 초콜릿보다 30퍼센트는 더 많다는 얘기였다. 표트르는 재미있다는 표정을 지었다.

"우리 나라에는 격언이 있지요. 약이 입에 쓰지 않으면 치료가 제대로 되지 않는다."

그가 말했다.

"난 디저트로 치료를 기대하는 게 영 익숙하지 않아서요."

케이트가 받아쳤다.

닥터 버티스타가 말했다.

"흠, 내 생각에는 맛이 아주 좋은걸."

그는 4세반 아이가 그린 찡그린 얼굴처럼 입꼬리가 처진 줄 모르고 말하는 듯했다. 버니도 초콜릿 맛이 썩 달갑지 않은 듯, 발딱 일어나 주방으로 가서 꿀단지를 들고 돌아왔다.

"이걸 발라."

케이트는 손사래를 치고 접시 위쪽에 놓인 사과에 손을 뻗었다.

"아빠? 이걸 좀 발라요."

"그래, 고맙구나, 버니킨스."

아버지가 말했다. 그는 초콜릿의 한쪽 귀퉁이를 꿀에 담그면서 덧붙여 말했다.

"버니가 허니를 주네."

케이트가 눈을 굴렸다.

"꿀은 내가 가장 선호하는 약용 식품 중 하나지."

그녀의 아버지가 표트르에게 말했다.

버니가 표트르에게 꿀단지를 내밀면서 권했다.

"피요더?"

"난 괜찮아요."

그는 무슨 이유에선지 케이트를 바라보고 있었다. 표트르는 계속 눈을 게슴츠레 떴고, 그녀를 지켜보면서 은밀한 결론에 도달하는 인상을 풍겼다.

요란하게 찰칵 소리가 났다. 케이트가 놀라서 아버지 쪽으로 고개를 돌리자, 그는 휴대폰을 흔들면서 딸에게 말했다.

"이것의 사용법을 익혀야겠다 싶어서."

"아휴, 그만하세요."

"그냥 연습해 보고 싶었을 뿐이야."

"나 한 장 찍어 줘요."

버니가 부탁했다. 그녀는 초콜릿을 내려놓고 얼른 냅킨으로 입가를 두드리면서 다시 말했다.

"한 장 찍어서 내 폰으로 전송해 줘요."

"전송하는 방법을 모르는데."

아버지가 말했다. 하지만 그는 어찌어찌 버니의 사진을 찍었다. 그러고 나서 말을 이었다.

"피요더, 사진에서 자네가 버니 뒤에 가렸네. 가서 케이트 옆에 서면 두 사람을 다시 찍어 주지."

표트르는 냉큼 자리를 바꿨지만, 케이트가 말했다.

"무슨 바람이 불어서 이러시는 거예요, 아버지? 그 휴대폰을 1년 반 동안 갖고 있으면서 지금까지는 눈길 한 번 주지 않았으면서요."

"내가 현대 세계에 발을 들여놓을 때가 된 게지."

그가 말하고 휴대폰을 일반 카메라라도 되는 것처럼 눈에 댔다. 케이트는 사진에 찍히지 않으려고 의자를 밀면서 일어났고, 다시 찰칵 소리가 나더니 아버지가 휴대폰을 내려서 사진을 확인했다.

"내가 설거지를 돕지요."

표트르가 케이트에게 말했다. 그도 자리에서 일어났다.

"신경 쓰지 마세요. 그건 버니의 일이에요."

"아니, 오늘 밤에는 너랑 피요더가 설거지를 맡지 그러니. 왜냐면 버니는 숙제가 있을 거거든."

닥터 버티스타가 말했다.

"아니, 없는데요."

버니가 말했다.

버니는 거의 숙제가 없었다. 도무지 알 수 없는 일이었다.

"흠, 하지만 네 수학 가정교사에 대해 이야기를 나눠야겠는데."

닥터 버티스타가 말했다.

"그 선생님이 뭐요?"

"스페인어 가정교사요."

케이트가 말했다.

"네 스페인어 가정교사에 대해 할 이야기가 있다. 따라오너라."

아버지가 일어나면서 말했다.

"그에 대해 무슨 말을 나눠야 된다는 건지 모르겠네요."

버니는 그렇게 말했지만 일어나서 아버지를 따라 식당에서 나갔다.

표트르는 벌써 접시들을 챙기고 있었다. 케이트가 말했다.

"정말이에요, 표트르. 내가 알아서 할 수 있어요. 아무튼 고마워요."

"내가 외국인이라서 이렇게 말하는 거지요. 하지만 미국 남자들이 설거지를 한다는 걸 압니다."

표트르가 그녀에게 말했다.

"이 집에서는 아니에요. 사실은 아무도 설거지를 하지 않아요. 그냥 그릇을 기계에 쑤셔 넣고 기계가 차면 돌려요. 다음 식사 때 그릇 일부를 꺼내 쓴 다음에 다시 넣고, 기계가 차면 다시 돌리죠."

표트르는 그 말에 대해 생각하다가 입을 열었다.

"그러면 어떤 그릇들은 두 번 세척되겠네요. 음식을 담지도 않았는데."

"두 번이나 대여섯 번 그러기도 해요. 제대로 알았네요."

"그럼 이따금 실수로 이미 사용한 접시를 쓰기도 하겠군요."

"누군가 아주 접시를 싹싹 핥아 먹었다면 그렇겠죠."

케이트가 웃음을 터뜨리면서 덧붙여 말했다.

"이건 관례에요. 아버지의 관례죠."

"아, 네. 관례."

표트르가 중얼댔다.

그는 개수대의 수도꼭지를 돌리고 그릇들을 헹구기 시작했다. 아버지의 관례에는 애벌 헹굼이 들어 있지 않았다. 지저분한 그릇은 세척기에 넣고 두 번 돌리라는 게 그의 지침이었다. 게다가 두 번 세척으로 다 닦이지 않았다 해도 적어도 소독됐다는 것은 알 수 있었다. 그러나 그녀는 표트르가 이미 못마땅해하는 것을 알아차리고 그를 말리려 하지 않았다.

그는 온수를 틀어 놓고 있었고, 이것은 환경에 매우 유해한 행위여서 아버지가 발끈할 일이었다.

한참 후 표트르가 물었다.

"가정부가 없습니까?"

"이제는 없어요. 바로 그래서 우리가 아버지의 관례에 따르는 거죠."

케이트가 대답했다. 그녀는 고기 곤죽을 다시 냉장고에 넣었다.

"어머님이 사망하셨지요."

"돌아가셨죠, 맞아요."

케이트가 말했다.

"모친을 잃으셨다니 유감입니다."

그가 말했다. 문장을 외우기라도 한 듯 한 마디씩 또박또박 발음했다.

"아뇨, 괜찮아요. 난 어머니를 별로 잘 몰랐어요."

"왜 어머니를 잘 몰랐죠?"

"내가 태어난 직후 어머니는 우울증 같은 것에 걸렸거든요."

이제 케이트는 식당에 가서 식탁을 닦았다. 그녀가 주방으로 돌아와서 말을 이었다.

"나를 한 번 보고 바로 절망에 빠진 거죠."

그녀가 웃음을 터뜨렸다.

표트르는 웃지 않았다. 그녀는 그가 고아원에서 자랐다는 것을 기억했다.

"그쪽도 **자기** 어머니를 모르겠네요."

그녀가 말했다.

표트르가 대답했다.

"네."

그는 그릇을 식기세척기에 넣었다. 그릇은 이미 음식을 담아도 될 만큼 깨끗해 보였다. 표트르가 덧붙여 말했다.

"난 발견되었죠."

"업둥이네요?"

"네, 현관 앞에서 발견되었죠. 복숭아 통조림 상자에 담겨서. 쪽지에 '생후 이틀'이라고만 적혀 있었어요."

표트르는 닥터 버티스타와 전문적인 대화를 할 때는 그럭저럭 똑똑하게—심지어 사려 깊게—말했지만, 덜 과학적인 화제로 넘어가면 다시 어눌해졌다. 예를 들어 그가 언제 관사를 붙이고 붙이지 않는지 케이트는 도통 가늠이 되지 않았다. 관사를 쓰는 게 얼마나 어렵다고 그럴까?

케이트는 행주를 식기장에 든 바구니에 던졌다. (아버지는 면 행주를 백 퍼센트 신뢰했고, 한 번 사용한 행주는 표백제로 세탁해야 된다고 주장했다. 그는 스펀지를 거의 미신적으로 공포스러워했다.)

그녀가 말했다.

"자, 여기 일은 나 끝났네요. 도와줘서 고마워요. 아버지가 거실에 계실 것 같은데요."

표트르는 그녀가 앞장서기를 기다리는 양 쳐다봤지만, 케이트는 팔짱을 끼고 싱크대에 몸을 기대고 서 있었다. 결국 그가 몸을 돌려서 주방에서 나갔고, 케이트는 식당으로 가서 소득세 서류를 붙잡았다.

"순조롭게 풀렸지, 너도 그렇게 생각하지 않니?"

아버지가 케이트에게 물었다.

그는 표트르를 배웅한 후 식당으로 들어와 있었다. 케이트는 세금 신고 서식의 한 칸을 계산한 후 고개를 들고 물었다.

"버니한테 얘기하셨어요?"

"버니라."

그가 중얼댔다.

"에드워드 민츠에 대해 버니랑 이야기했느냐고요?"

"뭐에 대해서?"

케이트는 한숨을 쉬었다. 그녀가 말했다.

"여기 집중 좀 해 보자고요. 버니에게 가정교사를 소개소에서 구하지 않은 이유를 물어보셨어요? 그가 교습비를 얼마나 요구하는지 알아봤어요?"

"그는 돈을 청구하지 않을 거라더라."

"아이참, **그건** 좋은 일이 아니죠."

"어째서?"

"우린 전문적인 데 기초해서 가정교사를 고용하고 싶죠. 그가 도움이 되지 않으면 그만두게 하는 게 좋잖아요."

"피요더와 결혼할래?"

아버지가 물었다.

"네?"

그녀는 왼손에는 계산기, 오른손에는 볼펜을 든 채 기대앉으면서 아버지를 쳐다보았다. 그가 던진 질문의 요지가 몇 초 지난 후에야 머릿속을 강타했다─횡격막이 쿵 내려앉는 것 같았다.

아버지는 그 말을 되풀이하지 않았다. 그는 작업복 주머니에 양 주먹을 찌르고 진지하게 대답을 기다리며 서 있었다.

"제발 진담이 아니라고 말하세요."

케이트가 말했다.

아버지가 대답했다.

"자, 가능성을 곰곰이 따져 봐라, 케이트. 생각도 하지 않고 성급한 결론을 내리지 마."

"지금 아버지의 연구 조교를 붙들어 둘 수 있도록 제가 알지도 못하는 남자랑 결혼하면 좋겠다고 말하는 거예요?"

"그는 **평범한** 연구 조교가 아니야. 그는 피요더 체르바코프라고. 또 너는 그 친구를 **조금밖에** 몰라. 내가 주는 그에 대한 정보를 아는 것뿐이지."

"한동안 이런 의중을 내보이셨지요, 아닌가요?"

케이트가 물었다. 떨리는 목소리가 나와서 수치스러웠다. 그녀는 아버지가 알아채지 않았기를 바랐다. 그녀가 계속 말했다.

"아버지는 내내 저한테 그를 떠밀었는데, 전 미련 곰탱이 같아서 그걸 몰랐네요. 친아버지한테 그런 꿍꿍이가 있을 줄 누가 상상이나 할 수 있었겠어요."

"자, 케이트. 넌 과민 반응하고 있어. 너는 조만간 누군가와 결혼할 거야, 그렇지? 그리고 이 친구는 아주 예외적인, 아주 재능 있는 사람이란다. 그가 내 프로젝트에서 빠진다면 인류에게 막대한 손실일 게다. 그리고 난 이 친구가 맘에 들어! 좋은 사람이야! 둘이 더 잘 알게 되면 틀림없이 너도 나와 똑같이 느낄 게다."

"버니에게는 이런 부탁을 하지 않으시겠죠. 금지옥엽 우리 버니니까."

케이트가 씁쓸하게 말했다.

"아, 버니는 아직 고등학교에 다니잖니."

"그럼 학교를 그만두게 해요. 그런다고 지식 세계에 손실이 생길 것 같지도 않은데요."

아버지가 말했다.

"케이트! 인정머리 없는 말이구나."

잠시 후에 그가 다시 말했다.

"버니는 그 애를 쫓아다니는 청년들이 많잖아."

"그리고 전 없고요."

케이트가 쏘아붙였다.

닥터 버티스타는 그 말에 토를 달지 않았다. 그는 희망을 품고 말없이 딸을 바라보았다. 입술을 뻣뻣하게 내밀어 검은 콧수염이 한데 모였다.

그녀가 담담한 표정을 짓는다면, 눈을 깜빡이거나 말하려고 입을 열지 않는다면 흐르는 눈물을 막을 수 있으리라. 그래서 케이트는 침묵했다. 아무 데도 부딪치지 않으려고 조심조심 천천히 일어나서, 계산기를 내려놓고 몸을 돌려 목을 꼿꼿이 세운 채 식당에서 나왔다.

"캐서린!"

아버지가 뒤에서 소리쳤다.

그녀는 복도에 접어들자 복도를 가로질러 쿵쾅대며 계단을 오르기 시작했다. 계단 끝에 다다를 무렵 눈물이 솟아 뺨을 타고 줄줄 흘렀다. 난간 지주를 빙 돌다가 버니와 부딪쳤다. 동생은 막 계단을 내려가려던 참이었다.

"언니?"

버니가 놀란 표정으로 말했다.

케이트는 버니의 얼굴 앞에 볼펜을 쑥 내밀고, 비틀걸음으로 방에 들어가 문을 쾅 닫았다.

4

마음의 상처를 크게 받으면 실제로 몸이 아프다고 느낄 수도 있다. 이후 며칠간 케이트는 그렇다는 것을 알게 되었다. 전에도 몇 차례 겪었지만 이번 일은 전혀 새로운 경험으로, 칼날로 가슴을 도려내는 기분이었다. 물론 말도 안 되는 소리다. 왜 하필 가슴일까? 심장은 뛰는 펌프들에 불과한 것을. 그런데도 가슴에 멍이 든 기분이었고, 심장이 쪼그라드는 동시에 부은 것 같았다. 이 말이 자기모순으로 들린다면 그러라지 뭐.

케이트는 매일 황량한, 철저히 혼자라는 감정에 빠져 걸어서 출근했다. 거리의 사람들은 모두 동행이, 같이 웃고 속내를 털어놓고 옆구리를 찌를 사람과 함께 있는 듯했다. 벌써 서로 모르는 게 없는 여자애들. 친해져서 머리를 맞대고 속삭이는 커플. 차 옆에 서서 한바탕 수다를 떨다가 출근하는 이웃 여자들. 그들은 괴

팍한 남편, 못 말리는 10대 자녀, 라이벌 친구들에 대해 속닥대다 가 말을 끊고 케이트에게 "굿모닝"이라고 인사하곤 했다—심지 어 그녀를 모르는 사람들도 그랬다. 케이트는 못 들은 체했다. 머 리를 푹 숙이면 머리카락이 옆얼굴을 완전히 가렸다.

이제 봄기운이 더욱 완연해져서 수선화가 피기 시작하고 새들 이 시끄럽게 울어 댔다. 시간을 마음대로 쓸 수 있다면 케이트는 정원에서 일했을 터였다. 꽃과 나무를 가꾸는 일은 늘 마음을 달 래 주었다. 하지만 그러지 못했다. 매일 아침 어린이집에 출근해 야 했고, 중앙 출입구에 도착하면 가식적인 미소를 지었다. 거기 서 학부모들이 아이들을 들여보내고 있었다. 어린아이 몇몇은 학 기 말인데도 부모와 떨어지기 싫어서 부모의 무릎에 매달려 얼 굴을 묻었다. 그러면 부모들은 케이트에게 수심 어린 표정을 지 었고, 그녀는 마음에 없는 딱한 표정을 지으면서 아이에게 "나랑 손을 잡고 들어갈까?"라고 물었다. 달링 부인이 문간에 서 있는 것도 이 이유 때문이었다. 그녀는 케이트를 해고할 구실을 찾으 려고 기다리고 있었다. 하긴 해고당한다 해도 그게 뭐 어때? 그 런다고 뭐가 달라지려나?

4반 교실로 가면서, 케이트는 복도에서 대화 중인 교사들이나 보조 교사들을 봐도 고개만 까딱했다. 촌시 부인에게 인사하고 소지품을 사물함에 넣었다. 아이들이 교실로 들어와서 그녀에게 달려와 급히 새로운 소식을—애완동물의 새로운 재롱, 무서운 꿈, 할머니에게 받은 선물—재잘댔고, 종종 몇 명이 동시에 떠들어 댔다. 그러면 케이트는 아이들 사이에서 나무처럼 가만히 서서 "정말. 저런. 그럴 수가"라고 맞장구쳤다. 몹시 힘든 일로 느껴졌지만 아이들 모두 눈치채지 못하는 듯했다.

그녀는 발표 시간, 이야기 시간, 활동 시간을 쭉 이어 갔다. 쉬는 시간에 교사 휴게실에 가면, 바우어 부인이 백내장 수술에 대해 말하거나 페어웨더 부인이 누가 활액낭염을 앓아 봤느냐고 묻고 있었다. 교사들 모두 말을 멈추고 케이트에게 인사했고, 그녀는 '네' 비슷한 소리를 중얼대면서 머리를 커튼처럼 흘러내리게 하고는 화장실로 갔다.

4세반 교실은 툭하면 싸움을 벌이는 시기를 보내는 듯했고, 여자애들 모두 리엄 M.과 말을 하지 않았다.

"애들한테 뭘 어쨌는데 그러니?"

케이트가 묻자 리엄은 대답했다.

"뭘 했는지 **모르겠는데요**."

그녀도 리엄의 말을 믿었다. 때로 이 여자애들은 아주 묘한 작당을 벌였다. 그녀는 리엄 M.에게 말했다.

"저기, 마음 쓰지 말렴. 차츰 아이들이 괜찮아질 거야."

그러자 리엄은 고개를 끄덕이고 한숨을 폭 쉬고는 용감하게 어깨를 폈다.

점심시간에 케이트는 접시에 담긴 음식을 힘없이 휘휘 저었다. 모두 기름종이 같은 냄새가 났다. 금요일, 그녀는 육포를 가져오는 것을 잊어서—혹은 집에 분명히 남은 육포가 있는 줄 알았는데 서랍이 텅텅 비어서—포도 두어 알 외에 먹은 게 없었지만 괜찮았다. 입맛이 없을 뿐 아니라 속이 더부룩했다. 부은 심장이 목구멍까지 차오르기라도 한 것 같았다.

낮잠 시간에 그녀는 촌시 부인의 책상 뒤에 앉아서 허공을 응시했다. 평소 같으면 촌시 부인이 던져 놓은 신문을 뒤적이거나, 유독 어질러지는 놀이 구역—레고 코너나 공작 테이블—을 정리했을 테지만, 이제 그녀는 멀뚱멀뚱 허공을 보면서 아버지를 원망했다.

틀림없이 그는 맏딸을 하잘것없는 존재로 여겼다. 그가 오로지 열성을 쏟는 과학의 기적을 모색하는 과정에서 케이트는 협상 카드에 불과할 뿐 아무것도 아니었다. 솔직히 그녀는 인생에 어떤 진짜 목적을 갖고 있던가? 분명히 아버지는 이렇게 생각하리라. 어차피 케이트의 본모습을 사랑할 사람이 생길 리 없는 마당이니, 그에게 쓸모 있는 사람에게 넘기는 게 뭐 어떠냐고.

케이트가 남자 친구가 전혀 없었던 것은 아니었다. 고교 시절에는 남학생들이 그녀를 좀 무서워했지만, 졸업 후 남자 친구가 **꽤** 많았다. 아니, 적어도 한 번으로 끝난 데이트는 여러 번 했다. 두 번째 데이트를 한 경우도 드문드문 있었다. 아버지가 그녀를 그런 식으로 매도하는 것은 부당했다.

게다가 케이트는 겨우 스물아홉 살이었다. 남편감을 구할 시간은 넉넉했다! 그녀가 남편을 원하는지는 모르겠지만. 케이트는 결혼하고 싶다는 확신이 없었다.

금요일 오후 놀이터에서 단단한 흙바닥에 버려진 병뚜껑을 툭 툭 차면서, 아버지의 말을 곱씹으며 스스로를 괴롭혔다. 아버지 는 그 사람이 마음에 든다고 말했었다. 그게 딸을 그와 결혼시킬 충분한 이유가 되기라도 하는 것처럼! 그리고 표트르가 프로젝 트에서 빠지면 인류에 큰 손실이 될 거라고 했다. 사실 아버지는 인류는 안중에도 없었다. 프로젝트는 그 자체가 목적이 되어 버 렸다. 모든 의도와 목적에 끝이 없었다. 프로젝트는 그저 계속 굴 러가면서 나름대로 파생되고 돌아가고 오르막 내리막을 걸었고, 과학자들을 제외하면 아무도 그 일에 대해 정확히 몰랐다. 최근 케이트는 다른 과학자들도 과연 이 프로젝트에 대해 아는지 의 심하기 시작했다. 아버지의 후원자들은 그가 존재한다는 것을 잊 었을 수도 있을 것 같았다. 그들은 그저 전적으로 습관의 힘 때문 에 아버지에게 연구 기금을 계속 지원하는 것 같았다. 닥터 버티 스타는 오래전에 가르치는 일에서 점점 벗어나 (그녀는 아버지 가 어떤 부류의 선생이었을지 상상하고도 남았다) 연구소에 박 혀 지냈다. 실험실은 계속 규모가 줄고 이곳저곳 옮겨 다녔고, 존 스홉킨스 대학교는 자가면역연구센터를 설립하면서 닥터 버티 스타를 초빙하지 않았다. 혹은 그가 합류를 거부했을 수도 있고. 케이트는 어느 쪽인지 잘 몰랐다. 어쨌든 아무도 연구 진척 상황 을 점검하지 않는 가운데 그는 단독으로 연구를 수행했다. 하긴 누가 알까? 그가 온갖 종류의 발전을 이루고 있는지. 하지만 바 로 이 순간 케이트는 맏딸을 희생시킬 만도 하다 싶은 대단한 성과를 단 하나도 떠올릴 수 없었다.

그녀가 병뚜껑 대신 잔디를 헛발질하자, 그네 앞에서 순서를 기다리던 아이가 깜짝 놀란 표정을 지었다.

내털리는 애덤의 호감을 사는 데 성공하고 있겠지. 아주 예쁘고 시적인 분위기를 가진 내털리는 몸을 굽혀 팔꿈치를 긁힌 여자애를 달랬다. 애덤은 그녀 옆에 서서 안쓰럽게 지켜보았고.

"아이를 안에 데려가서 반창고를 붙여 주지 그래요? 시소는 내가 볼게요."

애덤이 말하자 내털리가 대답했다.

"어머, 그래 줄래요? 고마워요, 애덤."

그녀는 우아한 몸짓으로 일어나서 아이를 건물 쪽으로 데려갔다. 오늘 내털리는 원피스를 입었는데, 이것은 보조 교사들 사이에서 드문 일이었다. 치맛단이 종아리에서 유혹적으로 살랑댔고, 케이트가 느끼기에 애덤은 필요 이상으로 오래 그녀의 뒷모습을 보는 듯했다.

두어 달 전 한 차례 케이트도 스커트를 입고 출근한 적이 있었다. 하늘거리지는 않고, 징이 박히고 앞 지퍼가 달린 데님 스커트였지만, 그녀는 스커트를 입으면 더…… 부드러워 보일 거라고 짐작했었다. 나이 든 교사들은 다들 알아보고 눈을 반짝였다.

"오늘 **누군가** 무던히 애를 쓰고 있네!"

바우어 부인이 말하자 케이트가 대꾸했었다.

"뭐요, 이거요? 이것 말고는 다 세탁기에 들어가 있어서요."

그러나 애덤은 스커트 차림을 알아보지 못한 듯했다. 아무튼 스커트는 비실용적이라는 결론이 났고—정글짐에 올라가기 어려웠다—그녀는 휴게실 화장실의 긴 거울로 힐끗 본 자기 모습을 떨쳐 버릴 수가 없었다. '돼지 목에 진주 목걸이'라는 말이 떠올랐다. 자신이 '돼지'는 아니라는 것을 알긴 했지만. 아직 그 정도까지는 아니었다. 다음 날 케이트는 다시 리바이스 청바지로 되돌아갔다.

이제 애덤이 느긋하게 그녀에게 다가와서 말했다.

"다치는 날이 있다는 걸 알아차렸어요?"

"다치는 날?"

"방금 저 아이가 팔꿈치를 다쳤고, 오늘 아침에 우리 반 남자애는 연필 깎는 기계에 검지를 넣고 깎았고……"

"어쩜!"

케이트가 찡그렸다.

"……점심시간 직전에는 토미 배스가 앞니를 부러뜨려서 어머니에게 토미를 데려가라고 연락해야 했고……"

"어쩜, 다치는 날이 **맞네요**. 치아를 우유에 넣었나요?"

케이트가 물었다.

"우유에요?"

"우유 한 컵에 치아를 넣으면 다시 붙일 수도 있거든요?"

"저런, 아뇨. 안 그랬어요. 이[齒] 요정 때문에 필요할지 몰라 티슈 한 장에 둘둘 말았는데요."

애덤이 말했다.

"저기, 걱정하지 말아요. 유치일 뿐이니까요."

"우유에 담그는 방법은 어떻게 알아요?"

그가 물었다.

"음, 그냥 알아요."

케이트가 대답했다.

그녀는 손을 어디 둘지 몰라서 양팔을 어깨부터 앞뒤로 흔들다가, 그럴 때는 선머슴처럼 보인다는 버니의 말을 기억했다. (버니의 말을 듣다니!) 그녀는 팔 흔들기를 멈추고 손을 뒷주머니에 찔렀다.

"아홉 살 때 야구공에 맞아서 영구치 한 대가 부러졌어요."

케이트가 말했다. 그러다가 얼마나 여성스럽지 않은 이야기인지 알아차리고 덧붙였다.

"그냥 집에 가느라 경기장 앞을 지나던 중이었거든요? 그러다 사고를 당했죠. 하지만 우리 가정부가 이를 우유에 담가야 되는 걸 알고 있었죠."

"아, 그게 확실히 효과가 있었나 보네요. 이가 고른 걸 보니."

애덤이 그녀를 더 찬찬히 쳐다보면서 말했다.

"어머, 정말이지…… 그렇게 말해 주니 친절하지 않나요?"

케이트가 말했다.

그녀는 운동화 앞부분으로 흙바닥에 부채꼴을 그리기 시작했다. 그때 소피아가 다가왔고, 그녀와 애덤은 무無반죽 빵의 레시

피를 의논하기 시작했다.

오후 활동 시간에 발레리나 인형과 선원 인형은 또 한 번의 이별을 했다. (케이트는 둘이 재결합한 줄 몰랐었다.) 이번에 둘이 헤어진 것은 선원 인형의 엉뚱한 짓 때문이었다.

선원을 대신해서 에마 G.가 말했다.

"제발 봐줘, 코델리아. 다시는 엉뚱한 짓을 하지 않을게, 약속해."

그러나 발레리나는 이렇게 말했다.

"흠, 미안하지만 난 여러 번 기회를 줬는데 이제 당신은 내 신경을 건드리고 있어."

그때 저미샤가 발 디딤판에서 떨어져서 이마에 혹이 크게 불거지자 다치는 날이라는 애덤의 지적이 재확인되었다. 그리고 케이트가 가까스로 저미샤를 달래 놓으니, 클로이와 에마 W.가 고함을 지르며 싸웠다.

"여러분, 여러분!"

촌시 부인이 말했다. 그녀는 싸움에 대해 케이트보다 참을성이 적었다.

클로이가 말했다.

"불공평해요! 에마 W.가 어린이 인형들을 다 차지한걸요! 에마는 '오줌싸개 인형'이랑 '울보 인형'이랑 '인체 인형'이랑 가졌는데, 나는 이 못생긴 고물 나무 피노키오밖에 없단 말이에요!"

촌시 부인이 중재해 주기를 기대하면서 케이트 쪽으로 고개를 돌렸다.

"뭐, 알아서 해."

케이트는 그렇게만 말하고 남자애들이 뭘 하는지 보러 갔다. 한 남자애도 인형을 가지고(그녀가 보니 어린이 인형이었다), **"부릉부릉"** 하면서 트럭이라도 되는 듯 바닥에 대고 미끄러지게 했다. 오늘 어린이 인형들이 부족한 상황에서 그렇게 갖고 노는 게 낭비라고 생각되었지만, 케이트는 왈가왈부하고 싶지 않았다. 상한 심정이 가슴에서 왼쪽 어깨로 번졌고, 심장마비가 일어나지나 않을는지 궁금했다. 차라리 그게 나을 것 같기도 한데.

일과가 끝나고 집으로 걸어가면서 케이트는 애덤과 나눈 대화를 되새겼다. 그녀가 질색하는 가식적이고 여성스러운 어조로 "어쩜"이라고 한 번도 아닌 두 번이나 말했고, 평소보다 고음으로 문장의 끝부분을 올려 말했다. 멍청이, 멍청이, 멍청이. 그녀는 "그렇게 말해 주니 친절하지 않나요?"라고 묻기도 했다. 고든 부인의 집 앞을 지날 때 작은 일본 단풍나무에 얼굴을 세게 긁혔다. 민츠의 집 가까이 갔을 때 현관문이 열리자, 케이트는 아무와도 말을 하지 않으려고 걸음을 재촉했다.

버니는 아직 집에 돌아오지 않았다. 다행이었다. 케이트는 입구 홀 벤치에 가방을 던지고 요기를 하려고 주방으로 갔다. 배 속에서 점심을 걸렀다는 신호를 보내기 시작했다. 체더치즈를 한 조각 잘라 씹으면서, 주방을 한 바퀴 돌며 내일 슈퍼마켓에서 장

볼 품목을 점검했다. 다음 주에 먹을 고기 곤죽에 고기를 넣지 않으면 (버니에게 해 볼 때까지 해 보라고 그렇게 해 주기로 했다) 다른 재료를—렌즈콩이나 노란 말린 완두콩—더 넣어야 될 터였다. 아버지의 레시피는 금요일 저녁이면 음식이 바닥나도록 양이 정해져 있었다. 하지만 지난주는 예외였다. 버니가 채식주의자가 되어서 제 몫을 먹지 않았고, 화요일에 표트르가 끼어서 대식가처럼 먹었는데도 다 소모되지 않았다. 내일 곤죽이 다른 음식과 함께 남을 테고 아버지는 못마땅해할 터였다.

케이트는 내키지 않지만 장 볼 목록에서 **스튜용 쇠고기**를 지웠다. 목록은 컴퓨터로 만든 것으로—아버지의 작품이었다. 집에 항시 필요한 물품들이 슈퍼마켓의 진열대 순서대로 정리된 목록이었다—그녀는 매주 필요하지 않은 품목에 엑스를 그리면 됐다. 오늘은 주로 버니의 간식인 살라미 소시지를 지웠다. **육포**는 지우지 않았고, **샴푸**를 추가로 적었다. 아버지는 싼값에 같은 효과를 내는 단순한 비누로 충분하다는 견해를 가졌기에 구입 물품 목록에 샴푸를 포함시키지 않았다.

예전에 가정부가 있을 때는 더 융통성 있게 돌아갔다. 닥터 버티스타가 이런 살림살이를 시도하지 않아서가 아니라, 라킨 부인이 느긋한 태도를 취해서 닥터 버티스타를 답답하게 만들곤 했다. "그냥 생각날 때마다 사고 싶은 품목을 적는 게 뭐가 어때서요?" 그가 목록을 사용하라고 채근하자 라킨 부인은 그렇게 맞받아쳤다. "그리 어려울 게 없어요. 당근, 완두콩, 닭고기……" (그녀는 치킨 팟파이*를 아주 잘 만들었다.) 닥터 버티스타가 주위에 없을 때 그녀는 케이트에게 남자가 살림에 간섭 못 하게 하라고 당부했었다. "남자는 사사건건 그런 식일 거고 그 후로 네 인생은 네 마음대로 되지 않을 거야."

어머니와 관련된 몇 가지 기억 중, 그녀가 식기세척기에 그릇을 제대로 못 넣는다고 아버지가 타박해서 부부 싸움이 벌어진 일이 있었다.

아버지가 말했다.

"숟가락은 손잡이가 아래로, 나이프와 포크는 손잡이가 위로 가게 꽂아야 해. 그렇게 넣으면 나이프와 포크에 찔릴 일이 없지. 또 식기세척기를 비울 때 포크류 바구니를 훨씬 더 빨리 정리할 수 있다고."

아버지가 식기세척기에서 그릇을 꺼내지 않는 방식을 추진하기 전의 일이었다. 케이트가 보기에는 합리적인 방식이었지만, 어머니는 결국 눈물을 쏟으면서 침실로 들어갔었다.

조리대에 놓인 볼에, 케이트가 2월에 박스째 사서 먹고 남은 귤 한 알이 있었다. 귤은 쪼그라들었지만 껍질을 까서 먹었다. 싱크대 앞에 서서 창밖의 빨간 새집을 내다보았다. 지난주 케이트는 작은 새집을 층층나무에 매달았다. 지금까지 새들은 관심을 보이지 않았다. 그것을 감정적으로 받아들이는 것은 터무니없다

✦ 스튜에 페이스트리를 올려 구워 낸 요리.

는 것을 케이트도 알았다.

표트르는 아버지가 어떤 계획을 꾸미는지 알았을까? 케이트
는 분명히 알 거라고 짐작했다. (정말 분한 노릇이었다.) 결국 표
트르도 나름의 역할을 해야 했다—그때 케이트가 퇴근해서 집에
올 때 '우연히' 만났고, 그녀의 머리를 두고 법석을 떨었고, 나중
에는 저녁을 먹으러 왔다. 또 그는 비자 만료를 걱정하는 사람처
럼 보이지 않았었다. 아마 아버지의 계획이 그를 구제해 줄 거라
고 믿으라고 했겠지.

흠, **이제는** 믿으라고 하지 못할걸. 지금쯤 그녀가 협조를 거부
했다는 소식을 들었겠지. 그 사실을 듣는 그의 면상을 볼 수 있었
으면 좋았을 텐데.

케이트 버티스타를 그렇게 만만하게 보면 안 되지.

그녀는 세탁물 바구니를 들고 위층으로 가서, 버니의 방에 있
는 세탁물을 담았다. 아버지에 따르면 세탁에서 가장 시간이 걸
리는 단계는 나중에 각자의 옷을 가르는 일이었다. 그는 가족 각
자 따로 세탁일이 있어야 된다고 정했고, 버니의 세탁일은 금요
일이었다. 언제나 세탁을 **하는** 사람은 케이트였지만.

화장대에 어수선하게 놓인 화장품들 때문에 버니의 방에서는
상한 과일 냄새가 났다. 빨래 통에 담겨 있어야 되는 많은 옷이
바닥에 던져져 있었지만, 케이트는 내버려 두었다. 그 옷들을 치
우는 것은 그녀의 일이 아니니까.

먼지 자욱한 지하 세탁실의 침울한 분위기 때문에 갑자기 팔다

리가 무겁고 쑤시는 것 같았다. 케이트는 바구니를 내려놓고, 한 손을 이마에 댄 채 잠시 가만히 서 있었다. 그러다가 허리를 펴고 세탁기 뚜껑을 올렸다.

 그녀가 정원 손질을 할 때 버니가 집에 돌아왔다. 케이트가 차고 옆에서 클레머티스 덩굴에 붙은 오래된 옹이를 정리하는데 버니가 뒤쪽 방충문을 열고 소리쳤다.

 "언니 거기 있어?"

 케이트가 몸을 돌리고 소매로 이마를 훔쳤다.

 버니가 물었다.

 "먹을 게 뭐 있어? 배고파 돌아가시겠어."

 케이트가 대답했다.

 "마지막 남은 내 육포를 네가 가져갔니?"

 "누구, 나? 내가 비건*이라는 걸 잊었어?"

 "네가 비건이야? 잠깐. 네가 **비건**이라고?"

 "비건이든 베지테리언**이든 무슨 상관?"

 "뭐가 뭔지조차 모른다면……"

 케이트가 말했다.

 "내 빨래, 아직 안 끝났어?"

 "건조기에 들어 있어."

---

* 고기 외에 달걀, 우유도 먹지 않는 채식주의자.
** 고기만을 먹지 않는 채식주의자.

"설마 오프숄더 블라우스를 넣은 건 아니겠지, 그렇지?"

"빨래 통 속에 있었으면 세탁했겠지."

"케이트! 못 살아! 내가 흰색 옷은 따로 간수했다가 시트 세탁일에 빠는 줄 알면서 그래."

"간수하고 싶은 옷이 있으면 네가 여기 서서 지켜봐야지."

케이트가 쏘아붙였다.

"난 치어리딩 연습을 했다고! 어떻게 동시에 여러 곳에 있으라는 거야?"

케이트는 다시 정원 일로 돌아갔다.

"이 가족은 정말 한심해. 다른 사람들은 옷 색깔로 분류해서 세탁한다고."

케이트는 덩굴의 옹이를 쓰레기봉투에 담았다.

"다른 사람들의 옷은 죄다 거무죽죽해져서 나오지 않는다고."

케이트는 짙은 색과 체크무늬 옷만 입었다. 이러쿵저러쿵 입씨름을 벌일 가치가 없었다.

저녁 식사 때 아버지는 칭찬을 늘어놓았다.

"카레 가루를 직접 갈았니? 제대로 된 맛이 나는구나."

그가 물었다. (금요일에 고기 곤죽은 카레로 변했다.)

"아뇨."

케이트가 대꾸했다.

"그러면 네가 넣은 카레의 양과 관계가 있겠구나. 난 톡 쏘는 맛을 아주 좋아하거든."

그는 지난 사흘간 이런 식으로 행동했다. 애처로울 지경이었
다.

버니는 파 맛이 나는 포테이토칩을 곁들인 치즈 토스트를 먹고
있었다. 버니는 포테이토칩이 채소라고 주장했다. 그래, 괴혈병
에 걸려 죽든지 말든지. 케이트가 알 바 아니었다.

한동안 들리는 소리는 포테이토칩 씹는 소리와 접시에 포크가
부딪치는 소리뿐이었다. 그러다가 닥터 버티스타가 헛기침을 했
다. 그가 조심스럽게 운을 뗐다.

"그래, 세금 서류가 아직도 여기 있구나."

"네."

케이트가 대꾸했다.

"아, 그래. 내가 이 말을 꺼낸 이유는 다만…… 마감일이 있다
는 생각이 났기 때문이란다."

"정말요? 마감일이라니! 놀랐네요!"

케이트가 놀라서 눈썹을 치뜨며 중얼댔다.

"내 말은…… 하지만 네가 이미 그걸 염두에 두고 있겠지."

"저기 있잖아요, 아버지. 올해 아버지의 세금 신고는 직접 하셔
야 되겠어요."

케이트가 말했다.

닥터 버티스타가 입을 헤벌리고 그녀를 쳐다보았다.

"아버지 것은 아버지가 하세요, 저는 제 것을 할게요."

케이트가 말했다. 그녀의 세금 신고는 아주 간소했고, 사실 이미 신고서를 작성해서 발송한 터였다.

아버지가 말했다.

"아, 어째서…… 하지만 그 일은 네가 잘하잖니, 캐서린."

"아버지도 계산을 잘하실 수 있을 거예요."

케이트가 말했다.

닥터 버티스타는 버니에게 고개를 돌렸다. 막내딸은 그에게 무덤덤하게 웃어 보였다. 그러더니 식탁 너머 케이트를 보면서 주먹을 천장으로 올리고 외쳤다.

"언니 파이팅!"

음. 케이트는 그 일이 벌어질지 모르고 있었다.

한 어머니가 10대 소녀들을 차에 잔뜩 태우고 버니를 데리러 왔다. 아이들은 괴성을 지르고 웃으면서 열린 창으로 손을 마구 흔들어 댔다. 라디오에서 쿵쾅대는 드럼 소리가 흘러나왔다.

"전화기 갖고 있니?"

케이트가 말하다가 뒤늦게야 물었다.

"어디 가는 거야?"

버니가 간단히 대꾸했다.

"아-안녕!"

버니가 쏜살같이 문을 지나 사라졌다.

케이트는 다음 날 아버지가 가져갈 도시락을 싸 놓고 주방과 식당의 불을 껐다. 아버지는 거실에서 독서 중이었다. 그는 노란 램프 불빛이 쏟아지는 가죽 의자에 앉아 학술지에 몰두한 눈치였지만, 케이트가 복도를 지나가자 **의식**하고 자세가 굳었다. 그러나 그녀는 그가 말 붙일 새 없이 얼른 왼쪽으로 돌아서 계단을 두 칸씩 올라갔다. 뒤쪽에서 가죽 삐걱대는 소리가 났지만, 아버지는 케이트를 불러 세우려 하지는 않았다.

어둠이 내리기도 전에 케이트는 파자마로 갈아입었다. (종일 힘들게 움직이느라 고단했다.) 양치를 하고 욕실 거울 앞에 서서, 머리를 숙여 이마를 거울에 대고 눈을 들여다보았다. 이 각도에서 보니 눈 밑에 홍채만큼 검은 다크서클이 있었다. 침실로 돌아와서 침대로 올라갔다. 헤드보드에 베개를 기대고 램프 갓을 조정하고 협탁에 놓인 책을 집어 읽기 시작했다.

케이트는 스티븐 제이 굴드*의 팬이었다. 논픽션—자연사나 진화에 대한 저서들—을 좋아했다. 소설은 질색이었지만 이따금 시간 여행을 하는 소설은 재미있게 읽었다. 잠이 잘 안 올 때마다 시간을 거슬러 캄브리아기로 가는 공상에 빠졌다. 캄브리아기는 4억 5천만 년 전이었다. 당시 생물은 무척추동물밖에 없었고, 그중 육지에 사는 것은 하나도 없었다.

✦ 미국의 고생물학자, 진화생물학자, 과학 저술가.

5

지난가을 케이트는 뒷마당의 박태기나무 밑에 사프란 구근을 많이 심었고, 지금 몇 주째 싹이 나는지 살피고 있었지만 아무 기미도 없었다. 당황스러웠다. 토요일 아침에 장을 보러 다녀와서 다시 살펴보았다. 모종삽으로 주위를 파 보기까지 했으나 구근을 한 개도 찾을 수가 없었다. 두더지나 들쥐, 혹은 다른 말썽쟁이의 짓일까?

케이트는 땅 파기를 멈추고 일어나서 머리를 뒤로 넘겼다. 그때 주방에서 전화벨이 울렸다. 버니가 깼다는 것을 알았지만—아까 샤워하는 소리가 들렸다—전화벨은 계속해서 울렸다. 그녀가 집 안에 들어선 순간 자동 응답기가 작동되어 "안-녕하세요!"라는 소리가 났다. 그러자 아버지가 말했다.

"전화받아라, 케이트. 아버지다."

그러나 이미 조리대에 놓인 도시락 봉지가 눈에 들어왔다. 전에 어떻게 그런 눈치를 채지 못했었는지 의아했다. 케이트는 뒷문 안쪽에 멈춰 서서 도시락 봉지를 매섭게 노려보았다.

"케이트? 거기 있니? 내가 점심을 잊고 왔구나."

"휴, 일이 진짜 머리 아프게 돌아가네."

케이트가 텅 빈 주방에 대고 중얼댔다.

"나한테 가져다줄 수 있겠니?"

그녀가 몸을 돌려서 다시 밖으로 나갔다. 모종삽을 정원용 양동이에 던지고 민들레를 솎는 도구로 손을 뻗었다.

다시 전화벨이 울렸다.

이번에는 자동 응답기가 작동되기 전에 집 안에 들어섰다. 케이트는 수화기를 낚아채다시피 들고 말했다.

"제가 몇 번이나 이런 농간에 놀아날 줄 알았어요, 아버지?"

"아, 케이트! 캐서린. 내가 또 도시락을 잊고 온 것 같구나."

그녀는 잠자코 있었다.

"듣고 있니?"

"굶으셔야 될 것 같네요."

그녀가 말했다.

"뭐라고? 부탁이야, 케이트. 내가 큰 요구를 하는 것도 아니잖니."

"사실 저한테 요구가 많으시거든요."

케이트가 아버지에게 말했다.

"난 점심 좀 갖다 달라고 부탁하는 것뿐이야. 어젯밤 이후 아무 것도 먹지 못했거든."

그녀는 생각에 잠겼다. 그러다가 대답했다.

"알았어요."

케이트가 쾅 하고 수화기를 내려놓을 때 아버지의 대답이 들렸다.

그녀는 복도로 나가서 위층에 대고 소리쳤다.

"버니?"

"왜."

버니가 예상보다 훨씬 가까운 데서 대답했다.

케이트가 계단에서 몸을 돌려 거실 문간으로 갔다. 버니와 에 드워드 민츠가 소파에 달라붙어 앉아 있었다. 버니의 무릎에 책 이 펼쳐져 있었다.

"아, 안녕하세요, 케이트!"

에드워드가 활달하게 인사했다. 청바지가 너덜너덜해서 털이 난 무릎이 밖으로 튀어나왔다.

케이트는 못 들은 체했다.

"아버지가 도시락을 갖다 달라고 하셔."

그녀가 버니에게 말했다.

"어디로 갖다 달래?"

"어디인 것 같아? 왜 전화벨이 울리는데 받지 않았니?"

"왜냐면 스페인어 수업 중이거든?"

버니가 발끈해서 손바닥을 펴서 책을 가리켰다.

"저기, 중단하고 연구소에 뛰어갔다 와."

"아버지가 토요일에도 연구소에 계셔?"

에드워드가 버니에게 물었다.

"항상 연구소에 있거든? 일주일에 7일 일하거든?"

버니가 대답했다.

"세상에, 일요일에도?"

"왜 **언니가** 가면 안 되는지 모르겠네."

버니가 에드워드의 말에 대답하지 않고 케이트에게 말했다.

"나는 정원 일을 하고 있거든, 그게 이유야."

케이트가 쏘아붙였다.

에드워드가 버니에게 말했다.

"내가 태워다 줄게. 연구소의 정확한 위치가 어디야?"

"미안해. 버니가 남자랑 단둘이 차를 타는 것은 금지야."

케이트가 말했다.

"에드워드는 그냥 남자가 아니야! 내 가정교사거든?"

버니가 항의했다.

"아버지의 규칙을 알잖아. 열여섯 살이 되기 전에는 안 돼."

"하지만 난 제법 믿을 만한 운전자거든요."

에드워드가 케이트한테 말했다.

"미안, 규칙이 그래서."

버니가 책을 획 덮어서 소파에 던졌다.

"우리 학교에 평일 밤마다 남자애랑 둘이 차를 타고 다니는 나보다 어린 애들이 얼마나 많은데."

버니가 투덜댔다.

"아버지한테 그렇게 말해, 이건 **내가** 만든 규칙이 아니야."

"그런 거나 마찬가지지 뭐. 언니는 아빠를 빼다 박았으니까. 아주 잘 어울리는 한 쌍이라니까!"

"내가 뭐 어째? 그 말 취소해! 난 아버지랑 조금도 비슷하지 않아!"

케이트가 말했다.

"어머나, 미안해서 어쩌나. 앗, 나의 실수!"

버니가 입꼬리를 올리고 예쁜 미소를 환하게 지으며 중얼댔다. (케이트가 중학교 1학년 때 겪은 못된 여자애들이 짓는 미소였다.) 버니가 일어나면서 말을 이었다.

"따라와요, 에드워드"

그가 일어나서 버니를 쫓아갔다.

"이 집안에서 정상적인 사람은 딱 한 명, 나밖에 없어."

버니가 그에게 말했다. 케이트는 그들을 따라서 복도를 지나갔다. 주방 문간에서 그녀는 비켜서 있어야 했다. 버니가 이미 도시락 봉지를 흔들면서 씩씩대며 나왔다.

"나머지 두 사람은 돌았다니까."

버니가 에드워드에게 말하고 있었다. 그는 집 앞쪽으로 나가는 버니를 애완견처럼 졸졸 따라다녔다.

케이트는 냉장고 문을 열고 그날 아침에 델리 코너*에서 구입한 로스트비프 샌드위치를 꺼냈다. 아직 채식 곤죽을 만들기도 전인데 벌써부터 육류 부족 증세가 느껴졌다.

샌드위치 포장을 벗기다가 우연히 창밖을 힐끗 내다보니, 차고에서 후진해서 나오는 민츠네 회색 미니밴이 눈에 들어왔다. 버니는 조수석에 왕족처럼 꼿꼿하게 앉아 앞을 응시하고 있었다.

뭐, 그렇다면 좋아. 그러라고 해. 그 잘난 규칙이 그렇게 중요하다면 아버지가 엄격하게 준수하게 하겠지.

닥터 버티스타가 이 독특한 규칙을 발표하자 케이트는 말했었다.

"저는 남자애랑 단둘이 차를 타도 된다는 허락을 받은 기억이 없는데요."

"내 기억으로는 어떤 남자애도 너한테 그런 요청을 한 적이 없는데."

아버지는 그렇게 대꾸했었다.

케이트는 가벼운 상상에 잠겼다. 언젠가 버니가 나이 들 테고, 금발들이 흔히 그렇듯 흉하게 늙으리라. 머리카락은 지푸라기처럼 되고, 얼굴은 사과처럼 쭈글쭈글하고 입술보다도 불그레해지겠지. 아버지는 막내딸이 저렇게 흉하게 늙을지 몰랐다고 케이트에게 털어놓으리라.

✦ 햄을 비롯해 훈제 육류, 샌드위치 등을 파는 코너.

뒷마당 뒤쪽에 있는 콘크리트 벤치는 얼룩덜룩하고, 파인 자국이 많은 데다 푸르스름했다. 아무도 거기 앉지 않지만, 오늘 케이트는 주방에서 점심을 먹는 대신 거기 나가 샌드위치를 먹기로 했다. 벤치의 한쪽 끝에 앉아 샌드위치 접시를 내려놓고, 머리를 젖혀 위쪽의 나무를 쳐다보았다. 낮게 드리운 가지에서 지빠귀 한 마리가 오락가락하면서 초조하게 **짹짹**대고 법석을 떨어 댔다. 케이트의 눈에 보이지는 않아도 그 위에 지빠귀 둥지가 있을 터였다. 또 골목 건너편에 있는 아름드리 참나무에서 보이지 않는 다른 새 두 마리가 수다를 떠는 것 같았다. 한 마리가 "듀이? 듀이? 듀이?"라고 부르면 다른 새가 "휴! 휴! 휴!"라고 응수했다. 케이트는 두 번째 새가 첫 번째 새에게 인사를 하는지 틀린 이름을 고쳐 주는지 가늠이 되지 않았다.

정원 손질을 마친 후 도기 냄비에 곤죽 재료를 담은 다음, 침구를 바꾸고 시트를 세탁할 작정이었다.

그런 다음에는 뭘 하지?

이제는 친구가 한 명도 없었다. 예전 친구들은 전부 자기 인생을 살았다―대학을 졸업하고 먼 도시에서 직장을 잡고, 심지어 몇 명은 결혼도 했다. 그들은 크리스마스 때 볼티모어에 다니러 오지만, 이제 아무도 케이트에게 전화하지 않았다. 하긴 무슨 공통된 화제가 있을까? 요즘 그녀가 받는 유일한 문자 메시지는 버니가 방과 후에 학교에 잡혀 있다가 차편이 필요할 때 보내는 것뿐이었다.

이제 듀이와 휴는 잠잠해졌고 지빠귀는 날아가 버렸다. 케이트는 지빠귀가 그녀를 신뢰할 수 있다고 보는 양 행동했다. 샌드위치를 한 입 베어 물고 근처의 히아신스를 골똘히 쳐다보면서, 지빠귀 둥지 따위를 훔치는 데 관심 없는 체했다. 구불구불한 흰 꽃잎들은 양羊 갈빗대를 감싼 흰 종이의 주름을 연상시켰다.

"켈로?"

케이트는 음식을 씹다가 멈추었다.

표트르가 뒷문으로 나와 뒤쪽 계단을 내려오고 있었다. 오늘은 흰 가운을 걸쳐서 잔디밭을 가로지를 때 티셔츠 위로 가운 자락이 펄럭였다.

케이트는 어안이 벙벙했다. 그가 이런 배짱을 가졌다니 믿을 수가 없었다.

"집에 어떻게 들어왔죠?"

표트르가 가까이 다가오자 그녀가 물었다.

"현관문이 활짝 열려 있었어요."

그가 대답했다.

망할 버니 녀석.

표트르는 케이트 앞에 멈춰 서서 그녀를 내려다보았다. 적어도 그는 수다를 떨려고 애쓰지 않는 장점이 있었다.

케이트는 표트르가 거기 와 있는 이유를 떠올릴 수가 없었다. 분명히 표트르는 그녀가 관여하기 싫어한다는 것을 알 터였다. 무슨 이유에선지 전에는 아버지가 그에게 말해 주지 않았았지만.

이제 아버지가 그에게 사실대로 **말했다**는 것을 케이트는 감지했다. (되돌아보니 문득 이런 생각이 떠올랐다.) 예전에 봤을 때 표트르는 '여기-내가-왔어요!'라는 투로 활기차게 그녀 앞에 도착했었지만, 오늘은 침울하고 차분했다. 자세가 군인 비슷할 정도로 꼿꼿했다.

"원하는 게 뭐예요?"

그녀가 표트르에게 물었다.

"사과하려고 찾아왔습니다."

"아."

"닥터 버티스타와 내가 당신을 화나게 했을 거예요."

케이트는 그가 이 상황을 이해한다는 것을 알고는 고맙고 창피스러웠다.

표트르가 말했다.

"당신에게 자국 정부를 기만하라고 부탁하다니 우리가 사려 깊지 못했어요. 미국인들은 그런 일들에 죄책감을 느낀다는 생각이 듭니다."

"단순히 사려 깊지 못한 것만이 아니에요. 탐욕스럽고 이기적이고 모욕적이고…… 야비한 일이었어요."

"아하! 뒤쥐⁺."

"어디요?"

⁺ '뒤쥐'에 해당하는 영어 단어 shrew에는 '바가지 긁는 여자'라는 뜻도 있다.

케이트가 묻고, 빙그르르 돌아서 뒤쪽의 관목을 쳐다보았다.

그가 웃음을 터뜨렸다.

"진짜 우습네요."

표트르가 그녀에게 말했다.

"뭐가요?"

케이트가 다시 몸을 돌리니, 그가 미소 지으면서 내려다보고 있었다. 표트르는 양손을 주머니에 찌르고 뒤꿈치에서 발가락 쪽으로 몸을 흔들었다. 이제 둘이 사이좋다고 상상하는 게 훤히 보였다. 케이트는 샌드위치를 들고 반항하듯 크게 베어 물고 씹기 시작했다. 그는 계속 미소 지었다. 한가하기 짝이 없는 사람 같았다.

케이트는 샌드위치를 삼키고 나서 그에게 말했다.

"당신이 체포될 수도 있다는 걸 알아 둬요. 영주권을 취득할 목적으로 누군가와 결혼하는 것은 범법 행위예요."

그는 가히 개의치 않는 듯했다.

케이트가 말했다.

"하지만 당신의 사과는 받아들이죠. 그럼. 또 봐요."

표트르를 다시 만날 의향이 있어서 그렇게 인사한 것은 아니었다.

그는 숨을 길게 내쉬고 주머니에서 손을 빼더니, 벤치로 걸어와서 케이트 옆에 앉았다. 예상치 못한 일이었다. 둘 사이에 접시가 있었고, 그녀는 접시가 떨어질까 불안했다. 그러나 접시를 치

우면 그가 더 가까이 오라고 권한다고 오해할 것 같았다. 그녀는
접시를 그냥 두었다.

표트르가 잔디밭에 대고 말했다.

"아무튼 어리석은 생각이었어요. 당연히 당신은 원하는 남편을
선택할 수 있지요. 당신은 대단히 독립적인 아가씨예요."

"여성."

"당신은 대단히 독립적인 여성이고, 미용실에 안 가도 되는 머
리 모양을 하고, 댄서를 닮았어요."

"너무 과장하지 말아요."

케이트가 말했다.

"플라밍고 댄서를 닮았어요."

그가 말했다.

"아. 플라멩코 말이군요."

케이트가 바닥을 쾅쾅 굴렀다. 그는 무슨 뜻인지 알아들었다.

그녀가 말했다.

"그래요, 표트르. 들러 줘서 고마워요."

"아는 사람들 중 내 이름을 제대로 발음하는 사람은 당신밖에
없어요."

표트르가 서글프게 대꾸했다.

그녀는 샌드위치를 한 입 더 베어 물고 씹으면서, 표트르와 똑
같이 잔디밭을 응시했다. 하지만 좀 애처로운 기분이 드는 것은
어쩔 수가 없었다.

표트르가 불쑥 그녀에게 고개를 돌리면서 말했다.

"그리고 닥터 버티스타! 왜 당신은 닥터 버티스타를 '아버지'라고 부르는데 동생은 '아빠'라고 부르지요?"

"그는 우리에게 '아버지'라는 호칭으로 부르게 했어요. 하지만 우리 버니킨스가 어떤지 알잖아요."

케이트가 대답했다.

"아."

그가 중얼댔다.

케이트가 말했다.

"말이 나왔으니 얘긴데 왜 아버지는 당신을 '표트르'라고 부르는데 당신은 그를 '닥터 버티스타'라고 부르죠?"

"내가 어떻게 그분을 '루이스'라고 부를 수 있겠어요. 얼마나 저명하신 분인데요."

표트르는 충격받은 말투로 대꾸했다. ('루브-위스' 비슷한 발음을 했다.)

"아버지가요?"

"우리 나라에서는 그래요. 난 오래전부터 그분에 대해 들었어요. 그분의 조교가 되기 위해 떠난다고 발표하자 우리 연구소에서 엄청난 환호성이 터져 나왔어요."

"그게 정말이에요?"

케이트가 말했다.

"그분의 명성을 몰랐어요? 저런! 우리 격언이 딱 맞네요. '나머지 세상에서 존경받는 사람이……'"

"그래요, 당신 말의 골자를 알아요."

케이트가 서둘러 말했다.

"닥터 버티스타가 이따금 독재자 같은 건 사실이지만, 주요 인사들이 훨씬 더 심하게 행동하는 걸 본 적이 있어요. 그분은 고함도 안 지르시는걸요! 그리고 그분이 당신 동생을 얼마나 참아 주는지 한번 봐요."

"내 동생요?"

"동생은 머리가 텅 비었어요, 맞죠? 당신도 그걸 알아요."

"멍한 거죠. 정말이에요."

케이트가 말했다.

불쑥 그녀 자신이 멍해지는 기분을 느꼈다. 케이트가 빙그레 웃기 시작했다.

"머리를 잔뜩 부풀리고 눈을 깜빡대고. 동물 단백질을 포기하고. 그런데도 닥터 버티스타는 딸에게 그걸 지적하지 않아요. 그건 그분이 대단히 친절하신 거죠."

"난 아버지가 친절하다고는 생각하지 않아요. 아버지가 속 보이게 처신한다고 생각해요. 항상 그렇죠. 그런 정신 나간 천재 과학자들은 멍청한 금발 여자들에게 홀딱 빠지고, 아둔할수록 더 좋아하죠. 이건 사실 진부한 얘기예요. 또 당연히 금발 여자들은 **그런 사람들**에게 열광하죠. 그런 여자들이 수두룩해요. 셀마 이모의 크리스마스 파티에서 아버지를 봐야 하는데! 이런 여자들은 아버지의 마음을 알 수 없고 손이 닿지 않고 신비롭다고 생각하고 주변에 몰려들어요. 마침내 그의 암호를 풀 장본인이 자기라고 생각하죠."

영어를 완전히 알아듣지 못하는 사람에게 이야기하는 데는 자유로움이 있었다. 케이트는 그에게 무슨 말이든 할 수 있었고 내용의 절반은, 특히 쏟아 내듯 나오는 말은 그의 귀를 스치고 지나갔다.

케이트가 그에게 말했다.

"어쩌다 버니가 이런 식이 되었는지 모르겠어요. 버니가 태어나자 난 동생을 거의 내 자식처럼 받아들였어요. 아이들이 아기를 보살피고 싶어 하는 나이였거든요. 그리고 버니는 어릴 때 나를 무척 따랐어요. 나처럼 행동하고 나처럼 말하려고 애썼고, 버니가 울면 달랠 수 있는 사람은 나밖에 없었죠. 하지만 10대에 접어든 후 버니는⋯⋯ 글쎄요⋯⋯ 날 제쳐 놓았어요. 아이는 전혀 딴사람이 되었어요. **사교적인** 사람이랄까, 모르겠네요. 이 사교적인, 외향적인 사람이라는 걸. 그리고 왠지 스물아홉 살도 안 된 **나를** 독하고 까칠한 노처녀로 몰아갔어요. 어쩌다 그렇게 됐는지 모르겠어요!"

표트르가 말했다.

"과학자들이 **다** 그런 건 아니죠."

"뭐라고요?"

표트르가 말했다.

"과학자들이 **다** 금발 여자를 좋아하는 건 아니라고요."

그는 눈꺼풀이 반쯤 덮인 눈으로 케이트를 힐끗 쳐다보았다. 그녀의 말을 못 알아들은 게 분명했다. 케이트는 잘 넘어간 기분을 느꼈다.

그녀가 말했다.

"이봐요, 샌드위치가 반 남았는데 먹을래요?"

"고마워요."

표트르가 말했다. 그는 주저 없이 샌드위치 반쪽을 집어서 베어 물었다. 그가 씹을 때 턱 옆쪽에 매듭 같은 게 튀어나왔다. 그가 입에 음식을 잔뜩 담고 말했다.

"당신을 '카탸'⁺라고 불러야겠다는 생각이 드네요."

케이트는 '카탸'라는 애칭이 싫었지만 다시 그를 만날 일이 없는 마당에 굳이 말하지 않았다.

"아, 글쎄요, 그러든지."

그녀가 생각 없이 말했다.

표트르가 물었다.

"왜 미국인들은 늘 말을 야금야금 시작하지요?"

"네?"

"미국인들은 모든 문장을 '아……'나 '글쎄요……' '음……' '아무튼……'이라고 시작해야 되잖아요. 어떤 결론에 이를 만한 애

✦ 캐서린의 러시아식 애칭.

기가 오간 적이 없는데도 '그래서……'라고 말을 시작하죠. 또 전에 분명히 해 둬야 되는 중요한 말을 한 적이 없는데도 '내 말뜻은……'이라고 말해요. 침묵하다가 바로 그 말을 한다니까요! '내 말뜻은……'이라고 말을 시작하죠. 미국인들은 왜 이러는 건가요?"

케이트가 대답했다.

"아, 글쎄요, 음……"

그녀는 말끝을 오래 천천히 끌었다. 한순간 표트르는 상황을 파악하지 못하다가 와락 웃음을 터뜨렸다. 케이트는 그의 웃음소리를 처음 들어 봤다. 그 소리에 자기도 모르게 미소가 지어졌다.

케이트가 말했다.

"그 문제라면 왜 **당신은** 그렇게 불쑥 말을 시작하죠? 당신은 바로 문장을 말하기 시작하죠! '**이것은** 이렇다'라고 시작해요. 큰 해머로 내려치듯 난데없이 '**저것은** 저렇다'라고 말하죠. 너무나 확실하고 너무나 단정적이에요. 당신이 하는 모든 말은 마치…… 정부의 포고문 같아요."

"그렇군요."

표트르가 말했다. 그러다가 고쳐서 말하는 것처럼 다시 말했다.

"아, 그렇군요."

이제 케이트도 가볍게 웃었다. 그녀는 샌드위치를 한 입 더 베어 물었고, 표트르는 자기 몫의 샌드위치를 베어 물었다. 잠시 후 케이트가 입을 열었다.

"이따금 외국인들이 독특하게 발음하는 걸 **좋아한다**는 생각이 들어요. 알아요? 예를 들어 외국인이 미국 팝송을 부르거나 이야기를 하면서 남부식의 *끄*는 발음이나 카우보이 억양을 흉내 내는 것을 들어 봐요. 그들은 외국인 억양 없이 완벽하게 그 소리를 낼 수 있어요! 우리를 똑같이 흉내 낼 수 있다고요. 외국인들이 우리처럼 말하기 싫어서 색다른 억양으로 말한다는 걸 알 수 있죠. 그들은 다른 억양을 가진 걸 자랑스러워해요."

"난 자랑스럽지 않은데요. 억양이 없으면 좋겠어요."

표트르가 말했다.

그는 샌드위치를 내려다보면서 이 말을 했다―양손으로 샌드위치를 들고 눈을 내리깔아서 눈꺼풀이 눈을 덮는 바람에 무슨 생각을 하는지 짐작이 되지 않았다. 문득 그가 생각을 하고 **있다**는 생각이 그녀의 머리를 스쳤다―외적으로는 th 발음을 제대로 못 하고 자음 사이를 충분히 띄우지 않고 말하는 반면, 내적으로는 그녀처럼 복잡하고 다층적으로 모든 생각들을 엮어 나갔다.

흠, 그랬다, 불을 보듯 명백한 사실이었다. 그렇다고 해도 어쩐지 놀라웠다. 그녀는 마음속에서 변화 같은 것을―미세한 시각의 변화를―느꼈다.

케이트는 접시에 샌드위치의 딱딱한 부분을 내려놓고 손을 청바지에 문질렀다.

"이제 어떻게 할 거예요?"

케이트가 그에게 물었다.

표트르가 고개를 들었다.

"어떻게 하다니요?"

그가 물었다.

"비자 말이에요."

"모르겠어요."

표트르가 대답했다.

"도와주지 못해서 미안해요."

"그건 문제가 아니에요. 진심으로 하는 말이에요. 위로의 말을 해 주니 친절하네요. 하지만 내 느낌에는 상황이 잘 풀릴 것 같은 데요."

그가 케이트에게 말했다.

그녀는 어떻게 잘 풀린다는 건지 몰랐지만, 꾹 참고 표트르에게 그 말을 하지 않을 작정이었다.

그는 자기 몫의 샌드위치를 딱딱한 껍질까지 다 먹고 손바닥을 털었다. 그러나 가려는 기미가 없었다.

표트르가 주위를 둘러보면서 말했다.

"마당이 아주 예쁘네요."

"고마워요."

"정원 가꾸기를 좋아해요?"

"네."

"나도 그런데."

그가 말했다.

케이트가 대답했다.

"음, 난 식물학자나 그런 게 되겠다는 생각까지 했어요, 대학을 자퇴하기 전에는."

"왜 대학을 자퇴했어요?"

그러나 케이트로서는 이 정도로 충분했다. 표트르를 향한 마음이 누그러진 것을 그 역시 느꼈으리란 걸 그녀는 알았다. 그는 유리한 쪽으로 몰아가고 있었다. 갑자기 케이트가 일어나면서 말했다.

"차까지 배웅할게요."

놀란 표정으로 그도 일어났다.

"그럴 필요 없어요."

표트르가 말했다.

하지만 케이트는 그 말을 못 들은 것처럼 앞마당 쪽으로 걸음을 옮겼고, 잠시 후 그가 따라갔다.

집의 옆면을 돌아갈 때 민츠네 미니밴이 그 집 차도로 들어섰고, 버니는 조수석 창문 밖으로 손을 흔들었다. 에드워드와 차를 탄 걸 케이트에게 들킨 게 전혀 민망하지 않은 눈치였다.

"또 보네요, 피요더."

버니가 그를 불렀다.

표트르는 대꾸하지 않고 버니 쪽으로 한 팔을 들었고, 케이트는 몸을 돌려 벌여 놓은 정원 일로 돌아갔다. 그녀는 날씨가 정말

좋다는 걸 알아차렸다. 여전히 아버지에게 불같이 화가 났지만, 그가 떠넘기려 했던 사람이 최소한 완전히 나쁜 인간은 아니라고 생각하면서 작은 위안을 받았다.

6

"캐서린, 내 귀염둥이! 사랑스러운 케이트! 눈에 넣어도 안 아픈 내 딸!"

아버지가 말했다.

케이트가 책을 읽다가 고개를 들었다. 그녀가 대꾸했다.

"네?"

"내 어깨에서 무지막지하게 무거운 짐을 떨쳐 낸 기분이구나. 우리 축하하자. 버니는 어디 있니? 집에 아직 그 와인이 있지?"

"버니는 친구네 집에 자러 갔어요."

케이트가 말했다. 그녀는 책장의 모서리를 접어 책을 소파에 놓으면서 그에게 물었다.

"우리가 뭘 축하하는데요?"

"아이고! 모르는 척하기는. 나랑 주방으로 가자."

케이트가 소파에서 일어났다. 그녀는 마음이 불편해지기 시작했다.

"피요더는 말수가 없는 친구지, 그렇지 않니?"

아버지는 앞장서서 주방으로 가면서 물었다. 그가 말을 이었다.

"버니랑 가정교사가 연구소에 와 있는 동안 피요더가 슬그머니 빠져나갔더구나. 한 마디 언질도 없이 말이야. 그 친구가 소식을 전해 줄 때까지 난 그가 널 만나러 왔다는 걸 몰랐지 뭐냐."

"무슨 소식요?"

그녀의 아버지는 대답하지 않았다. 닥터 버티스타가 냉장고를 열고 허리를 굽혀 안쪽을 뒤졌다.

케이트가 다시 물었다.

"아버지가 말하는 소식이란 게 뭐냐고요?"

"찾았네!"

그가 중얼댔다. 그는 키안티 병을 들면서 허리를 펴고 케이트에게 몸을 돌렸다. 와인 병에 코르크 마개가 헐렁하게 꽂혀 있었다.

"그거 몇 달 지난 건데요, 아버지."

"그래, 하지만 내내 냉장고 안에 있었잖니. 내 규칙을 알지. 잔을 꺼내 오너라."

케이트는 식기장의 맨 위 선반에 손을 뻗었다.

"우리가 무슨 일에 축배를 들 건지 말해 보세요."

그녀는 먼지가 낀 와인 잔 두 개를 아버지에게 건네면서 말했다.

"그래, 이제 네가 그를 좋아한다고 피요더가 말하더구나."

"그 사람이요?"

"너희 둘이 뒷마당에 나란히 앉아 있었고, 네가 맛있는 점심을 그에게 먹였고, 둘이 즐거운 대화를 나누었다고 하던걸."

"저기, 어찌 보면 그런 일이 있었다고 해야겠죠. 그리고요? 그래서요?"

케이트가 말했다.

"그래서 그가 희망을 품고 있지! 그는 이 일이 잘 풀릴 거라고 생각해!"

"그 사람이 **그렇게** 생각한다고요! 세상에, 그를 그냥 두지 말아요! 아주 정신병자예요!"

"자, 자."

아버지가 다정하게 말했다. 그는 잔에 와인을 따르고, 똑바로 서서 콧수염을 오므리면서 와인 양을 가늠했다.

"5온스군."

닥터 버티스타는 혼잣말하듯 중얼댔다. 그가 케이트에게 잔을 건네면서 다시 말했다.

"16초 돌려라."

그녀는 와인 잔을 전자레인지에 넣고 알맞게 버튼을 눌렀다.

케이트가 말했다.

"이 일로 남에게 친절을 베풀어 봤자 보람이 없다는 게 증명되네요. 정말이지! 그 사람이 초대도 받지 않고 찾아와서, 들어오라고 하지 않았는데도 불쑥 들어왔어요. 현관문이 열려 있던 것은 사실이고 그거야 버니가 늘 하는 짓이라고 말해야겠지만―**그 아이가** 무슨 상관이냐는 식으로 구는 통에 도둑을 맞을 수도 있었다고요―그렇다 해도 그가 이걸 이용한 것은 밉상이었죠. 내 조용한 점심시간을 방해하고, 내 로스트비프 샌드위치 반쪽을 먹고. 물론 내가 그에게 권했다는 건 인정하지만 그는 사양할 수 있었는데 안 했죠. 외국인들이나 그런 식으로 덥석 달려들걸요……"

"저거 꺼내야 되지 않니?"

아버지가 물었다. 전자레인지를 의미했는데 아까 땡 소리가 났었다. 닥터 비티스타는 턱으로 전자레인지를 가리켰다.

"……그리고 그가 얼마나 상황을 왜곡하는지 보세요!"

케이트는 말하면서 전자레인지에서 와인 잔을 꺼내고 다른 잔을 넣었다. 그녀가 다시 버튼을 누르면서 말을 이었다.

"제가 어쩌겠어요, 말없이 앉아 있나요? 당연히 그에게 가볍게 말을 붙였죠. 그런데 이제 뻔뻔하게도 그는 내가 자기를 좋아한다고 말하네요!"

"그래도 그 친구는 호감이 **가지**, 그렇지 않니?"

아버지가 물었다.

"우린 호감에 대해 말하는 게 아니잖아요. 아버지는 저한테 그 남자와 결혼하라고 요구하고 있다고요."

케이트가 쏘아붙였다.

아버지가 말했다.

"아니, 아니지. 그게 아니야! 당장 그러라는 건 아니야. 너무 앞서가지 말자꾸나. 내가 요구하는 것은, 네가 어떤 결정에 이르기 전에 시간을 갖고 심사숙고하라는 것뿐이야. 내 계획에 대해 한번 생각해 달라는 거지. 물론 아주 **많이** 생각하라는 건 아니고. 벌써 4월이기는 하다만……"

"아버지."

케이트가 강하게 말했다.

"와인은?"

그가 고개를 기울이면서 채근했다.

그녀는 전자레인지에서 두 번째 와인 잔을 꺼냈고, 닥터 버티스타는 아까 꺼낸 잔을 높이 들고 말했다.

"건배! 뭘 위해서냐면……"

케이트는 '너와 피요더를 위해'라는 말이 나올 줄 알았지만 아버지는 이렇게 덧붙였다.

"계속 마음을 여는 것을 위해."

닥터 버티스타가 한 모금 마셨다. 케이트는 그러지 않았다. 그녀는 잔을 조리대에 내려놓았다.

그가 말했다.

"맛이 좋구나. 내 규칙을 《와인 인수지애스트 매거진》에 공유

해야겠다."

그가 다시 한 모금을 들이켰다. 날씨가 더 포근해져 그는 겨우내 입던 와플 무늬 니트 긴팔 내복을 입지 않았다. 작업복의 소매를 말아 올려서, 검은 털이 난 유난히 앙상한 팔뚝이 드러났다. 케이트는 아버지에게 화가 나는 와중에도 예상치 못한 애처로움을 느꼈다. 그는 너무 서툴고, 세상사에 너무 대책이 없는 사람으로 보였다.

그녀가 상냥하다고 할 만한 어조로 말했다.

"아버지, 현실을 직시하세요. 저는 사랑하지 않는 사람과 결혼하는 데 동의하지 않을 거예요."

"다른 문화권에서 중매결혼은⋯⋯"

닥터 버티스타가 말했다.

"우린 다른 문화권도 아니고 이건 중매결혼이 아니에요. 이게 바로 인신매매라고요."

"뭐야?"

그는 충격받은 표정을 지었다.

"저기, 그렇지 않나요? 아버지는 제 의지와 다르게 절 이용하려고 하잖아요. 저더러 낯선 사람과 살도록, 낯선 사람과 **자도록** 보내려는 거잖아요. 단지 아버지 자신의 개인적인 이익을 위해서. 그게 인신매매가 아니고 또 뭐죠?"

"하나님 맙소사! 캐서린. 이럴 수가. 난 네가 그 친구와 **잘 거라고** 기대하지 않을 게다."

"기대하지 않을 거라고요?"

"네가 못마땅해할 만하구나!"

"그럼 뭘 기대**하셨던** 거예요?"

"흠, 그저 내가 생각한 것은…… 내 말뜻은, 이런! **그런** 종류의 일은 필요하지 않아."

그가 와인을 한 모금 더 삼켰다. 닥터 버티스타는 헛기침을 했다. 그가 다시 말했다.

"피요더가 우리 집으로 들어오는 것 말고는 예전과 거의 똑같이 지낸다는 게 내 생각의 전부야. 이사는 피하지 못하겠지. 하지만 그는 라킨 부인이 쓰던 방에 머물 테고, 너는 그대로 **네** 방에서 지내면 되지. 난 네가 그걸 아는 줄 알았는데. 세상에 이럴 수가!"

"이민국이 의심하리란 생각은 안 하셨어요?"

케이트가 아버지에게 물었다.

"왜 그러겠니? 각방을 쓰는 커플이 많은데. 이민국은 분명히 그걸 알 거야. 우린 피요더가 코를 곤다고 둘러대면 되겠지. 잘은 모르지만 아마 그는 코를 골 거야. 저, 이제……"

그는 작업복 주머니를 뒤지기 시작했다. 닥터 버티스타는 휴대폰을 꺼냈다. 그가 말을 이었다.

"저기, 내가 철저히 조사해 봤는데, 그들이 요구하는 게 뭔지 알아. 우리는 연애를 단계적으로 기록해서 증명해야 돼……"

그는 눈을 가늘게 뜨고 휴대폰을 보면서 버튼을 누르더니 다른

버튼을 누르고 눈을 가늘게 떴다. 닥터 버티스타가 딸에게 휴대
폰을 건네주며 덧붙였다.

"사진들이야, 한동안 촬영했지. 너희가 함께한 이력을 기록한
거다."

연구소에서 케이트와 표트르가 테이블에 대각선으로 앉은 사
진이 화면에 떴다. 케이트는 높은 스툴에, 표트르는 접이식 의자
에 앉아 있었다. 케이트는 벅스킨 재킷을, 표트르는 실험용 가운
을 입었다. 그들은 놀라고 당황한 표정으로 렌즈를 바라보고 있
었다.

그녀는 다음 사진으로 넘겼다. 같은 포즈, 케이트가 사진을 찍
는 사람에게 직접 말하고 있는 것만 달랐다. 전에는 몰랐던 목의
날렵한 힘줄 두 개가 눈에 들어왔다.

다음은 인도에 멈춰 선 그녀의 뒷모습을 뿌옇게 멀리서 찍은
사진. 케이트는 뒤에서 따라가는 사람 쪽으로 몸을 반쯤 돌리고
있었지만, 뒤에서 찍은 사진이라 남자가 누군지 확실하지 않았
다.

다음 사진에서 그 남자는 케이트의 팔을 잡고 두 사람은 다른
남녀를 빙 돌아 앞서 나가고 있었다.

아버지는 그녀를 계속 따라다닌 모양이었다.

다음 사진은 케이트와 표트르가 버티스타네 식탁에 마주 앉아
있지만, 뒤에서 버니가 꿀단지를 들어서 표트르의 옆모습이 가렸
다.

그다음, 표트르는 식탁에서 케이트 옆에 앉아 있고, 그녀는 머리가 보이지 않은 채 일어나 있었다. 그게 마지막 사진이었다.

"내가 사진을 보내는 방법을 알아내면 곧 네게 이 사진들을 보내마. 네가 피요더에게 문자도 보내기 시작해야 될 것 같다만."

"뭐라고요?"

"저번 날 신문에서, 이민국이 때로 커플의 휴대폰을 요구한다는 대목을 읽었거든. 이민국은 문자들을 검토해서 그 커플이 정말 서로 관계를 맺고 있는지 확인한다더구나."

케이트는 휴대폰을 아버지 쪽으로 내밀었지만 그는 와인 잔을 채우느라 분주했다. 그는 이미 잔을 비웠고, 이제 와인 병도 비우고 있었다. 닥터 버티스타는 케이트에게 잔을 건네면서 말했다.

"14초."

"14초만요?"

"뭐, 그사이 더 미지근해질 짬이 있었으니까."

그는 휴대폰을 받아서 주머니에 넣고 서서 기다렸고, 그사이 케이트는 몸을 돌려서 와인 잔을 전자레인지에 넣었다.

아버지가 말했다.

"저기, 아직 이 말은 하고 싶지 않았다만, 난 정점에 달했다고 믿는단다. 돌파구에 가까워지는 시점인데 바로 그 순간에 당국은 내 프로젝트에 대한 신뢰를 잃기 시작하고 있지. 그런데 피요더가 연구소에 잔류할 수 있다면, 우리가 이 일을 진짜 해낼 수 있다면…… 그게 내게 얼마나 큰 의미가 있는지 아니? 이건 정말

시간과 노력이 요구되는 일이란다, 케이트. 길고 지치고 **기운 빠지는** 지난한 일이라고 할 수 있지. 때로는 내가 오직 일밖에 모르는 것처럼 보였으리란 걸 알아. 네 어머니도 그렇게 생각하곤 했다는 걸 잘 알고 있다⋯⋯."

그는 말을 끊고 다시 전자레인지 쪽을 고갯짓했다. 케이트가 와인 잔을 꺼내서 아버지에게 건네주었다. 닥터 버티스타가 이번에는 잔에 든 와인의 절반을 단숨에 마시자, 케이트는 그게 현명한 처사인지 염려스러웠다. 아버지는 알코올에 익숙한 사람이 아니었다. 한편 그는 술 덕분에 갑자기 말수가 많아졌다.

"어머니가요?"

케이트가 그를 채근했다.

"네 어머니는 우리가 주말을 함께 보내야 한다고 생각했지. 심지어 휴가까지! 그 사람은 이해 못 했어. **너는** 이해한다는 것을 난 알아, 너는 나를 더 닮았으니까. 더 지각 있고 더 현실적이지. 그러나 네 어머니. 그녀는 몹시⋯⋯ 불안정했다고 말할 수 있겠지. 혼자 있는 것을 질색했어. 상상이 되니? 그리고 아주 사소한 일만 벌어져도 절망에 빠지곤 했단다. 그녀가 인생의 의미를 모르겠다고 내게 말한 것도 두어 번 되지."

케이트는 가슴에 팔짱을 꼈다.

"나는 네 어머니에게 이렇게 말했지. '흠, 당신이 모르는 것도 당연하지, 여보. 머리가 제대로 박힌 사람이라면 의미 같은 게 **있다**고 말 못 할 거야. 당신은 의미가 있다고 믿었던 거야?' 하지만 이 말이 그 사람에게 위로가 된 것 같지는 않더구나."

"세상에."

케이트가 중얼거렸다.

그녀는 와인 잔을 손에 들고 쭉 들이켰다. 술을 목구멍으로 넘긴 후 케이트가 다시 말했다.

"아이를 출산하면 행복과 성취감을 느끼는 여자들이 많아요. 그들이 하루아침에 인생이 살 만한 가치가 없다고 결론 내리는 게 아니라고요."

"어?"

아버지는 와인 잔에 남은 찌꺼기를 시무룩하게 바라보았다. 그러다가 고개를 들고 말했다.

"아, 그건 너와는 아무 상관이 없단다, 케이트. 그런 생각을 하고 있는 게냐? 그 사람은 네가 태어나기 오래전부터 우울해했어. 내 책임도 일부 있었겠지. 우리의 결혼 생활이 그녀에게 해로운 영향을 미쳤던 것 같아. 내가 하는 모든 말을 그녀는 고깝게 들었지. 네 어머니는 내가 자기를 무시한다고, 내가 더 똑똑한 것처럼 군다고 생각했어. 당연히 말도 안 되는 생각이었지. 내가 더 똑똑한 것은 의심의 여지가 없었지만 결혼 생활에서 고려할 요소가 지성만은 아니라는 말이야. 어떤 경우에도 그녀는 저조한 기분을 떨치고 일어나지 못하는 것 같았지. 늪 가장자리에 서서 그녀가 잠기는 모습을 지켜보는 기분이 들었어. 그 사람은 여러 치료를 다양하게 받아 봤지만 늘 효과가 없다는 결론으로 끝났지. 약물

도 투약해 봤다. 모든 종류의 항우울제―SSRI⁺니 뭐니. 아무 약
도 듣지 않았고, 일부는 부작용을 일으켰지. 그러다가 난 영국 출
신 동료에게 그가 발명한 약품이 유럽에서 사용된다는 말을 들
었어. 미국에서는 아직 승인을 받지 못했지만 그 약이 기적을 일
으키는 것을 봤다더구나. 그가 내게 약을 조금 보내 주었고, 네
어머니는 그 약을 복용했지. 아, 그녀는 완전히 다른 사람이 되었
어. 활달했지! 생기 가득하고! 활기가 넘쳤지! 그 무렵 너는 중학
교 2학년이었고, 그녀는 느닷없이 관심이 생겨서 학부모 회의에
참석하고 네 학급의 현장학습을 따라다니기 시작하더구나. 나는
예전의 아내를 되찾았지, 처음 만났을 때의 그 여인을. 그즈음 그
녀는 아이를 더 갖고 싶다고 말하더구나. 늘 아이를 여섯 명 갖
고 싶었다고 말하기에 나는 이렇게 대답했지. '흠, 그거야 당신이
결정할 일이지, 여보. 내가 그런 문제는 당신에게 맡긴다는 걸 알
잖소.' 곧 그녀는 아기를 가졌고 임신을 확인하러 의사를 찾아갔
지. 그때 우리는 기적의 약이 그녀의 심장을 손상시켰다는 사실
을 알게 되었어. 이미 유럽에서 그런 의구심을 갖기 시작해서 시
장에서 약을 거둬들이는 중이었지만 우린 아직 그 소식을 못 들
었던 거야."

"그게 심장 이상의 원인이었나요?"

"그래, 그리고 전적으로 내 책임이었다는 걸 인정해. 내가 아니

⁺ 선택적 세로토닌 재흡수 억제제. 항우울제의 일종.

었으면 그녀는 그 약에 대해 몰랐을 거야. 혹은 네 이모가 늘 주장하듯 애당초 그런 약이 필요하지도 않았었겠지."

닥터 버티스타는 마지막 남은 와인을 마시고 잔을 조리대에 좀 강하다 싶게 내려놓았다. 잠시 후 그가 다시 말했다.

"그 일이 내 동료에게 귀중한 데이터를 제공했을 테지만."

"어머니가 제 현장학습에 동행했다고요?"

케이트가 물었다. 그녀는 그 일을 기억해 보려 애썼다. 그녀가 덧붙여 물었다.

"어머니가 저한테 관심이 있었어요? 저를 좋아했어요?"

"아이고, 당연하지. 널 사랑했다."

"어머니의 유일한 호시절을 제가 놓쳤네요! 기억이 나지 않아요."

케이트가 탄식했다. 울 것 같은 목소리였다.

"두 사람이 같이 쇼핑을 다니곤 했는데 다 잊어버렸니?"

"우리가 같이 쇼핑을 다녔어요?"

"네 어머니는 여자들끼리 하는 일을 같이 할 딸이 있어서 얼마나 행복한지 모른다고 했어. 너를 데리고 옷을 사러 가고 점심을 먹고, 한번은 둘이 매니큐어를 바르러 갔단다."

이 말을 듣자 케이트는 다른 사람이 된 듯한 오싹한 기분을 느꼈다. 평생 간직할 만한 경험들에 대한 기억이 제자리에 없을 뿐 아니라, 그 경험들은 그녀가 싫어했을 일들이었다. 그녀는 쇼핑을 견딜 수가 없었다! 하지만 자발적으로 따라나섰던 모양이고 아마도 즐거운 시간을 보내기까지 했다. 어린 케이트는 어른 케이트와 영판 다른 사람이었던 것 같았다. 뭉툭한 맨 손톱을 내려다보자니, 그 손톱을 전문가가 갈고 다듬은 적이 있다는 게 믿기지 않았다.

"그렇게 해서 우리한테 버니가 생긴 거지."

아버지가 말했다. 발음이 이지러진 것은 어쩌면 술기운 때문이었을까. 그리고 안경알에 습기가 찼다. 그가 말을 이었다.

"물론 난 우리에게 버니가 있어서 기쁘단다. 그 아이의 무척 예쁘장한 외모와 아주 명랑한 성격은 결혼 전의 너희 어머니와 비슷해. 그런데 버니는 말하자면 아주…… 이지적이지는 않지. 또 너 같은 근성, 정신력은 없지. 내가 너한테 너무 많이 의존한다는 것을 안다."

닥터 버티스타는 손끝을 케이트의 팔목에 얹으면서 덧붙였다.

"너에 대한 기대가 과한 줄 알아. 너는 동생을 보살피고 집안 살림을 꾸리고…… 네가 남편감을 구하지 못할까 걱정이다."

"아휴, 고마운 말씀이네요."

케이트가 쏘아붙이면서 손목을 뺐다.

"아니, 내 말뜻은…… 아, 난 항상 이렇게 이상하게 표현한다니까. 다만 내 말은 네가 남편감을 **만날** 수 있을 만한 곳에 나다니지 않는다는 뜻이야. 너는 집에 틀어박혀서 정원에서 꼼지락대고, 어린이집에서 아이들을 보살피지. 생각해 보면 아마 지구상에서 남편감이 가장 없을 데가 바로 거기거든…… 내가 이기적이었구

나. 네가 학교로 돌아가게 했어야 했는데."

"전 학교에 돌아가고 싶지 않아요."

케이트가 말했다. 그게 진심이었다. 그녀는 당황스러웠다.

"설령 그 학교가 네게 맞지 않더라도 다른 학교들도 있어. 그걸 몰라서가 아니야. 넌 존스홉킨스에서 공부를 마칠 수도 있지! 하지만 내 욕심만 채우고 있었구나. 나 자신에게 말했지. '아니, 케이트는 젊어. 시간이 많아. 그리고 그동안 그 아이를 여기 집에 데리고 있어야겠어. 아이와 함께 지내는 시간을 즐겨야지.'"

"제가 함께 지내는 게 좋으세요?"

"어쩌면 너를 피요더와 짝지우려고 생각한 이유들 중에 그것도 있을 게다. 난 틀림없이 '그러면 그 아이를 여기 있게 할 수 있지!'라고 생각했을 거야. '해될 게 전혀 없어. 그냥 서류상의 결혼일 뿐이고, 케이트는 여전히 여기 집에 있을 텐데 뭐.' 네가 나한테 화를 내고도 남을 만해, 케이트. 내가 사과해야겠구나."

"아, 네. 아버지의 입장을 알 수 있을 것 같아요."

케이트가 말했다.

그녀는 대학에서 집에 돌아오던 날 밤을 기억하고 있었다. 미리 알리지 않고 옷 가방 서너 개를—가져갔던 짐 전부—갖고 도착했다. 집 앞에서 택시에서 내리니 아버지는 작업복 위에 앞치마를 두르고 주방에 있었다. 그는 "네가 여긴 어쩐 일이냐?"라고 물었고, 케이트는 "쫓겨났어요"라고 대답했다—가장 난처한 순간을 모면하려고 필요 이상으로 대담하게 말했다. 아버지가

"왜?"라고 묻자, 케이트는 교수가 광합성에 대해 엉망으로 강의한 일을 말했다. 아버지가 "흠, 네가 옳았다"라고 말하자, 그녀에게 더할 수 없는 안도감이 밀려들었다. 아니, 안도감 그 이상이었다. 기쁨이었다. 순수한 기쁨. 케이트는 솔직히 그때가 평생 가장 행복한 순간이었을 거라고 생각했다.

아버지가 바닥에 와인이 한두 방울이라도 남아 있기를 바라면서 와인 병을 창문을 향해 들고 살폈다.

케이트가 말했다.

"'서류상'이라는 말은……"

닥터 버티스타가 딸을 힐끗 건너다보았다.

그녀가 말했다.

"만약 그게 형식에 불과하다면, 그의 비자 상태를 바꿀 수 있는 간략한 법률 절차에 불과하고 이후 우리가 상황을 되돌릴 수 있다면……"

닥터 버티스타는 조리대에 와인 병을 도로 내려놓았다. 그는 숨이 쉬어지지 않는 듯 뻣뻣하게 서 있었다.

"그게 **그리** 큰일은 아닐 것 같네요."

"해 주겠다고 말하는 게냐?"

"아, 아버지. **전** 잘 모르겠어요."

케이트가 지쳐서 말했다.

"하지만 고민해 볼 수는 있다…… 네가 말하려는 게 그거냐?"

"그럴 거예요."

그녀가 대답했다.

"정말 날 위해서 이 일을 해 주겠니?"

케이트는 망설이다가 조심스럽게 고개를 끄덕였다. 바로 그 순간 도대체 무슨 생각으로 이러냐는 의구심이 생겼지만, 이미 아버지가 어색하게 끌어안고 있었다. 그는 다시 몸을 떼고 좋아서 어쩔 줄 몰라 딸의 얼굴을 들여다보았다.

닥터 버티스타가 외쳤다.

"네가 그렇게 해 준다고! 정말 해 주겠다고! 이런 일을 해 줄 만큼 나를 배려하는구나! 아, 케이트, 아가. 얼마나 고마운지 이루 다 말로 옮길 수가 없구나."

"그러니까 그렇게 해도 제 생활에는 큰 변화가 없을 것 같다는 뜻이에요."

케이트가 말했다.

"전혀 달라질 게 없을 거야, 내 맹세하마. 너는 그 친구와 연관된다는 걸 느끼지도 못할 거야. 모든 게 예전과 똑같이 돌아갈 게다. 그래, 네게 수월한 상황이 되도록 내가 가능한 모든 일을 하마. 이게 모든 걸 변하게 할 거야! 다 더 좋아질 게다. 왠지 이제 내 프로젝트가 성공을 거두리라는 확신이 생기는구나. 고맙다, 내 사랑!"

잠시 후 케이트가 말했다.

"천만에요."

"그래…… 그리고 말이다…… 케이트?"

아버지가 말했다.

"뭐요."

"나 대신 세금 신고를 마무리해 줄 수 있을 것 같니? 내가 해 보려고 했는데……"

그는 이렇게 말하면서 똑바로 서서 우스꽝스럽게, 무기력하게 앙상한 팔을 벌렸다.

"네, 아버지. 알아요."

케이트가 말했다.

7

일요일 11:05 AM

안녕 케이트 문자 보내요!

안녕.

지금 집에 있삼?

제발 제대로 말해요. 10대도 아니고.

지금 집에 있어요?

아뇨.

발레리나 인형과 선원 인형이 결혼식을 치르고 있었다. 선원 인형은 전과 똑같은 작업복 차림이었지만, 발레리나 인형은 하얀 티슈로 새 드레스를 만들어 입었다. 티슈 한 장은 앞판에, 한 장은 뒤판에 대고 허리에 머리 끈을 둘렀고, 밑에 튀튀를 입어서 스커트 부분이 부풀었다. 에마 G.가 드레스를 만들었지만 머리 끈을 내놓은 사람은 질리였고, 신부가 입장해서 제단 앞에서 신랑과 만나는 절차를 아는 사람은 에마 K.였다. 틀림없이 최근에 결혼식 화동을 해 본 모양이었다. 에마 K.는 반지 드는 사람, 부케 던지기, '층층이 웨딩 케이크'에 대해 장황하게 설명했고, 다른 여자애들은 감탄하며 귀담아들었다. 아이들은 이런 세부 사항에 대해 케이트에게 물어볼 생각은 아예 없는 듯했다. 그녀의 결혼식이 다가온다는 소문을 듣고 인형들의 결혼 놀이가 벌어진 것이지만.

케이트는 처음에는 아무에게도 말하지 않을 작정이었다. 어느 토요일에─지금부터 채 3주가 안 되는 5월 첫째 토요일에─결혼식을 올리고 월요일에 어린이집에 출근하면 아무도 눈치채지 못할 터였다. 하지만 그녀가 아직 소식을 알리지 않았다는 사실을 알고 아버지는 실망했다. 그는 이민국이 그녀의 직장에 나가 조사할 거라면서, 동료들이 그녀를 독신으로 알고 있으면 강한 의심을 살 거라고 했다.

"네가 가서 결혼 공표를 해야 해. 내일 만면에 미소를 띠고 들어가서 반지를 보여 주고, 기나긴 더딘 연애에 대해 그럴듯한 이야기를 늘어놓으렴. 그러면 이민국이 주변 탐문을 시작할 경우 모든 세세한 부분을 듣게 될 테니까."

이민국은 가족의 새로운 두려움의 대상이었다. 케이트는 이민국을 '남자'로─양복과 타이 차림의 남자 한 명. 옛날 흑백영화에 나오는 무덤덤하고 특징 없는 스타일의 미남—상상했다. 이민국 직원은 흑백영화에 나오는 목소리를, 또박또박하고 원숙한 말투를 가졌을 터였다. '캐서린 버티스타? 이민국입니다. 몇 가지 질문을 하고 싶습니다.'

그래서 다음 날인 화요일 아침, 고모할머니의 다이아몬드 반지를 끼고 어린이집에 출근했고, 4반 교실에 가기도 전에 교사 휴게실부터 들렀다. 대부분의 교사와 몇몇 보조 교사가 찻주전자 주위에 서 있었고, 케이트는 말없이 왼손을 내밀었다.

맨 먼저 알아차린 사람은 바우어 부인이었다. 그녀가 빽 소리를 질렀다.

"어머! 케이트! 이게 뭐야? 이거 **약혼**반지인가?"

케이트는 고개를 끄덕였다. '만면에 미소' 부분은 어떻게 해 볼 도리가 없었다. 바우어 부인이 2반 담임교사였으므로—그 반의 보조 교사가 애덤이었다. 바우어 부인은 2반 교실로 조르르 달려가서 애덤에게 케이트가 약혼했다고 말할 게 분명했다.

케이트는 이 일에 말려든 이후 줄곧 애덤에게 알리는 부분을 고심해 온 참이었다.

그때 교사 휴게실에 있던 여교사 전원이 케이트 주위로 모여들어 감탄사를 내뱉고 질문 공세를 했다. 케이트가 시무룩해 보였다고 해도 그들은 평소 그녀가 사교성이 없는 탓으로 돌렸을 것이다.

페어웨더 부인이 말했다.

"그것 참 내숭하고는! 우린 케이트가 애인이 있는 줄도 몰랐는데!"

"아, 글쎄요."

케이트가 중얼댔다.

"상대가 누구예요? 이름이 뭐예요? 무슨 일을 하는 사람인가?"

"그의 이름은 피요더 체르바코프예요."

케이트가 말했다. 계획에 없이 아버지가 발음하는 대로 이름을 말해 버렸다. 덜 외국인처럼 보이게 하려고. 그녀가 덧붙였다.

"미생물학자예요."

"어머나! 미생물학자! 둘이 어디서 만났는데?"

"그 사람이 제 아버지의 연구소에서 일해요."

케이트가 말했다. 그녀는 촌시 부인 쪽을 힐끗 보면서 다시 중얼댔다.

"어머, 4세반을 아무도 감독하지 않네."

그녀는 교사들의 질문 공세가 심해지기 전에 빠져나갈 핑계를 대려고 했다.

하지만 당연히 그들은 케이트를 쉽사리 놔주지 않았다. 피요더가 어디 출신인지? (확실히 **볼티모어** 남자는 아니었다.) 그녀의 아버지가 이 결합을 승낙하는지? 결혼식은 언제 올릴 예정인지?

"바로 코앞이네!"

날짜를 알자 그들이 소리쳤다.

"저기, 그 사람이 3년간 가까이 있었거든요."

케이트가 말했다. 엄격히 말하면 그것은 사실이었다.

"그래도 계획을 세워야 될 게 많을 텐데!"

"사실은 그렇지 않아요. 아주 간소한 결혼식이 될 거예요. 직계 가족만 모이려고요."

이 말에 다들 실망했다는 것을 알 수 있었다. 그들은 결혼식에 참석하는 상상을 하던 참이었다.

"조지나가 결혼했을 때는 반 전체를 초대했는데, 기억하지?"

페어웨더 부인이 상기시켰다.

"그런 유의 결혼식이 아닐 거예요. 우리 둘 다 꾸미지 않거든 요."

케이트가 말했다. 낯선 '우리'라는 말이 그녀의 귀에 어색하게 들렸다. 입에서 돌을 휙 내뱉기라도 한 기분이었다. 그녀가 말을 이었다.

"목사인 외숙부가 개인적인 예식에서 주례해 주실 거예요. 아 버지랑 여동생만 증인으로 참석하고요—심지어 이모도 참석시 키지 않으려고요. 이모가 이 일을 두고 히스테리를 부리시거든 요."

교회에서 예식을 올리는 것은 합의 사항이었다. 케이트는 시청 에서 신속하게 절차를 밟고 싶었지만 닥터 버티스타는 이민국에 통할 격식 갖춘 예식 사진을 찍고 싶어 했다. 또 어린이집 동료들 은 아버지와 같은 마음임이 분명했다. 다들 아쉬운 눈빛을 주고 받았다.

"신부 측 가족들 옆 신도석에 아이들이 나란히 앉았고, 각자 노란 장미 한 송이를 들었던 걸 기억하죠?"

페어웨더 부인이 링크 부인에게 물었다.

링크 부인이 대답했다.

"그럼요, 조지나의 드레스가 노란색이어서 그랬죠. 아주 예쁜 연노란색이었고 신랑은 노란 타이를 맸지요. 양가 어머니들이 신부가 흰 드레스를 입지 않는다고 아연실색했죠. 그들은 '사람들이 어떻게 생각하겠니? 흰 드레스를 입지 않는 신부가 어디 있어?'라고 말했죠."

촌시 부인이 덧붙였다.

"그러자 조지나는 '저기, 유감이지만 저는 흰색만 입으면 생기 없어 보이거든요'라고 대답했고요."

이따금 케이트는 교사 휴게실의 여교사들이 4세반 여자애들처럼 재잘대는 것을 보고 깜짝 놀라곤 했다.

케이트의 반 아이들에게 결혼 소식을 전한 사람은 촌시 부인이었다.

"여러분! 여러분! 멋진 소식이 있어요. 누가 결혼할지 맞혀 봐요!"

아이들이 굿모닝 노래를 마치자 촌시 부인이 통통한 손으로 박수를 치면서 말했다.

침묵에 잠겼다. 그러다가 리엄 M.이 나섰다.

"아마도 선생님요?"

촌시 부인이 낙심한 표정을 지었다. (그녀는 결혼 생활 35년차 였다.) 그녀가 말했다.

"케이트 선생님이 바로 그 사람이에요! 케이트 선생님이 약혼 했어요. 아이들에게 반지를 보여 줘요, 케이트 선생님."

케이트가 손을 내밀었다. 여자애 여럿이 감탄해서 중얼댔지만, 대부분의 아이들은 어리둥절한 듯했다.

"그래도 괜찮아요?"

제이슨이 케이트에게 물었다.

"괜찮다니 뭐가?"

"선생님 어머니가 그러라고 하겠느냐고요?"

"어…… 그럼."

케이트가 대답했다.

그리고 샘슨 쌍둥이도 마음이 좋지 않은 기색이 역력했다. 두 아이는 교실에서는 잠자코 있었지만 그날 아침 운동장에서 케이 트에게 다가왔다. 레이먼드가 물었다.

"**이제** 우린 누구랑 결혼해요?"

"아, 누군가 찾게 될 거야. 너희와 나이가 비슷한 사람이겠지."

그녀가 아이들을 안심시켰다.

"누구요?"

레이먼드가 물었다.

"글쎄……"

"저 미샤가 있잖아."

데이비드가 말했다.

"아, 그래."

"그리고……"

"됐어, 내가 저미샤랑 할래."

"그럼 나는 어쩌고? 저미샤는 나한테 맨날 화를 내는데."

데이비드가 레이먼드에게 물었다.

케이트는 이 입씨름의 마지막을 듣지 못했다. 바로 그때 애덤이 다가왔기 때문이었다. 그는 작은 분홍 후드 티를 들었고, 몹시 시무룩한 표정이었다. 혹은 그렇다고 케이트는 상상했다.

"그래요, 소식 들었어요."

애덤이 그녀 옆에 서면서 말했다. 그는 그네 쪽을 내다보았다.

"소식요?"

케이트가 물었다. (멍청하게.)

"사람들이 케이트가 결혼한다고 말하더군요."

"아. 그거요."

그녀가 중얼댔다.

"난 케이트가 누군가 만나고 있는 것조차 몰랐어요."

"안 만났어요. 그러니까 내 말은 **일종의** 만남이긴 했지만……이 일이 아주 갑작스럽게 일어났다는 뜻이에요."

케이트가 말했다.

애덤이 여전히 시무룩한 표정으로 고개를 끄덕였다. 속눈썹이 검고 숱이 많아서 눈이 까만 인상을 주었다.

두 사람은 세 살인 아이가 배를 대고 엎드린 그네의 줄이 둘둘 말리는 광경을 지켜보며 시간을 보냈다. 아이는 필사적으로 줄을 잡고 빙글빙글 돌았다. 온 정신을 쏟아 집중하는 표정을 짓더니 그네에서 내려, 아주 작은 취객처럼 비틀대며 걸었다.

애덤이 말했다.

"그게…… 그런 결정을 그렇게 성급히 내린 게 현명하다고 생각해요?"

케이트는 그를 얼른 힐끗 쳐다보았지만, 애덤이 여전히 눈으로 세 살 아이를 좇아서 그의 표정을 읽을 수가 없었다.

"아마 아니겠죠. 아마도 현명하지 않겠죠. **나도** 모르겠어요."

그리고 한동안 말이 없다가 케이트가 입을 열었다.

"하지만 이 일은, 저기, 일시적인 사건으로 그칠 수도 있어요."

이제 애덤이 그녀를 쳐다보았다.

"일시적이라니!"

그가 말했다.

"내 말은, 결혼이 오래 지속될지 누가 알 수 있겠느냐는 뜻이에요. 그렇지 않은가요?"

검은 눈이 더 어둡고 좁아졌다.

"그래도 이건 **서약**인걸요."

애덤이 말했다.

"그래요, 하지만…… 그래요, 맞아요. 서약이죠. 맞는 말이에요."

그리고 그녀는 다시 꺽다리 같은, 너무 거침없고 뻔뻔스러운 기분으로 돌아왔다. 문득 정글짐에서 위험할 정도로 높이 올라간 앤트완에게 관심이 생겨서 아이를 챙기러 불쑥 가 버렸다.

화요일 2:46 PM

안녕 케이트! 어린이집에서 집까지 걸어서 바래다줄까요?

아뇨.

어째서?

내가 방과 후 돌봄을 하는 날이에요.

나중에 같이 걸어갈까요?

아뇨.

너무 딱딱하게 구네요.

그럼 이만.

새 사진. 현관 앞길에서 뻣뻣하게 서 있는 케이트, 콧구멍 주변이 약간 불그스름해 보이는데도 활짝 미소 지으며 그녀 옆에 선 표트르. 그가 앓는 소위 감기라는 것은 바깥 공기 중의 뭔가에 대한 알레르기였고, 그 증세가 시작되는 모양이었다.

그리고 어느 식당의 긴 의자에 앉은 케이트와 표트르. 내 사람이라고 못 박는 듯 그가 케이트의 의자 등판에 팔을 뻗자, 의자가 너무 높아서 몸이 뒤틀리고 몹시 거북한 자세가 되었다. 게다가 어두침침한 데서 보려고 애쓰느라 약간 찡그렸다. 표트르는 미국 식당들의 조명이 너무 어둡다고 불평했다. 사진을 찍어 줄 사람이 필요했으니 당연히 닥터 버티스타도 그 자리에 있었다. 아버지와 케이트는 각각 햄버거를 주문했다. 표트르는 석류 시럽을 뿌린 으깬 셀러리 뿌리 위에 얹은 송아지 볼살 요리를 주문했고, 그 후에는 닥터 버티스타와 조리법의 '유전적인 알고리즘'에 대한 토론을 벌였다. 남의 말을 경청할 때 표트르의 표정이 평온하다는 것을 케이트는 알아차렸다. 상대방에게 집중하면서 이마가 매끈해지고 완벽하게 차분해졌다.

다음 사진은 거실 소파에 앉은 케이트와 표트르. 둘 사이에 30센티미터쯤 간격이 있고, 표트르는 씩 웃으면서 한 팔을 소파 등에 올린 반면, 케이트는 굳은 얼굴로 사진 찍는 사람에게 왼손을 내밀어 다이아몬드 반지를 보였다. 아니, 반지는 인조 다이아몬드일 수도 있었다. 아무도 확실히 알지 못했다. 고모할머니는 싸구려 잡화점에서 일했었으니.

설거지하는 케이트와 표트르. 앞치마를 두른 표트르는 헹구지 않은 접시를 공중에 들고 흔들었다. 케이트는 옆에 서서 모르는 사람처럼 곁눈질했다. 몸의 일부만 나오는 버니는 **두 사람 다** 낯설어하는 표정으로 카메라를 향해 큰 파란 눈을 굴렸다.

아버지에게 케이트와 표트르의 휴대폰에 사진을 전송하는 방법을 가르쳐 준 사람은 버니였다. 그는 그런 방법을 전혀 몰랐다. 버니는 또 눈을 굴렸지만 아버지를 도와주었다. 하지만 결혼 계획이 경악스럽다는 의견을 숨기지 않았다.

"그러니까 언니는 뭐야? 노예야?"

버니가 언니에게 물었다.

케이트가 대답했다.

"잠시 동안만이야. 연구소 상황이 얼마나 절박한지 네가 몰라서 그래."

"몰라, 그리고 난 상관없어. 그 연구소는 언니랑 아무 관계도 없다고."

"그래도 아버지랑 관계있잖아. 연구소는 아버지 인생의 중심이야!"

"아빠 인생의 중심은 **우리**여야지. 아빠는 왜 그러는 거야? 내리 몇 달씩 우리가 존재하는 것조차 잊고 살면서, 동시에 우리가 누구를 차를 타도 되는지, 누구랑 결혼해야 될지 지시할 권리를 가진 줄 안다니까."

버니가 말했다.

"누구와."

케이트는 자기도 모르게 어법을 고쳐 주었다.

"냉수 마시고 속 차려, 언니. 아빠란 사람은 언니를 산 제물로 삼고 있다고, 모르겠어?"

"아, 그러지 마. **그렇게까지** 나쁘지는 않아. 그저 서류상의 일일 뿐이야."

그러나 버니는 워낙 낙심해서 휴대폰 벨 소리인 테일러 스위프트의 노래가 다 끝난 후에야 전화를 받았다.

금요일 4:16 PM

안녕 케이트! 내일 식료품 사러 내가 같이 갈게요.

난 혼자 장 보는 게 좋아요.

아버님과 내가 저녁 식사를 준비할 거기 때문에 같이 가려고요.

뭐예요!

아침 8시에 차를 갖고 태우러 갈게요.

안녕.

그의 차는 오리지널 폭스바겐 비틀이었고, 케이트는 오랜만에 그 모델을 보았다. 초록빛이 도는 파란색이었는데, 워낙 풍파에 시달려 페인트칠을 한 게 아니라 분필을 바른 것 같았다. 하지만 그 외에는 아주 상태가 좋아 보였다. 케이트는 그가 차를 마구 다루는 데 비해 차가 이런 상태인 것은 기적이라고 생각했다. 과학자들은 운전을 못한다는 자연법이라도 포고된 걸까? 아니면 운전을 **할 수는 있는데** 난해한 생각에 빠져서 도로를 살피지 못하는 걸까. 표트르는 대화하려고 고개를 완전히 돌린 채 계속 케이트를 쳐다보았고, 그사이 비틀은 41번가를 기우뚱하게 달려서 다른 운전자들이 브레이크를 밟고 경적을 울렸다. 또 뒷좌석에서 책 더미와 실험실 가운들, 빈 물병, 패스트푸드 포장지가 이리저리 쏠렸다.

"돼지고기 안심을 사야 해요. 옥수숫가루도 사고."

그가 말했다.

"제발 하고 있는 일에 주의해요."

"이 가게에서 메이플 시럽을 팔까요?"

"메이플 시럽이라니! 도대체 뭘 만들 건데요?"

"메이플 시럽을 뿌린 폴렌타* 위에 얹은 돼지고기 찜."

"맙소사."

"아버님과 내가 상의했어요."

"그 조리법의 유전학적 알고리듬 말이죠."

케이트가 기억을 떠올리며 말했다.

"와. 집중하고 있었네요. 당신은 내 말에 주의를 기울이고 있었어요."

"난 당신 말에 주의를 기울인 게 아니에요. 마구 지껄이는 소리가 귀에 들리는 걸 피하지 못했을 뿐이죠."

"당신은 내 말에 주의를 기울였어요! 당신은 날 좋아해요! 나한테 반했다는 생각이 들어요."

"표트르, 우리 상황을 제대로 봐요."

케이트가 말했다.

"아이고! 이 도로에 다니기에는 너무 큰 트럭이 지나갔네."

"나는 아버지를 돕기 위해서 이 일을 하는 것뿐이에요. 아버지가 당신이 이 나라에 체류하는 걸 중요하게 생각하는 것 같아서죠. 당신이 영주권을 받으면 당신과 나는 각자 자기 길을 갈 거예

✦ 옥수숫가루 등 곡물 가루를 물에 끓여 만드는 죽 형태의 이탈리아 요리.

요. 이 계획의 어떤 단계에서도 누가 누구에게 반하는 것은 결부되지 않아요."

"또는 어쩌면 당신은 자기 길을 가겠다고 결정하지 **않을** 거고요."

표트르가 대꾸했다.

"뭐라고요? 지금 무슨 말을 하는 거예요. 내가 이제껏 한 말을 듣기나 한 거예요?"

표트르가 다급히 대답했다.

"그래요, 그래요. 듣고 있어요. 아무도 누구에게 반하지 않을 거다. 그리고 이제 우린 돼지고기를 살 거예요."

그는 슈퍼마켓 주차장으로 들어가서 시동을 껐다.

케이트가 표트르를 따라서 주차장을 걸어가다가 물었다.

"왜 돼지고기를 먹으려는 거죠? 버니가 그걸 안 먹으리란 걸 알잖아요."

"난 버니한테 별로 관심이 없어요."

그가 대답했다.

"관심이 없어요?"

"우리 나라에는 이런 격언이 있지요. '달콤한 사람을 조심하라. 설탕은 영양분이 없다.'"

이것은 흥미로웠다. 케이트가 말했다.

"흠, 우리 나라에는 식초보다 꿀로 더 많은 파리를 잡을 수 있다는 말이 있는데요."

"그래요, 그렇**겠네**요."

표트르가 모호하게 말했다. 그는 케이트보다 두어 걸음 앞에서 걷고 있었지만 이제 속도를 늦추었고, 아무 경고도 없이 그녀의 어깨에 팔을 둘러 바싹 당겨 안았다. 표트르가 말을 이었다.

"하지만 왜 파리를 잡으려고 하죠, 네? 대답해 봐요, 식초 아가씨."

"놔줘요."

케이트가 말했다. 가까이 있으니 그에게서 싱싱한 건초 냄새가 났고, 그의 팔이 억세고 강하게 느껴졌다. 그녀가 표트르를 뿌리쳤다.

"아이참."

케이트가 중얼댔다. 그리고 주차장을 다 빠져나갈 때까지 몇 걸음 앞서서 걸었다.

슈퍼마켓 입구에서 그녀는 카트를 밀고 안으로 들어가기 시작했지만, 표트르가 따라와서 팔을 내밀어 카트를 받으려고 했다. 케이트는 그가 남자다움을 과시해야 되는 콤플렉스를 가졌는지 슬그머니 의심이 들었다.

"그러**든지**요."

그녀가 표트르에게 말했다. 그는 빙그레 웃고 빈 카트를 밀면서 케이트와 나란히 걸었다.

비타민에 대해 그렇게 떠들어 댄 사람치고 표트르는 눈에 띌 만치 야채 코너에 관심이 없었다. 그는 느릿느릿 양배추 한 통을 던지더니 주위를 둘러보면서 물었다.

"옥수숫가루, 어딜 가야 그걸 찾죠?"

"정말 그런 거창한 요리를 할 작정인가 보네요. 레스토랑에서 당신이 주문했던 으깬 셀러리 뿌리를 곁들인 요리 같은 걸로."

"마지막 음식을 그대로 말했을 뿐인데요."

"뭐라고요?"

"웨이터가 우리 테이블에 왔을 때요. 그 사람이 아주 복잡하게 말했죠. '손님들께 오늘 저녁 특별 요리 몇 가지를 말씀드리고 싶습니다만……'이라고 했잖아요."

표트르는 웨이터의 볼티모어 사투리를 완전히 알아들었고 그 것은 불가사의했다. 그가 말을 이었다.

"그러더니 그는 아주 길고 복잡한 음식들을 읊었죠. 내가 어지러워지도록, 방목하고 맷돌에 갈고 직접 건조 처리한 재료들에 대해 말했어요. 그래서 난 마지막 음식을 따라 말했을 뿐이에요. '으깬 셀러리 뿌리 위에 얹은 송아지 볼살 요리'라고 그대로 따라 말했죠, 귓가에 남은 요리가 그거였거든요."

"그렇다면 오늘 저녁에는 늘 먹는 간단한 곤죽으로 돌아가도 되겠네요."

케이트가 말했다.

하지만 표트르가 대꾸했다.

"아뇨, 난 그렇게 생각하지 않는데요."

그 얘기는 그것으로 끝이었다.

컴퓨터로 작성된 식품 구입 목록이 오늘은 별로 쓸모가 없었다. 우선 지난 토요일에 만든 곤죽이 아직 많이 남아 있어서 케이트는 이날 저녁에 그걸 식탁에 올릴 수 있기를 바랐다. 식사와 관련해서 지난 한 주는 여느 때와 사뭇 달랐다. 아버지가 사진 촬영을 하려고 레스토랑에서 표트르와 식사 자리를 마련했을 뿐 아니라, 다음 날 저녁에는 표트르가 **그들을**(버니는 제외하고. 버니는 그만하면 됐다면서 거부했다) 레스토랑에 데려가겠다고 고집을 부렸다. 또 화요일에는 변덕스럽게 잠깐 내린 봄눈을 축하해야 된다면서 그가 KFC 치킨 한 통을 들고 예고도 없이 나타났다.

또 이번 주 어느 시점에서 케이트는 셀마 이모와 이모부를 저녁 식사에 초대할 채비를 해야 될 터였다. 아버지는 셀마 이모를 초대해서 표트르와 인사시켜야 되고, 시어런 외삼촌도 교회 일이 없으면 참석해야 된다고 떠벌렸다. 닥터 버티스타는 그들이 이를 악물고 이 접대를 견뎌야 될 거라고 말했다. 그는 셀마 이모와 사이가 썩 좋지 않았다. (셀마 이모는 여동생의 우울증을 닥터 버티스타 탓으로 돌렸다.)

그는 말했다.

"하지만 이민국과 관련해서 보면 최대한 많은 친척에게 네 결혼 계획을 알리는 게 똑똑한 처사일 것 같구나. 게다가 네 이모를 결혼식에 참석 못 하게 할 거니까 이런 자리가 전략적인 대안이 될 것도 같고."

케이트가 셀마 이모의 결혼식 참석을 막는 이유는 그녀를 너무 잘 알아서였다. 이모는 신부 들러리 여섯 명과 합창단을 통째로 거느리고 나타날 터였다.

그런데 이모에게 뭘 대접한다? 고기를 넣지 않은 곤죽을 대접하는 게 그놈의 남은 음식을 처리할 비법이겠지만 확실히 그건 안 될 일이었다. 간단한 닭 요리 정도면 어떨까. 분명히 케이트도 그 정도는 감당할 수 있었다. 그녀가 통구이용 두어 마리를 고르는 사이 표트르는 돼지고기 코너를 둘러보았고, 그러고 나서 케이트는 아스파라거스와 러싯 감자*를 고르러 정반대 방향인 야채 코너로 향했다.

케이트는 정육 코너로 돌아오다가 멀리서 표트르를 바라보았다. 그는 앞치마를 두른 흑인 남자와 한창 대화 중이었다. 표트르의 삐져나온 회색 저지 상의와 연약해 보이는 목을 보자 갑자기 묘하게 뭉클했다. 이 특이한 처지가 된 것이 전적으로 표트르의 잘못만은 아니라는 생각이 들었다. 또 순간적으로 그녀가 외국에 혼자 있다가 비자가 만료될 상태고, 만료되면 어디로 갈지 어떻게 먹고살아야 될지 명확히 모른다면 어떤 기분일지 상상해 보려고 애썼다. 게다가 언어 문제는 어떻고! 예전에 케이트는 언어 실력이 꽤 좋은 학생이었지만, 다른 언어권에서 실제로 **생활**한다면 황폐한 기분이 들겠지. 그럼에도 여기 표트르는 바보같이 서서 돼지 부위를 의논하고 평소의 개구쟁이 같은 활기를 드러냈

✦ 껍질이 진갈색인 품종의 감자.

다. 케이트는 미소 짓지 않을 수 없었다, 가볍게.

하지만 그녀가 옆에 다가가자 표트르가 말했다.

"아! 내 피앙세네. 이 친절한 신사분이 등심이 아니라 뒷다리 살을 권하네요."

그 순간 케이트는 다시 짜증스러워졌다. '피앙세'라니 윽. 더구나 '신사분'이라는 번지르르한 말은 늘 질색이었다.

그녀가 표트르에게 말했다.

"사고 싶은 부위를 사요. 나한테는 다 똑같으니까."

그런 다음 그녀는 집어 온 것들을 카트에 던지고 다시 저만치 갔다.

알고 보니 표트르는 셀마 이모에게 닭 통구이를 대접하는 것을 썩 달가워하지 않았다. 그가 시럽과 당밀이 진열된 통로로 찾아오자 케이트는 대접할 메뉴를 알리는 실수를 저질렀다. 표트르의 첫 질문은 이것이었다.

"닭을 여러 조각으로 토막 낼 수 있나요?"

"왜 그러고 싶은데요?"

"당신이 KFC 치킨처럼 닭튀김을 만들면 된다는 생각이 들어서요. 닭튀김을 어떻게 하는지 알죠?"

"아뇨."

표트르는 희망 어린 표정으로 기다렸다.

마침내 그가 물었다.

"하지만 배울 수 있겠죠?"

"내가 그러고 싶으면 배울 수 있겠죠."

"그리고 당신은 배우고 싶겠죠?"

"저기요, 표트르. 당신이 KFC 치킨을 그렇게 좋아하면 내가 몇 쪽 사면 되겠네요."

케이트가 말했다. 그녀는 그걸 식탁에 올리면 셀마 이모가 어떤 표정을 지을지 한번 보고 싶었다.

표트르가 대답했다.

"아뇨, 직접 만들어야 해요. 공들여서 요리해야 해요. 이모님이 환대받는다고 느끼게 만들어야죠."

케이트가 말했다.

"셀마 이모를 만나 보면, 환대받는다고 느끼게 만들고 싶지 않다고 느끼게 될걸요."

"그래도 그분은 **가족**인걸요!"

표트르가 말했다. 그는 가족이란 단어가 성스러운 것이라도 되는 듯이 발음했다. 그 어휘 주위에 보이지 않는 완충제를 둘렀다고 할까. 표트르가 말을 이었다.

"난 당신 가족 모두—이모님과 그분 남편, 아들, 목사인 당신 외숙부님—알고 싶어요. 목사 외숙부님을 뵙는 게 기대돼요! 그분은 아마도 날 개종시키려고 하겠지요?"

"농담해요? 시어런 외삼촌은 고양이 한 마리도 개종시키지 못할걸요."

"시어런Theron."

표트르가 따라 말했다. 그는 '세런Seron'처럼 발음했다. 표트르가 덧붙였다.

"당신, 날 고문하려고 이러는 거지요?"

"이러다니 뭘요?"

"th 발음이 들어간 이름을 이렇게 많이 말하는 거요!"

"어머나. 그래요, 그리고 내 어머니의 이름은 시아Thea였어요."

표트르가 신음했다.

"이분들의 성이 뭔데요?"

그가 물었다.

잠시 침묵하다가 케이트가 대답했다.

"스웨이트Thwaite."

"세상에!"

그는 한 손으로 이마를 짚었다.

케이트가 웃음을 터뜨렸다.

"당신을 놀리는 거예요."

그녀가 말했다. 표트르가 손을 내리고 케이트를 물끄러미 바라보았다. 그녀가 확실히 말했다.

"그냥 농담한 거예요. 실은 외가 식구들의 성은 델이에요."

"아, 농담이었군요. 당신이 농담을 했어요. 날 놀렸어요!"

표트르가 말했다. 그러더니 깡충대며 카트 주위를 돌기 시작했다. 표트르가 덧붙여 말했다.

"아, 케이트. 아, 재미있는 케이트. 와, 나의 카탸……"

"그만해요! 그런 짓 그만하고 어떤 시럽이 필요한지나 말해요."

케이트가 외쳤다. 사람들이 그들을 쳐다보고 있었다.

표트르는 깡충깡충 뛰는 것을 멈추고 아무 시럽이나 한 병 골라서 카트에 넣었다.

케이트가 시럽을 찬찬히 살피면서 말했다.

"좀 적은 것 같은데요. 확실히 이 정도면 충분할까요?"

그가 단호하게 대답했다.

"우린 메이플 시럽을 많이 뿌리고 싶지 않아요. 우린 균형을 원하거든요. 은근한 맛을 원하죠. 아! 이 음식이 대성공을 거두면 당신 이모님께 메이플 시럽 요리를 대접하면 되겠네요! 닭고기 밑에…… 독특한 재료를 깔고 메이플 시럽을 뿌리는 거예요. 이모님은 '와, 나한테 진수성찬을 대접하는구나!'라고 말하실 거예요."

"셀마 이모가 그런 말을 할 가능성은 아주아주 없을걸요."

케이트가 그에게 대꾸했다.

"나도 그분을 '셀마Selma 이모'라고 불러도 될까요?"

"'셀마Thelma 이모'를 뜻하는 거라면 그녀가 승낙할 때까지 기다리라고 권하고 싶네요. 아무튼 그럴 필요가 없는데 왜 그녀를 이모로 삼고 싶어 하는지 모르겠군요."

"하지만 나는 이모가 있어 본 적이 없거든요! 내게는 이분이 첫 번째 이모님일 거예요."

"운이 좋네요."

"그래도 그분이 허락하실 때까지 기다리겠다고 약속하죠. 난 아주 공손하게 굴 거예요."

"나 때문에 무리할 것 없어요."

케이트가 말했다.

표트르가 닥터 버티스타에게 가서 둘이 장을 보면서 '멋진 시간'을 보냈다고 말했음이 분명했다. 그날 늦은 오후, 두 남자가 주방에서 저녁 준비를 할 때 그런 말이 오갔다. 케이트가 원예 도구가 든 양동이를 들고 뒷마당에서 주방으로 들어서자, 아버지는 딸이 노벨상이라도 받은 듯이 환한 미소를 보냈다.

"식품점에서 멋진 시간을 보냈다면서!"

닥터 버티스타가 말했다.

"제가요?"

"내가 **뭐라던**, 피요더는 좋은 친구랬지! 결국 너도 알게 될 줄 알았다! 멋지고 다정하게 장 보러 다녀왔다더구나."

케이트는 표트르를 못마땅하게 노려봤다. 그는 눈을 내리깔고 겸손하게 미소 지으면서, 돼지 뒷다리 살에 골고루 양념을 뿌렸다.

"저녁 식사 후에 너희 둘이 영화를 보러 가도 좋겠구나."

아버지가 권했다.

케이트가 대답했다.

"식사 후 저는 머리를 감을 거예요."

"식사 후에? 식사 후에 머리를 감을 거라고? 왜 **그때** 그 일을 하니?"

케이트는 한숨을 쉬면서 양동이를 청소 도구함에 넣었다.

표트르가 말했다.

"브레이즈⁺가 뭔지 당신이 설명해 줄 수 있을지 궁금하던 참이에요."

"브레이즈가 뭔지 나도 모르는데요."

케이트가 대꾸했다. 그녀는 손을 씻으러 개수대로 갔다. 개수대에 피 묻은 고기 포장지, 양배추 속심, 잎사귀 몇 장이 던져져 있었다. 아버지는 지나칠 정도로 정리를 강조하는 사람이므로, 케이트는 누가 그렇게 어질렀는지 알았다.

그녀가 젖은 손을 닦으면서 표트르에게 말했다.

"음식을 다 만든 후 주방을 이렇게 해 놓고 가면 안 돼요."

"내가 알아서 할게요! 에디도 같이 저녁 식사를 하나요?"

표트르가 말했다.

"에디가 누군데요?"

"당신 동생의 남자 친구. 거실에 있어요."

"에드워드 말이군요. 아뇨, 식사하지 않을 거예요. '에디'라니! 맙소사!"

"미국인들은 애칭으로 불리는 걸 좋아해요."

⁺ 기름에 볶은 후 액체를 넣어 약한 불에서 끓이는 요리법.

표트르가 말했다.

"아뇨, 안 그래요."

"아뇨, 그래요."

"아뇨, 안 그렇다니까요."

"됐다! 그만들 해!"

케이트의 아버지가 말했다. 그는 스토브에 올린 냄비를 젓고 있었다. 닥터 버티스타는 속상한 표정으로 두 사람을 쳐다보았다.

케이트가 표트르에게 말했다.

"게다가 그는 동생의 남자 친구가 아니에요."

"당신 동생이 미생물학을 공부하고 있나요?"

"네?"

"무릎에 놓인 책이 《미생물학 방법론 저널》이던데요."

"그래요?"

"정말인가? 난 버니가 관심이 있는지조차 몰랐는데."

닥터 버티스타가 놀라움을 표했다.

"하나님 맙소사."

케이트가 중얼댔다. 그녀는 수건을 조리대에 내던지고 주방에서 나가려고 몸을 돌렸다.

"제가 그런 격언을 아는데요."

그녀가 걸어 나갈 때 표트르가 닥터 버티스타에게 말했다.

"못 말려."

케이트가 머리를 휙 젖혔다. 운동화를 신어서 소리 내지 않고 복도를 가로질렀다. 그녀가 거실 문간에 머리를 들이밀고 말했다.

"버니……"

"앗!"

버니가 외쳤다. 버니와 에드워드가 얼른 떨어져 앉았다.

이제《미생물학 방법론 저널》은 버니의 무릎에 없었다. 소파의 저쪽 끝에 놓여 있었다. 케이트는 성큼성큼 네 걸음만에 거실을 가로질러서 학술지를 집어 버니에게 들이밀었다.

"이건 네가 배워야 될 게 **아니야**."

그녀가 버니에게 쏘아붙였다.

"뭐라고?"

"우린 이 사람이 너한테 스페인어를 가르치는 대가로 돈을 지불하는 거야."

"언니는 이 사람에게 아무것도 지불하지 않는다고!"

"있지…… 바로 이래서 내가 아버지에게 꼭 교습비를 **줘야 된다**고 했던 거야."

버니와 에드워드는 당황한 표정을 지었다.

케이트가 에드워드에게 말했다.

"버니는 열다섯 살이야. 아직 데이트가 허락되지 않아."

"네."

그가 말했다. 에드워드는 버니보다도 위선적으로 순진한 척하지 못했다. 그는 얼굴을 붉히고 침울하게 무릎을 내려다보았다.

"버니는 여럿이 어울릴 때만 남자애들을 만날 수 있어."

"네."

버니가 끼어들었다.

"하지만 이 사람은 내……"

"이 사람이 네 가정교사라고 말하지 마. 교습을 했다면 내가 어제 네 D 플러스짜리 스페인어 시험지에 서명할 일은 없었을 테니까."

"가정법? 내가 아직 가정법의 의미를 잘 모르거든?"

버니가 받아쳤다. 이 변명이 설득력을 가질 수 있는지 묻는 것 같았다.

케이트는 몸을 돌려서 거실에서 나왔다. 그러나 그녀가 복도 중간에 가기도 전에 버니가 소파에서 발딱 일어나서 쫓아왔다. 동생이 물었다.

"이제 우리가 만나면 안 된다는 거야? 그는 내 집에 날 만나러 오는 것뿐이야! 밖에서 데이트를 하는 것도 아니라고."

"그는 분명히 스무 살은 됐을 거야. 그게 문제가 있는 걸 모르겠어?"

케이트가 대꾸했다.

"그래서? 난 열다섯 살이야. 아주 **어른스러운** 열다섯 살이라고."

"웃기지 마."

케이트가 말했다.

"언닌 질투하는 거야."

버니가 쏘아붙였다. 이제 그녀는 케이트를 따라서 식당을 지나고 있었다. 버니가 말을 이었다.

"자기가 피요더와 맺어져야 되니까……"

"그의 이름은 표트르야. 발음을 제대로 하는 것도 배워야겠구나."

케이트가 이를 악물고 말했다.

"아이고, 고상하시고 발음도 정확하셔라! 적어도 **난** 아버지가 남자 친구를 구해 주는 수모는 당할 필요가 없었다고."

버니가 이런 말을 내뱉을 즈음 그들은 주방에 들어가 있었다. 두 남자가 놀라서 자매를 힐끗 쳐다보았다.

버니가 아버지에게 말했다.

"아빠 딸은 지질이예요."

"뭐라고?"

"꼬치꼬치 캐고 시샘하고 참견하는 지질이. 그리고 나는…… **이제** 보라니까요!"

버니의 시선이 창밖의 뭔가에 향해 있었다. 나머지 사람들이 고개를 돌리니, 어깨를 잔뜩 웅크리고 살그머니 걷는 에드워드가 보였다. 그는 박태기나무 아래서 방향을 틀어 자기 집으로 건너갔다.

"이제 속이 시원하겠네."

버니가 케이트에게 쏘아붙였다.

"왜 여자들이랑 잠시만 같이 있으면 결국 '무슨 일이 생긴 거야?'라고 묻는 걸로 끝나고 말까?"

닥터 버티스타가 표트르에게 물었다.

"그건 극도로 성차별주의적인 말씀인데요."

표트르가 단호하게 말했다.

"내 탓 하지 말게. 순전히 경험적인 증거에 입각한 관찰이니까."

닥터 버티스타가 대답했다.

월요일 1:13 PM

안녕 케이트! 우린 결혼허가서를 받으러 갔어요!

우리가 누군데요?

당신 아버지랑 나.

둘이 함께 무척 행복하길 바라요.

8

"안녕하세요, 피요더?"

셀마 이모가 인사했다.

"저기요!"

케이트가 끼어들었다.

하지만 이미 늦어 버렸다. 표트르가 말했다.

"제가 심한 알레르기에 시달리고 있지만 지금은 점점 나아지는 중입니다. 아마 덤불 주변 땅에 덮인, 냄새나는 나무로 된 것 때문이었을 거예요."

"뿌리 덮개, 우린 그렇게 부르지."

셀마 이모가 그에게 알려 주면서 말을 이었다.

"뿌-리-덮-개. 우리의 기나긴 더운 여름 동안 습기를 머금으라고 덮는 거예요. 그런데 그것에 알레르기가 있을 수 있다니 과연 그럴까 싶네."

셸마 이모는 늘 남의 생각을 바로잡아 줄 기회가 생기면 흐뭇
해했다. 또 표트르는 그녀의 얼굴을 보면서 아주 환하게, 계속해
서 미소를 지어 그녀를 향한 호감을 대놓고 드러냈다―이모는
그런 데 매력을 느꼈다. 어쩌면 저녁 시간은 케이트의 예상보다
분위기가 좋을 터였다.

그들은 현관홀에 모여 있었다. 케이트와 아버지, 표트르, 셸마
이모와 바클리 이모부. 셸마 이모는 60대 초반으로 자그마하고
예뻤고, 윤나는 금발 곱슬머리에 화장이 아주 화사했다. 베이지
색 실크 바지 정장을 입고 화려한 하늘하늘한 스카프를 목에 몇
번 감아 어깨 뒤로 넘겼다. (케이트는 이모가 늘 스카프를 두르는
게 뭔가 감추기 위해서라는 공상에 젖곤 했다―과거의 수술 흉
터나 글쎄, 송곳니 자국 두어 개라도 있는지 누가 안담.) 바클리
이모부는 호리호리한 체격에 잿빛 머리의 미남으로, 고급스러운
회색 양복 차림이었다. 영향력 큰 투자 회사를 경영하는 그는 닥
터 버티스타와 두 딸을 재미난 별종으로 생각하는 눈치였다. 작
은 고장의 자연사박물관에 있을 법한 존재들로. 이제 그는 너그
러운 미소를 짓고 그들을 바라보면서, 문간에 구부정하게 서 있
었다. 점잖은 태도로 양손을 바지 주머니에 찔러서 재킷 밑단이
멋지게 아래로 처졌다.

나머지 사람들은 성의껏 차려입었다. 케이트는 데님 스커트와
체크무늬 셔츠 차림이었다. 표트르는 청바지를―외국산 청바지.

허리에 단정히 벨트를 매고 밑단이 펑퍼짐한 모양—입었지만 빳빳하게 다림질한 흰 셔츠를 걸치고, 평소처럼 운동화가 아닌 코가 납작한 갈색 정장용 구두를 신었다. 닥터 버티스타까지 단벌인 검정 양복과 흰 셔츠, 폭이 좁은 타이 차림이었다. 그는 애용하는 작업복을 벗으면 항상 너무 야위고 불안해 보였다.

"이거 진짜 흥분되는데."

"거실로 들어가시죠."

셀마 이모가 말을 시작하자 동시에 케이트가 말했다. 그녀와 셀마 이모는 동시에 말을 하는 경우가 많았다.

"시어런 외삼촌은 벌써 여기 와 계세요."

케이트가 앞장서면서 말했다.

"그래. 흠, 그러면 시어런이 너무 일찍 도착했겠구나. 바클리랑 나는 딱 제시간에 왔거든."

셀마 이모가 말했다.

사실 예식에 대해 의논하려고 특별히 시간을 조정해서 외삼촌이 일찍 왔기 때문에 케이트는 이 점에 대해 할 말이 없었다.

셀마 이모가 사람들보다 앞서서 거실로 들어가, 버니와 포옹하려고 양팔을 뻗었다. 버니는 소파에 있다가 일어났다.

"버니, 애야! 아이고! 춥지 않니?"

셀마 이모가 말했다.

이날은 그해 처음으로 무더워진 날이어서 버니가 추울 리는 없었다. 셀마 이모는 조카의 노출이 심한 선드레스*를 지적한 것뿐이었다. 선드레스는 보통 사람들의 셔츠 길이였고, 어깨 부분에 천사 날개 같은 크고 대담한 리본이 달려 있었다. 또 버니의 샌들은 뒤가 트인 모양이었다. 안 될 일이었다.

오래전부터 셀마 이모가 조카딸들에게 해 온 잔소리 중 하나가, 사교 행사에 뒤꿈치를 드러내는 구두를 신지 말라는 것이었다. 그것이 2번 지침이었고, 1번 지침은 어떤 상황에서도 식탁에서 립스틱을 바르면 안 된다는 것이었다. 셀마 이모의 지침들은 다 케이트의 마음에 깊이 박혀 있었다. 원래 좋아하지 않아서 뒤가 트인 구두가 없었고 립스틱을 바르지도 않았지만.

하지만 버니는 셀마 이모의 에두른 지적을 알아듣지 못하는 경향이 있었다. 그래서 아무렇지 않게 대답했다.

"아뇨, 땀이 줄줄 흐르는데요!"

그러더니 버니는 그녀의 뺨에 살짝 키스했다. 이어서 이모부의 뺨에도 키스하면서 인사했다.

"안녕하세요, 바클리 이모부."

"시어런."

셀마 이모는 시혜라도 베푸는 듯 당당하게 인사를 건넸다. 시어런 외삼촌은 의자에서 일어나, 노란 털이 난 통통한 손을 앞에 모으고 서 있었다. 시어런과 셀마는 쌍둥이였고, 그래서 여동생과 달리 두 사람의 이름은 두운이 맞았다. 쌍둥이인데도 셀마는

✦ 등이나 어깨가 노출된 원피스.

늘 스스로 말하듯 '먼저 세상 구경한' 사람이었고 만이다운 자신감이 넘치는 반면, 시어런은 결혼하거나 인생에서 심오한 경험을 못 해 본 듯 소심했다. 혹은 아마 그런 경험들을 **했다**고 해도 깨닫지 못했다. 늘 평범하기 짝이 없는 일을 이해하려는 듯이 뭔가를 보며 눈을 깜빡였다. 또 오늘 목사복이 아닌 노란 반팔 셔츠를 입은 모습은 알몸을 드러낸 듯 무방비 상태로 보였다.

"흥분되지 않니?"

셀마 이모가 남동생에게 물었다.

"흥분되지."

시어런이 걱정스럽게 따라서 말했다.

"우리 케이트를 시집보내다니! 케이트 네가 의외의 능력을 **가졌구나**, 그렇지 않니?"

그녀는 안락의자에 앉으면서 조카에게 말했다. 한편 표트르는 앉아 있던 흔들의자를 셀마 이모 가까이 끌고 왔다. 그는 여전히 몸에 밴 기대하는 눈빛으로 그녀를 응시했고 여전히 환하게 웃었다.

셀마 이모가 케이트에게 말했다.

"우린 네가 남자 친구가 있는 줄도 몰랐는데. 우린 버니가 너보다 먼저 결혼할까 걱정했다."

"버니요? 버니는 열다섯 살인걸요."

닥터 버티스타가 말했다. 그의 입꼬리가 축 처졌고, 게다가 그는 아직 자리에 앉지 않았다. 닥터 버티스타는 벽난로 앞에 서 있었다.

케이트가 말했다.

"앉으세요, 아버지. 셀마 이모, 어떤 음료를 갖다 드릴까요? 시어런 외삼촌은 진저에일을 드시고 있어요."

케이트가 진저에일 이야기를 꺼낸 것은 아버지가 와인을 한 병만 사 왔음을 방금 알았기 때문이었다―그에게 그 일을 맡기다니 그녀의 실수였다. 그래서 저녁 식사 전에 아무도 와인을 청하지 않기를 바랐다. 하지만 셀마 이모는 말했다.

"화이트 와인으로 하자꾸나."

그러고 나서 그녀는 표트르에게 고개를 돌렸다. 그는 여전히 그녀의 입술에서 꿀이라도 떨어지기를 숨죽여 기다렸다.

셀마 이모가 말했다.

"이제 말해 봐요, 어떻게……"

"레드 와인밖에 없는데요."

케이트가 말했다.

"그러면 레드로 마실 수밖에. 피요더, 어떻게……?"

"바클리 이모부는요?"

케이트가 물었다.

"그래, 레드 와인을 조금 마시지."

"케이트랑 두 사람이 **어떻게** 만났어요?"

마침내 셀마 이모가 겨우 질문했다.

표트르가 냉큼 대답했다.

"케이트가 닥터 버티스타의 연구소에 왔습니다. 저는 아무 기대도 없었지요. '부모님 집에 살고 남자 친구도 없고……'라고 생각했지요. 그런데 그녀가 나타났어요. 키가 크고. 이탈리아 영화배우 같은 머리 모양이고."

케이트가 거실에서 나갔다.

그녀가 돌아와 보니 표트르의 이야기는 그녀의 내적인 부분으로 넘어가 있었고, 셀마 이모는 미소 지으면서 고개를 끄덕이고 반한 표정을 지었다.

표트르가 말했다.

"케이트는 모국의 아가씨들과 비슷한 데가 있거든요. 정직하고. 생각하는 그대로 말하죠."

"그렇다고 할 수 있지."

셀마 이모가 중얼댔다.

"하지만 사실 마음이 따뜻한 여자죠. 사려 깊고."

"어머나, 케이트!"

셀마 이모는 축하한다는 어조로 말했다.

표트르가 계속 말했다.

"사람들을 보살피고요. 어린아이들을 돌보죠."

"아. 그건 계속할 참이냐?"

셀마 이모가 와인을 받으면서 케이트에게 물었다.

케이트가 대꾸했다.

"뭘요?"

"결혼하고 나서도 어린이집에 계속 나갈 거니?"

"아."

케이트가 중얼댔다. 그녀는 셀마 이모가 이 빤한 속임수를 언제까지 계속할 수 있겠느냐고 묻는 줄 알았다. 케이트가 덧붙여 대답했다.

"네, 당연하죠."

"케이트는 그럴 필요 없습니다. 제가 부양할 수 있어요."

표트르가 말했다. 그는 요란하게 손짓하느라 술잔을 엎을 뻔했다. (불안하게도 그 역시 와인을 마시겠다고 나섰다.) 표트르가 말을 이었다.

"케이트가 원하면 지금 퇴직해도 좋겠지요. 혹은 대학에 들어가거나! 홉킨스에 가도 좋고요! 제가 비용을 댈 겁니다. 이제 이 사람은 제 책임이에요."

"뭐예요? 난 당신의 책임이 아니에요! 날 책임질 사람은 나 자신이라고요."

케이트가 맞받아쳤다.

셀마 이모가 혀를 찼다. 표트르는 즐거움을 나누자고 권하는 듯이 방에 있는 사람들에게 미소를 지었다.

"기특한 아가씨야."

예기치 않게 바클리 이모부가 말했다.

셀마 이모가 말했다.

"흠, 일단 아이들이 생기면 아무튼 그 일이 논란의 여지가 있을 게다. 우리가 마시는 게 어떤 와인인지 물어봐도 되겠어요, 루이스?"

"네?"

닥터 버티스타는 처형에게 곤란한 표정을 지었다.

"와인 맛이 좋네요."

"아."

그가 중얼댔다.

셸마 이모에게 칭찬을 받는 것은 처음 있는 일일 테지만, 닥터 버티스타는 그 말을 듣고도 별로 달갑지 않은 눈치였다.

셸마 이모가 말했다.

"말해 봐요, 피요더. 가족 중 누가 결혼식에 오실 건가?"

"아니요."

표트르가 여전히 그녀에게 환한 미소를 지으며 대답했다.

"그러면 학교 동창은? 동료들은? 친구들은?"

"연구소에 같이 있던 친구가 있기는 한데 지금 캘리포니아에 있어요."

표트르가 말했다.

"어머! 가깝나?"

셸마 이모가 물었다.

"그는 캘리포니아에 있어요."

"내 말은…… 자네가 결혼식에 오길 바라는 사람이냐는 뜻인데?"

"아뇨, 아닙니다. 친구가 오면 이상할걸요. 5분짜리 결혼식이거든요."

"어휴, 설마 **그것**보다는 길겠지."

시어런 외삼촌이 말했다.

"그 친구 말대로야, 셀마. 두 사람은 불필요한 순서를 생략한 예식을 요구했어."

"내가 좋아하는 예식이군. 짧고 온화하게."

바클리 이모부가 흡족한 듯 말했다.

셀마 이모가 그에게 말했다.

"시끄러워요, 바클리. 어떻게 그런 생각을 해요. 이건 일생일대의 사건인데! 바로 그래서 나와 당신이 초대받지 않는다니 믿을 수가 없다고요."

불편한 침묵이 흘렀다. 마침내 셀마 이모는 사교성을 발휘해서 먼저 입을 열었다.

"말해 봐라, 케이트. 뭘 입을 예정이냐? 내가 널 데리고 쇼핑을 가고 싶구나."

"아뇨, 정했어요."

케이트가 대답했다.

"네 가여운 엄마가 **자기** 결혼식에서 입은 드레스는 아무래도 네 몸에 맞지 않을 텐데……"

케이트는 딱 한 번만이라도 셀마 이모가 어머니를 말할 때 '가여운'이란 단어를 붙이지 않으면 좋겠다고 생각했다.

어쩌면 그녀의 아버지도 똑같은 생각을 한 모양이었다. 그는 대화에 끼어들어 질문했다.

"식사를 차릴 때가 아닌가?"

"네, 아버지."

케이트가 대답했다.

그녀가 일어설 즈음 시어런 외삼촌은 표트르에게 그의 모국에서 종교 활동이 허용되는지 묻고 있었다.

"제가 왜 그런 활동을 하고 싶겠습니까?"

표트르는 순수하게 궁금한 표정으로 반문했다.

케이트는 거실을 벗어나는 게 반가웠다.

그날 오후에 일찌감치 두 남자는 음식 준비를 끝냈다―적후추 소스를 뿌린 간 히카마* 위에 올린 닭고기 볶음이었다. 적후추 소스를 준비한 것은 저번 날 저녁 식사 때 메이플 시럽이 신통치 않아서였다. 케이트는 식탁에 접시를 놓고 샐러드를 버무리는 일만 하면 됐다. 그녀가 주방과 식당 사이를 왔다 갔다 할 때 거실에서 오가는 대화가 슬쩍슬쩍 들렸다. 시어런 외삼촌이 '예비부부 상담'에 대한 이야기를 꺼내자 케이트는 몸이 굳었지만, 그때 표트르가 말했다.

"두 가지 타입의 '카운슬'이 있어서 아주 혼동됩니다.** 두 단어

---

* 달고 아삭한 멕시코 감자.
** 영어에서 '상담하다'라는 의미의 councel과 '위원회'라는 의미의 council은 발음이 '카운슬'로 같다.

의 철자가 아주 헛갈려서요."

그러자 셀마 이모는 신이 나서 끼어들어 영어 교습을 해 주었고, 덕분에 그 순간을 모면했다. 케이트는 표트르가 의도적으로 화제를 바꾸었는지 확실히 알 수가 없었다.

표트르가 이따금 사람을 놀라게 한다는 것을 케이트는 알아차렸다. 알고 보니 그가 그녀의 뉘앙스를 못 알아들을 거라고 예상하는 것은 위험했다. 표트르는 겉보기보다 훨씬 많이 알아들었다. 게다가 외국인 억양도 나아지고 있었다. 아니면 이제 그녀가 억양을 의식하지 않아서 그럴까? 또 표트르는 이따금 문장 서두에 '저기'나 '아'라고 운을 떼기 시작했다. 그는 새로운 어구를 찾아내는 게 아주 즐거운 모양이었다―예를 들면 지난 며칠간 '헛다리 짚다'란 말을 대화에 짬짬이 끼워 넣었다. ("저는 저녁 뉴스가 나올 줄 알았는데 알고 보니……" 그러고는 강조하느라 잠깐 말을 쉰 후 "헛다리 짚은 거죠!"라고 의기양양하게 말을 마무리했다.) 드문드문 그는 케이트에게 소름 끼칠 만큼 익숙한 표현을 썼다. "환장하겠네"라고 말했고 "돌겠네"라고도 말했다. 한두 번은 "그닥 별로였어요"라고 말하기도 했다. 그런 순간이면 그녀는 우연히 거울에 비친 자기를 힐끗 본 기분을 느꼈다.

그러나 표트르가 여전히 외국적인 것은 부인할 수 없었다. 자세까지 외국적이어서 외국식으로 더 꼿꼿하게, 좁은 보폭으로 걸었다. 외국인들처럼 대담하고 빤한 칭찬을 하는 경향이 있어서, 죽은 쥐를 내미는 고양이처럼 그런 말을 그녀 앞에 툭 던졌다. 케이트는 "바보도 당신이 뭔가 쫓아다니는 것을 알 수 있겠네요"라고 말했고 그는 당황한 표정을 짓곤 했다. 이제 거실에서 그가 얼음물의 숨은 위험성에 대해 떠들어 대는 소리를 들으면서, 그녀는 당혹스러웠다. 표트르는 그녀를 당황시켰고, 그녀는 그가 당황스러워서 딱하면서도 답답했다.

하지만 그 순간 뾰족한 구두 굽이 식당 바닥을 밟는 소리가 났다.

"케이트? 도움이 필요하니?"

셀마 이모가 크고 가식적인, 낭랑한 목소리로 말하면서 주방 문으로 살짝 들어왔다. 그녀는 케이트의 허리를 끌어안고 와인 냄새를 풍기면서 속삭였다.

"저 친구, **귀염둥이**구나!"

그렇다면 케이트가 지나치게 비판적으로 보는 게 분명했다.

"금빛 도는 피부하며 끝이 살짝 올라간 눈매…… 그리고 굵은 노란 머리칼도 마음에 든다. 틀림없이 타르타르인의 피가 흐를 거야, 그렇게 생각하지 않니?"

"모르겠는데요."

케이트가 대꾸했다.

"아니 '타타르'가 맞나?"

"진짜 몰라요, 셀마 이모."

저녁 식사를 하면서 셀마 이모는 피로연을 맡겠다고 제안했다.

"무슨 피로연요?"

케이트가 물었지만 아버지가 눈을 가늘게 뜨고 쏘아보았다. 그녀는 아버지의 의중을 짐작할 수 있었다. 그는 피로연이 이민국에 아주 설득력 있어 보일 거라고 생각했을 것이다.

흑백영화 속 탐정은 상관들에게 이렇게 보고하리라. '이건 틀림없는 진짜 결혼식으로 인정할 수밖에 없습니다. 신부 측 가족이 거방진 잔치를 벌인 걸 보면 말입니다.'

케이트의 공상 속에서 이민국은 툭하면 1940년대식 단어를 사용했다.

셀마 이모가 말하고 있었다.

"친지들이 네 행복에 동참 못 하게 하는 건 이기적이야. 저기, 리처드 부부는 어떨까?"

리처드는 셀마 이모와 바클리 이모부의 외아들로, 머리를 드라이하고 자신감이 과한 타입이었다. 워싱턴에서 로비스트로 활동하는 그는 가슴을 쭉 펴고, 거들먹대며 코로 깊이 숨 쉰 후 의견을 말하곤 했다. 케이트의 행복이 리처드의 안중에 있을 리 만무했다.

셀마 이모가 케이트에게 말했다.

"네가 우리 모두 결혼식에 참석하지 않기를 바란다면 그거야 네가 결정할 일이겠지. 나야 못마땅하다만 이 행사의 주인공은 내가 아니니까 도리 없지. 하지만 우리가 행사에 **어떤** 방식으로든 참여하게 해 줘야 되지 않겠니?"

숫제 협박이 따로 없었다. 그 대단한 피로연을 못 하게 하면 셀마 이모가 피켓을 들고 교회 앞에서 시위하는 장면이 상상되고도 남았다. 그녀가 표트르 쪽을 쳐다보자, 그는 여전히 환하게 희망찬 미소를 짓고 있었다. 시어런 외삼촌을 ─일부러 아버지는 지나쳐서─바라보니 그는 케이트를 다독이듯 고개를 끄덕였다.

마침내 케이트가 대답했다.

"저기요, 저기, 피로연에 대해서는 생각해 볼게요."

셀마 이모가 말했다.

"어머, 좋지. 정말로, 정말로 안성맞춤이구나. 내가 막 거실을 다시 단장했거든. 새로 천갈이 한 소파들이 네 마음에도 들 게다. 멋진 줄무늬 새틴 패브릭에 어마어마한 돈이 들었지만 그만한 가치를 하고도 남았지. 또 개방형으로 좌석을 배치해서 이제 방에 마흔 명은 들어갈 수 있거든. 경우에 따라서는 쉰 명까지도 가능하고."

"쉰 명요!"

케이트가 말했다. 이모의 결혼식 참석을 원하지 않는 것도 바로 이런 이유 때문이었다. 셀마 이모는 손이 보통 큰 게 아니었다. 케이트가 이모에게 다시 말했다.

"제가 아는 사람을 다 합쳐도 쉰 명이 안 되는데요."

"아니, 그렇지 않을 거야. 예전 동창생들, 이웃 사람들, 동료 교사들……"

"아뇨."

"그러면 아는 사람이 몇 명이나 되는데?"

케이트는 생각에 잠겼다.

"여덟?"

그녀가 말했다.

"케이트. 어린이집 한 곳만 해도 직원 수가 여덟 명이 넘는데."

케이트가 대답했다.

"제가 사람들을 싫어해서요. 사람들이랑 섞이기 싫어요. 누비면서 사람들과 상대해야 되는데 그러기 싫고 그때 드는 죄책감이 싫어요."

"이런."

셸마 이모가 탄식했다. 그녀의 얼굴에 계산하는 표정이 떠올랐다. 이모가 말을 이었다.

"그럼 소규모 정찬 파티는 어떻겠니?"

"소규모라면 규모가 얼마나 되는데요?"

케이트가 조심스레 물었다.

"흠, 우리 식탁에 앉을 수 있는 인원이 고작 열네 명이니까, 그 정도면 너무 **큰** 규모라고 할 수는 없겠지."

열네 명은 케이트에게 좀 많다 싶었지만 쉰 명보다는 훨씬 나았다.

"저기……"

케이트가 말을 시작하려는데 아버지가 끼어들었다.

"어디 보자. 너랑 피요더가 있고, 나랑 버니, 셸마와 바클리와 시어런, 리처드와 처, 그리고 아, 우리 이웃들도 오겠구나. 시드랑 로즈 고든 부부는 네 어머니가 세상을 떠난 후 참 잘해 줬지. 그리고…… 이름이 뭐더라, 그 아이는 어떨까?"

"누구를 말하시는 거예요?"

"고교 시절의 네 단짝 친구 말이다. 이름이 뭐더라?"

"아. 앨리스요. 결혼했어요."

케이트가 대답했다.

"잘됐네. 앨리스가 남편을 데려오면 되겠구나."

"하지만 못 본 지 몇 년이 됐는데요!"

"아, 앨리스라면 나도 기억나네. 항상 아주 예의 바른 아이였지. 그러면 총 몇 명인가?"

셀마 이모가 말했다. 그녀가 손가락을 꼽으며 세기 시작했다.

"아홉, 열……"

"최소 인원을 채우려고 할 필요가 없잖아요."

케이트가 그녀에게 말했다.

셀마 이모는 조카의 말을 못 들은 체하고 계속 수를 셌다.

"열하나, 열둘…… 열셋. 아이고 이런. 식탁에 열세 명이라니, 재수가 없지."

"라킨 부인을 더하면."

닥터 버티스타가 거들었다.

"라킨 부인은 죽었어요."

케이트가 아버지에게 사실을 환기시켰다.

"아."

"라킨 부인이 누구예요?"

셀마 이모가 물었다.

"아이들을 보살펴 주던 부인요."

닥터 버티스타가 대답했다.

"아, 그렇지. 그녀가 죽었니?"

"에드워드를 부르면 되는데!"

버니가 불쑥 말했다.

"네 스페인어 가정교사를 결혼 피로연에 초대하고 싶은 이유가 뭐야?"

케이트가 날카롭게 물었다.

버니는 의자에 몸을 더 눕혔다.

셀마 이모가 말했다.

"루이스, 누나가 아직 살아 계세요?"

"네, 하지만 매사추세츠에 살아요."

닥터 버티스타가 대답했다.

"아니면…… 어린이집에 네가 좋아하는 동료 한 명쯤은 분명히 있을 거야. 거기 특별한 친구가 없니?"

셀마 이모가 케이트에게 말했다.

케이트는 검은 눈으로 셀마 이모의 웨지우드 식기 위로 바라보는 애덤 반스를 상상했다.

"없어요."

그녀가 대답했다.

침묵이 흘렀다. 다들 케이트를 못마땅하게 쳐다보고 있었다—시어런 외삼촌까지도, 심지어 표트르도.

케이트가 그들에게 물었다.

"식탁에 열세 명이 앉는 게 뭐가 문제라는 거예요? 다들 정말 그렇게 미신을 믿는 거예요? 난 식탁에 **누구도** 앉기를 원하지 않아요! 왜 이런 일을 벌이는지 모르겠다고요! 그저 아버지, 버니, 표트르, 제가 간단하게 군더더기 없는 예식을 하고 싶었어요. 여기선 모든 게 통제 불가가 되잖아요! 어쩌다 이런 일이 벌어졌는지 모르겠네요!"

"자, 자, 자."

셀마 이모가 말했다. 그녀는 식탁 위로 손을 뻗어 케이트의 개인용 플레이스 매트를 두드렸다. 손이 케이트의 몸까지 닿지 않았다. 이모가 계속 말했다.

"난 그저 관습을 따르려는 것뿐 다른 의도는 없다. 우린 절대 미신에 연연하는 사람들이 아니란다. 그런 걸로 골치 썩이지 말렴. 모든 게 다 잘될 거야. 이 아이에게 잘 말해 봐요, 피오더."

케이트 옆자리에 앉은 표트르는 몸을 더 숙여 한 팔로 그녀의 어깨를 감쌌다.

"걱정하지 말아요, 내 카탸."

그가 적후추 냄새를 풍기면서 말했다.

"멋져라."

셀마 이모가 속삭였다.

케이트는 몸을 빼고 물 잔에 손을 뻗었다.

"난 요란 떠는 게 못마땅할 뿐이에요."

그녀는 모두에게 말하고 물을 마셨다.

셀마 이모가 달래듯 말했다.

"당연히 그게 싫겠지. 그리고 요란 법석 따윈 없을 게다, 두고 보렴. 루이스, 그 와인 어디 있어요? 케이트에게 한 잔 따라 줘요."

"와인이 바닥났을 텐데요."

"이 상황이 스트레스여서 그런 것뿐이야. 신부의 안달이지. 자, 케이트. 내가 아주 간단한 질문 한 가지만 더 하고 싶구나. 그런 다음에는 입을 다물고 있으마. 결혼식 당일로 떠날 예정은 아니겠지?"

"떠나다니요?"

케이트가 되물었다.

"신혼여행 말이다."

"아니에요."

그녀는 신혼여행을 가지 않는다고 굳이 설명하지 않았다.

"잘됐네. 난 식이 끝나기 무섭게 길고 힘든 여행을 시작하는 건 실수라고 늘 생각한단다. 그러니까 우리가 저녁에 조촐한 파티를 할 수 있다는 뜻이구나. 훨씬 더 멋지겠네. 파티를 일찍 시작해야지. 네가 중요한 날을 보내고 올 거니까. 5시나 5시 반쯤 음료를 시작하자꾸나. 자, 내가 할 말은 다 했다. 이제 화제를 바꾸자꾸나. 닭 요리가 **흥미롭지** 않니! 남자들이 이걸 했다고요? 감동적이네. 버니, 너는 조금도 먹지 않을 거야?"

"제가 채식주의자거든요?"

버니가 말했다.

"아, 그래. 리처드도 그 단계를 거쳤지."

"그런 게 아닌데요……?"

"감사해요, 셀마 이모."

케이트가 말했다.

이번만은 진심으로 한 말이었다. 이모가 아주 침착하게 처신하니 묘하게 위로가 되었다.

신부의 안달이 아니었다.

문제는 이거였다. '왜 다들 이 일에 장단을 맞추지? 왜 넌 이렇게 되게 내버려 두는 거야? 누가 날 말리지 않으려나?'

이전 화요일—케이트가 방과 후 돌봄을 맡은 날—부모가 마지막으로 데리러 온 아이를 차에 바래다주고 4반 교실로 돌아오니, 교사와 보조 교사 전원이 작은 의자들 위로 일어나며 소리쳤다.

"깜짝 놀랐지!"

케이트가 교실을 비운 잠깐 사이 그들은 모여서 촌시 부인의 책상에 종이 식탁보를 씌우고 다과와 종이컵과 접시를 차렸다.

레고 테이블에는 레이스 양산을 뒤집어서 얇은 종이로 포장한 선물들을 담았다. 애덤은 기타를 튕겼고 달링 부인은 펀치 볼 뒤에서 분위기를 주도하고 있었다.

"알았어? 짐작했어?"

다들 계속 물어 대자 케이트는 대답했다.

"생각도 못했어요."

그것은 사실이었다. 그녀는 연신 "무슨 말을 해야 할지 모르겠네요"라고 말했다. 교사들은 장황하게 설명하면서 케이트의 손에 선물을 쥐어 주었다. 이 머그컵들은 파란색으로 주문했는데 도착해서 보니 초록색이었다고. 이 샐러드 볼은 식기세척기에 넣어도 된다고. 이미 준비했다면 이 카빙 세트*는 교환해도 된다고. 그들은 케이트를 상석에—촌시 부인의 책상 의자에—앉히고 분홍색 및 흰색 컵케이크와 직접 구운 브라우니를 대접해 주었다. 애덤은 〈험한 세상 다리가 되어〉를 불렀고, 페어웨더 부인은 표트르의 사진을 보여 줄 수 있느냐고 물었다. (케이트는 휴대폰에 저장된 레스토랑에서 찍은 사진을 교사들에게 보여 주었다. 몇 사람은 신랑감이 잘생겼다고 말했다.) 조지나는 케이트가 4세반의 '보여 주고 말하기' 시간에 표트르를 데려올 예정인지 알고 싶어 했다.

"아, 그이는 연구 때문에 시간을 못 낼 거예요."

---

* 고기 써는 나이프와 포크 세트.

케이트는 그렇게 말하면서, 표트르가 사람들 앞에서 소란스럽
게 구는 장면을, 그가 행사 자체를 서커스 비슷하게 바꾸는 것을
상상했다. 바우어 부인은 신랑이 양말을 아무 데나 벗어 두지 않
게 애초부터 단속하라고 충고했다.

이제 사람들은 그녀를 다르게 보는 듯했다. 케이트는 지위를
얻었다. 중요한 사람이 되었다. 갑자기 그들은 그녀의 말에 관심
을 가졌다.

케이트는 이전에는 제대로 이해하지 못했고 중요한 사람도 **아
니었었다**. 이런 변화가 화나면서도 어이없게도 고마운 마음이 들
었다. 또 사기 치는 기분도 느껴졌다. 혼란스러웠다.

결혼이 그녀의 수습 과정에 어떤 영향을 미칠까? 궁금하지 않
을 수 없었다. 그녀는 약혼 발표를 한 이후 단 한 번도 원장실에
불려 가지 않았다는 것을 깨달았다.

애덤의 선물은 드림캐처였다. 버들가지로 만든 고리라고 했다.
그는 고리에 스웨이드 줄을 두른 다음, 조지나에게 출산 선물로
주었던 드림캐처에 매단 것처럼 생긴 구슬들을 달았다. 또 깃털
은 소피아에게 선물했던 드림캐처에 붙인 것과 비슷했다.

그는 케이트에게 드림캐처를 건네받아서 보여 주면서 설명했
다.

"자, 이 중앙의 뚫린 공간은 좋은 꿈이 들어오게 하고, 이 가장
자리에 두른 띠는 나쁜 꿈을 막아요."

"근사하네요, 애덤."

케이트가 말했다.

애덤이 드림캐처를 다시 그녀의 손에 올려놓았다. 그는 뭔가가 슬픈 것 같았다. 아니면 그녀가 그렇다고 믿는 걸까? 애덤은 케이트의 눈을 똑바로 보면서 말했다.

"이걸 알아주면 좋겠어요, 케이트. 난 케이트가 살면서 좋은 것만 누리길 바라요."

"고마워요, 애덤. 그 말이 내게 아주 큰 의미가 있어요."

케이트가 말했다.

그날은 비가 내린다는 일기예보가 있어서 케이트는 차를 몰고 출근했다. 뒷좌석에 흩어진 아버지의 실험실 물품들 틈에서 머그컵, 냄비, 촛대가 덜컥대는 가운데 집으로 가다가 그녀는 손바닥으로 운전대를 때렸다.

"근사하네요, 애덤. 그 말이 내게 아주 큰 의미가 있어요."

아까 했던 말을 높고 매몰찬 목소리로 되뇌었다.

그녀는 주먹을 쥐고 이마를 때렸다.

셀마 이모는 케이트에게 성씨를 체르바코프(그녀는 제부처럼 발음했다)로 바꿀 계획이냐고 물었다.

"절대 아니에요."

케이트가 대답했다. 이것이 임시 결혼이 아니었다고 해도 여자가 결혼해서 성을 바꾸는 것에 반대했다. 다행스럽게도 표트르는 "아니, 아니, 아닙니다"라고 거들었다. 하지만 그는 이렇게 덧붙였다.

"셰르바코프-**아**가 될 겁니다. 여자는 '아'로 끝납니다. 이 사람은 아가씨니까요."

"여성."

케이트가 지적했다.

"이 사람은 여성이니까요."

"저는 버티스타를 고수할 거예요."

케이트가 이모에게 말했다.

시어런 외삼촌이 전후 사정을 가늠했는지 끼어들었다.

"내가 거실에서 피요더에게 말했다. 주례 전에 두 사람이 간단한 상담을 받으면 좋겠다고."

"아, 좋은 생각이네!"

셀마 이모는 처음 듣는 얘기라도 되는 것처럼 감탄했다.

"저희는 상담을 받을 필요가 없어요."

케이트가 말했다.

"그렇지만 성을 바꾸는 것 같은 문제들에 대해……"

시어런 외삼촌이 말을 시작했다.

표트르가 다급하게 말했다.

"걱정하지 마십시오. 그런 건 중요하지 않습니다. 복숭아 통조림의 상표만 중요할 뿐입니다."

"뭐라고?"

"저희 둘이 알아서 할게요. 닭고기 더 드실 분?"

케이트가 모두에게 물었다.

그녀는 닭 요리는 괜찮았지만 적후추 소스 맛이 묘하다고 생각했다. 케이트는 다시 혼자 있게 되자마자 챙겨 둔 육포를 먹을 기대에 부풀었다.

셀마 이모가 표트르에게 말하고 있었다.

"케이트가 이 말을 했는지 모르겠는데 난 인테리어 디자이너에요."

"아!"

케이트는 그가 인테리어 디자이너가 뭔지 감도 못 잡는다는 인상을 받았다.

"두 사람은 주택에 살 건가, 아니면 아파트에 살 건가?"

셀마 이모가 그에게 물었다.

"그걸 아파트라고 불러야 될 것 같지만, 사실은 주택 **안에** 있습니다. 과부의 집이에요, 머피 부인의 집. 저는 꼭대기 층에 삽니다."

표트르가 대답했다.

"하지만 둘이 결혼하면 이 친구는 여기 들어와 우리랑 살 겁니다."

닥터 버티스타가 말했다.

셀마 이모는 얼굴을 찌푸렸다. 표트르도 찡그렸다. 버니가 말했다.

"우리랑요?"

"아니요, 저는 머피 부인의 집 꼭대기 층 전체를 차지하고 삽니다. 머피 부인을 휠체어에서 안아서 차에 태워 주고, 전구를 갈아주는 대가로 무료로 살지요. 닥터 버티스타의 연구소까지 걸어서 갈 수 있고, 어느 창을 내다보든 나무가 보입니다. 올봄에는 새둥지가 있어요! 거실, 주방, 침실 두 개, 욕실. 식당은 따로 없지만 주방에 식탁이 있고요."

"아늑하겠네."

셀마 이모가 말했다.

"하지만 결혼식을 치르면 피요더는 여기 살 겁니다."

"뒷마당을 써도 된다고 허락받았어요. 크고 넓고 거대하고 해가 드는 뒷마당입니다. 머피 부인이 휠체어를 타고 거기 나갈 수가 없거든요. 제가 오이랑 무랑 심어요. 아마 케이트가 도와줄 수있겠지요."

그가 케이트에게 고개를 돌리고 말했다.

"채소를 심고 싶어요? 아니면 꽃만 심든가."

"아. 저기, 그래요. 채소를 심고 싶어요. 그러고 싶은 생각이 드네요. 이전에 채소밭은 가져 본 적이 없어요."

케이트가 대답했다.

닥터 버티스타가 말했다.

"하지만 우리가 이 문제를 의논한 줄 알았는데."

"이 문제를 의논했고 제가 싫다고 말씀드렸지요."

표트르가 말했다.

셀마 이모는 재미있다는 표정을 지었다.

"루이스, 현실을 봐요. 어린 딸이 어른이 된 거라고요."

"나도 그걸 알지만, 케이트와 피요더가 여기서 사는 걸로 얘기가 됐거든요."

버니가 끼어들었다.

"아무도 **나한테** 그런 말을 해 주지 않았는데! 난 두 사람이 피요더의 집에서 살 거라고 생각했는데요! 이제 언니 방을 쓰게 될 줄 알았어요. 창가에 앉을 자리가 있잖아요?"

아버지가 막내딸에게 말했다.

"두 사람이 여기 사는 게 훨씬 더 합리적이야. 우리끼리 이 큰 집에서 뒹굴뒹굴 구를걸."

"'당신이 가는 곳에 나도 가리니'✦는 어쩌고요?"

버니가 물었다.

시어런 외삼촌이 헛기침을 하고 말했다.

"사실 그 말은 시어머니에게 한 말이지. 흔히 오해하는 것 같지만."

"시**어머니**에게요?"

"집의 꼭대기 층 전부예요. 작은 방은 현재 서재지만 제가 케이트의 침실로 바꿀 겁니다."

표트르가 닥터 버티스타에게 말했다.

✦ 구약성경 『룻기』 1장 16절. 룻이 시어머니 나오미에게 하는 말로, 토머스 뉴먼의 팝송 제목이기도 하다.

셀마 이모가 경계하며 똑바로 앉았다. 그녀의 남편이 싱긋 웃으면서 말했다.

"아니, 이것 봐라. 케이트가 자기 침실을 갖겠다고 할지 심히 의심스러운걸."

셀마 이모는 메추라기 새에게 다가가는 사냥개처럼 집중하면서 표트르의 대답을 기다렸다. 그러나 그는 닥터 버티스타를 빤히 쳐다보느라 바빴다.

케이트는 대학 시절에 살던 남녀 공용 기숙사와 비슷할 수 있겠다고 생각했다. 그녀는 남녀 공용 기숙사를 좋아했다. 거기서 무척 자유롭고 편안하고 자연스러운 기분을 느꼈다. 기숙사 남학생들은 데이트 상대가 아니라 편한 지인들이었다.

그녀는 표트르가 체스를 좋아할지 궁금했다. 둘이서 저녁이면 체스를 둘 수도 있었다.

시어런 외삼촌이 말했다.

"사람들이 그 말뜻을 잘못 아는 건 그놈의 팝송 때문이지. '당신이 가는 곳에……'"

그가 곱지만 약간 떨리는 테너 음성으로 노래하기 시작했다.

"버니가 감독하는 사람 없이 집에 있기에는 너무 어리네. 내가 늦게까지 일한다는 건 누구보다 자네가 잘 알 테고."

닥터 버티스타가 표트르에게 말했다.

맞는 말이었다. 버니는 눈 깜짝할 새에 집을 10대 남자애들 소굴로 만들 터였다. 케이트는 널찍하고 탁 트인, 볕이 잘 드는 뒷마당이 손에서 빠져나가는 것을 보면서 아릿한 상실감을 맛보았다.

하지만 표트르가 말했다.

"사람을 쓰시면 될 텐데요."

이것 역시 맞는 말이었다. 케이트는 기운이 났다.

셀마 이모가 말했다.

"입씨름할 수가 없겠는데요, 루이스. 와! 제부가 호적수를 만난 것 같네요."

닥터 버티스타가 말했다.

"그렇긴 해도…… 잠깐! 이건 내 계획과 전혀 다른데! 자네는 지금 완전히 다른 상황에 대해 말하고 있다고."

셀마 이모가 케이트에게 몸을 돌리고 말했다.

"너희 아파트에 가서 두 차례 무료 자문을 해 주마. 거기가 예전 홉킨스 대학 교수의 집이라면, 분명히 잠재력이 클 게다."

"아, 네. 그렇겠죠."

케이트가 말했다. 그 집을 본 적이 없다고 솔직히 말하면, 의심을 사기 십상이라 대충 얼버무렸다.

표트르와 닥터 버티스타가 디저트까지는 챙기지 않았기에 달랑 시판용 아이스크림만 먹어야 했다. 두 남자는 케이트를 희망 어린 눈초리로 바라보았지만 그녀는 이렇게 대답했다.

"흠, 뭐가 있는지 찾아볼게요."

그래서 식사가 끝날 무렵, 그녀는 주방으로 가서 냉동실에서 버터 피칸 아이스크림 통을 꺼냈다. 조리대에 그릇들을 나란히 내려놓을 때 식당 문이 활짝 열리고 표트르가 들어왔다. 그는 케이트 옆으로 다가와서 옆구리를 팔꿈치로 찔렀다. 케이트가 그에게 말했다.

"하지 말아요."

"잘되어 가고 있어요, 아닌가요? 친척들이 날 좋아하는 것 같아요!"

표트르가 그녀의 귀에 대고 중얼댔다.

"그렇게 느낀다면 그렇겠죠."

케이트는 대꾸하고 아이스크림을 뜨기 시작했다.

그때 표트르가 활기차게 그녀의 허리에 팔을 둘러 바싹 당기며 뺨에 입 맞췄다. 순간적으로 케이트는 거부하지 않았다. 그의 품이 무척 든든하게 느껴졌고, 싱그러운 건초 냄새가 사뭇 상쾌했다. 하지만 그러다 그녀가 몸을 빼면서 쏘아붙였다.

"아이참!"

케이트는 몸을 돌려 그를 마주 보면서 단호하게 말했다.

"표트르, 우리가 합의한 내용을 기억하라고요."

"알았어요, 알았어."

그는 뒤로 물러서서 양 손바닥을 공중에 들면서 말을 이었다.

"아무도 상대에게 반하지 않는다…… 이 그릇들을 가지고 나가도 되죠?"

친척들이 그를 좋아하는 것 같다는 말은 사실이었다. 케이트는 아이스크림을 먹을 때 그런 분위기를 알아차렸다—바클리 이모부는 그의 조국에 헤지펀드가 있는지 물었고, 시어런 외삼촌은 그의 조국에서 아이스크림을 먹는지에 더 관심을 가졌다. 셀마 이모는 표트르에게 다정하게 몸을 숙이고 '셀마 이모'라고 부르라고 권했다. (표트르는 득달같이 '셀 이모'라는 약칭을 불렀다. 셀의 th를 s로 발음했지만.) 닥터 버티스타는 집 문제가 거론된 후 시무룩해져서 말이 없었지만, 손님 셋은 제법 활달하게 행동했다.

하긴 놀랄 일도 아니었다. 그들은 조카딸을 치우게 되어 흐뭇했다.

케이트는 늘 아주 껄끄러운 사람이었다—곤란하게 하는 아이, 시무룩한 10대 소녀, 대학 생활 실패자. 그녀를 어떻게 해야 하나? 그런데 이제 친척들은 해답을 얻었다, 결혼시키면 그만이었다. 케이트 걱정을 한순간도 할 필요가 없을 터였다.

그래서 시어런 외삼촌이 두 사람이 결혼허가서를 신청해야 된다는 점을 상기시키자, 케이트는 뾰족하게 대꾸했다.

"네, 아버지와 표트르가 이미 알아서 처리했어요. 제가 작성해야 되는 이민국에 제출할 서류는 아버지가 갖고 있고요."

그러면서 그녀는 도전적인 표정으로 좌중을 둘러보았다.

이 말에 이모와 이모부가 똑바로 앉으면서 주의를 기울였어야 했지만, 시어런 외삼촌만이 고개를 끄덕였고 다들 하던 이야기로 돌아갔다. 케이트의 말을 못 알아듣는 체하고 넘기는 게 더 수월했으니까.

그녀는 그들에게 이렇게 말하고 싶었다. '잠깐만요! 내가 이 이상의 가치는 있는 사람이 아닌가요? 난 이런 일을 겪지 않아도 되는 사람이라고요! 내 모습 그대로 사랑하고 나를 보석으로 봐 줄 사람과 제대로 된 연애를 할 자격이 있다고요. 꽃과 손으로 쓴 시와 드림캐처를 선물해 줄 누군가와.'

하지만 케이트는 입을 다물고 그릇에 담긴 아이스크림만 휘휘 저었다.

9

결혼식 이틀 전 표트르는 퇴근 후 차를 몰고 닥터 버티스타의 집으로 향했다. 케이트와 둘이 그녀의 짐을 옮길 예정이었다. 짐은 그다지 많지 않았다. 서랍장에 있던 옷들을 담은 여행 가방 두 개, 그녀가 받은 결혼 선물들이 담긴 상자 하나, 옷장에 걸린 옷들을 챙긴 천 가방 하나. 여행 가방들과 상자는 표트르의 차 트렁크에 넉넉히 들어갔다. 그가 뒷좌석에 천 가방을 내려놓자, 가방이 자리를 다 차지했다.

버니는 표트르에게 얼렁뚱땅 인사하고 어딘가로 가 버렸고, 닥터 버티스타는 아직 연구소에 있었다. 케이트는 아버지가 불편한 심기를 드러내려고 거리를 둔다고 의심했다. 그녀의 거처가 새롭게 정해지자 그는 눈에 보이게 데면데면하게 굴었다.

표트르는 존스홉킨스 대학교 캠퍼스에서 엎어지면 코 닿을 데 있는 낡은 사택들 중 한 곳에 살았다. 큰 집은 흰 미늘 벽의 콜로니얼 양식이었고 빛바랜 초록색 덧문이 달려 있었다. 한쪽에 진입로가 있는데도 표트르는 집 앞 인도에 주차했다. 그는 리우 부인의 출입로를 막으면 안 된다고 케이트에게 설명했다. 리우 부인은 머피 부인의 입주 도우미였다.

그들은 짐을 한 번에 안으로 옮겼다―케이트가 여행 가방들을 끌고 표트르는 상자를 안고 천 가방은 어깨에 멨다. 현관 앞 계단에서 그는 상자를 바닥에 내려놓고 열쇠로 현관문을 열었다.

표트르가 말했다.

"짐을 위층에 올려다 놓고 머피 부인을 만나러 가죠. 부인이 당신을 만나고 싶어 해요."

"내가 이렇게 이사 들어오는 걸 부인이 좋아할까요?"

케이트는 그 질문을 할 생각이 났다. (한참 늦은 건 사실이지만.)

"괜찮아요. 부인은 당신이 한동안 살다가 우리가 새로 집을 구해 나가겠다고 할까 봐 걱정하세요."

케이트는 가볍게 코웃음 쳤다. 머피 부인은 그녀를 레이스 달린 앞치마를 입은 신부 타입으로 상상하고 있음이 분명했다.

현관홀은 침침하고 퀴퀴한 냄새가 났다. 갈고리 모양 발이 달린 마호가니 장식장 위에 금색 틀의 큰 거울이 걸려 있었다. 양쪽 문이 꽉 닫혀서 케이트는 마음이 놓였다. 집에 드나들 때 두 노부인을 알은체할 필요가 없을 터였다. 또 집의 다른 부분은 그렇게 어둡지 않았다. 뒤쪽 창으로 늦은 오후의 밝은 햇살이 계단에 쏟아져서, 두 사람이 계단을 올라갈수록 점점 더 환해졌다.

2층 복도에는 카펫이 깔려 있었지만 꼭대기 층은—한때 하인 숙소였으리라고 케이트는 짐작했다—소나무 바닥이었고, 집의 다른 부분처럼 거무스름한 나무가 아니라 꿀 빛깔이 나는 나무로 장식되어 있었다. 그걸 보자 케이트는 마음이 놓였다. 3층은 문으로 분리되지 않았지만 아래층에서 나는 소리가 들리지 않을 만큼 높았다. 이곳이 개인 공간으로 느껴지리란 것을 알 수 있었다.

표트르가 앞장서서 오른쪽으로 향해 복도 아래쪽에 있는 문으로 갔다.

"여기가 당신 방이 될 거예요."

그가 케이트에게 말했다. 표트르는 그녀가 방에 들어가도록 물러나 있다가 뒤따라 들어갔다.

그가 서재로 쓰던 방임이 분명했다. 큰 책상의 한쪽 끝에는 컴퓨터용품이 꽉 차 있고, 맞은편 벽에 화려한 표범 무늬 벨루어를 씌운 소파베드가 있었다. 창 옆에 놓인 골동품으로 보이는 서랍장은 작지만 케이트가 쓰기에는 충분했고, 구석에는 촌스러운 스커트를 씌운 안락의자와 오토만*이 놓여 있었다.

"책상은 거실로 내갈 거예요."

✦ 위에 부드러운 천을 댄 기다란 상자 같은 가구. 상자 안에는 물건을 보관하고 윗부분은 의자로 쓴다.

표트르가 그녀에게 말했다. 그는 상자를 서랍장에 올려놓고 옷장에 가서 천 가방을 걸었다. 그가 다시 말했다.

"나중에 더 작은 책상을 마련해요. 당신이 학교에 들어가면."

"아! 글쎄요. 고마워요, 표트르."

케이트가 말했다.

"머피 부인은 **자기가** 우리에게 책상을 줄 수 있을 거라고 생각해요. 여분의 가구가 많거든요."

케이트는 여행 가방들을 내려놓고 창문으로 가서 밖을 내다보았다. 아래에 길쭉하고 푸르른 뒷마당이 있었다. 가장자리에 관목이 있었는데, 일부는 장미나무일 거라고 케이트는 짐작했다. 전에 그녀가 가꾼 땅은 장미를 키울 정도로 볕이 잘 들지 않았다. 마당의 먼 쪽 끝, 말뚝 울타리 바로 앞에 직사각형 땅이 보였다. 표트르의 일궈 놓은 텃밭임이 분명했다.

"와서 아파트의 나머지 부분을 구경해요."

그가 케이트에게 말했다.

표트르는 다시 문간으로 갔지만 케이트가 먼저 나가도록 옆으로 비켜섰다. 그녀는 표트르 앞을 지나면서 그가 물리적으로 가까이 있는 것을 확실히 의식하게 되었다. 이 아파트가 남녀 공용 기숙사와 똑같을 거라고 예상했지만, 실은 남자와 단둘이 산다는 생각이 머리를 스쳤다. 또 표트르가 복도를 지나 다른 방의 문을 열면서 "내 방이에요"라고 말하자, 그녀는 보는 둥 마는 둥 힐끗 들여다보고 (더블베드, 협탁……) 뒤로 물러났다. 얼른 다시 문을 닫은 걸 보면 표트르 역시 그녀의 불편한 기색을 눈치챈 모양 이었다.

"욕실이에요."

그가 복도 끝의 반쯤 열린 문을 손짓하면서 말했다. 하지만 그 녀에게 들어가 보라고 권하지 않았다. 표트르가 말을 이었다.

"욕실이 하나밖에 없어요. 같이 써야 돼서 미안해요."

"아뇨, 괜찮아요. 집에서는 **두** 사람과 같이 쓰는걸요."

케이트가 말하면서 가볍게 웃었지만, 표트르는 웃지 않았다.

그는 다음으로 거실로 안내했고, 주저앉은 소파와 가짜 무늬목 커피 탁자, 바퀴 달린 철제 카트에 올려진 구식 브라운관 티브이 가 있었다.

"소파는 낡아 보이지만 푹신해요."

표트르가 말했다. 그는 소파를 골똘히 살피고 있는 것 같았다. 이 방에 더 볼 게 없는데도 나가려는 기색이 없었다.

표트르가 말했다.

"고등학교에 다닐 때 한번은 프로젝트를 하려고 반 친구 집에 갔어요. 그날 밤에 거기서 잤죠. 누워 있는데 아래층에서 친구의 부모님이 대화하는 소리가 들렸어요. 음, 이 반 친구는 고아가 아 니라 정상적인 아이였어요."

케이트는 호기심이 나서 그를 힐끗 쳐다보았다.

"부모님의 대화 소리가 아니라 목소리만 들렸어요. 부모님이 거실에 나란히 앉아 있었죠. 아주머니가 '뭐라 뭐라?'라고 말했어

요. 아저씨가 '뭐라'라고 말했죠. 아주머니가 '뭐라 뭐라 뭐라?'라
고 말하니 아저씨가 '뭐라 뭐라'라고 했죠."

케이트는 이 이야기가 어디로 향할지 상상할 수가 없었다.

표트르가 말했다.

"이 거실에서 가끔 나랑 같이 앉아 있어 줄래요? 당신이 '뭐
라?'라고 말하면 내가 '뭐라 뭐라'라고 말하는 거예요."

"혹은 **당신이** '뭐라?'라고 말하면 **내가** '뭐라 뭐라'라고 말할 수
도 있겠죠."

케이트가 말했다. 결단을 못 내리는 사람이 표트르고, 그녀가
더 확고한 사람 역할을 하면 안 되느냐는 의미였다. 하지만 케이
트는 그가 말을 못 알아듣는 것을 느낄 수 있었다. 표트르는 이맛
살을 찌푸리면서 그녀를 쳐다보았다. 마침내 케이트가 말했다.

"그럼요, 가끔 그럴 수 있죠."

"**좋-아요!**"

표트르가 말하고 크게 한숨을 내쉬었다. 그는 미소 짓기 시작
했다.

"주방은요?"

케이트가 집 구경 중이라는 것을 일깨웠다.

"주방은……"

그는 중얼대면서 문 쪽을 손짓했다.

주방은 집의 뒷부분, 계단에서 가장 가까운 쪽에 있었다. 전에
창고였음이 분명했다. 삼나무를 붙인 벽에서 여전히 희미하게 향

기가 풍겼다. 1950년대 분위기가 돌아서 묘한 매력이 있었다. 낡은 흰 철제 수납장, 벗겨진 포마이카 조리대, 두껍게 흰 칠을 한 나무 식탁과 빨간 의자 두 개.

"좋네요."

케이트가 말했다.

"마음에 들어요?"

"네."

"집 전체가 다 마음에 들어요?"

"네."

"멋지지 않다는 건 알아요."

"아주 근사해요. 아주 아늑하고."

케이트가 말했다. 진심이었다.

그는 다시 심호흡을 했다.

"이제 머피 부인을 만나러 가죠."

표트르가 말했다.

그는 케이트가 먼저 방에서 나가도록 다시 물러났고, 그녀가 지나갈 공간이 지나치게 넉넉하다 싶게 안쪽으로 바싹 붙어 섰다. 마치 엉뚱한 생각을 하지 않겠다고 못 박아 두려는 듯했다. 그녀가 어색한 기분을 잘 감추지 못하고 드러냈음이 분명했다.

잿빛 머리의 체구가 큰 머피 부인은, 레이스 달린 원피스와 기능성 신발 차림이었다. 리우 부인은 왜소하고 마른 체격으로, 나이 든 아시아 여인들처럼 남자가 입던 것이었을 수도 있는 옷을 입고 있었다. 밖으로 낸 카키색 작업복 셔츠, 헐렁한 갈색 바지와 새하얀 운동화. 두 여인은 장식 달린 커버를 씌운 의자, 화려한 작은 테이블들, 잡동사니 선반들 속에 박혀 있는 것 같았다. 표트르와 케이트가 문으로 들어가자 몇 초 후, 리우 부인이 머피 부인의 휠체어를 밀면서 천천히 모습을 드러냈다.

"이 아가씨가 우리 케이트군?"

머피 부인이 외쳤다.

케이트는 다른 사람이 있는지 뒤를 돌아다볼 뻔했다. 도무지 '우리' 케이트가 그녀일 리 없을 것 같았다. 하지만 머피 부인이 양손을 내밀자 케이트는 더 다가가서 손을 잡아야 했다. 머피 부인의 손은 크고 두툼하고 손가락이 굵었다. 사실 온몸이 큼직큼직한 부인을 표트르가 어떻게 들 수 있는지 케이트는 의아했다.

머피 부인이 말했다.

"피요더가 설명한 그대로네. 우린 피요더가 홀딱 반해서 과장하는 줄 알았거든요. 환영해요, 케이트 양! 케이트의 새 가정에 온 걸 환영해요."

"저…… 감사합니다."

케이트가 말했다.

"피요더가 집 구경을 시켜 주던가요?"

"마당을 제외하고 전부 보여 줬습니다."

표트르가 말했다.

"아, 당연히 마당을 둘러봐야지요. 케이트가 정원에 잔뜩 심을 거라고 들었는데요."

"저기, 음, 그래도 **부인이** 괜찮다고 하시면요."

케이트가 말했다.

"괜찮은 정도가 아니지요."

머피 부인이 말했고 동시에 리우 부인이 끼어들었다.

"그래도 꽃이겠죠, 맞아요? 여기 피요더는 **쓸모 있는** 것만이죠! 오이, 양배추, 무! 그녀는 시적인 데가 없어요."

리우 부인의 억양은 표트르와 아주 다르지만 똑같이 발음에 애로가 있는 듯했다.

"**그는** 시적인 데가 없어요."

표트르가 지적했다. (표트르까지 자신의 성별을 혼동하지는 않았다.) 그가 말을 이었다.

"케이트는 꽃과 채소, 둘 다 심을 겁니다. 어쩌면 언젠가 식물학자가 될 거예요."

"어머나! 당신도 식물학자가 되어야 해요, 피요더. 바깥 햇빛 속으로 나가라고요."

리우 부인은 그렇게 말하고 케이트에게 물었다.

"얼마나 창백한지 알죠? 그는 버섯 같아요!"

리우 부인이 그와 더 가까이 있었으면 옆구리를 찔렀을 거라고 케이트는 짐작했다. 사실 두 여인은 재미있어하면서 애정을 갖고 그를 쳐다보았다. 표트르는 그들의 눈길을 즐겼다. 그는 조용히 싱긋 웃으면서, 이 집에서의 그의 위치를 알았는지 확인하려는 듯 케이트를 바라보았다.

머피 부인이 공표하듯 말했다.

"우리 버섯 청년 이야기는 그만 됐고! 케이트, 아파트에 필요한 게 있으면 뭐든지 알려 줘요. 책상이 하나 필요하다는 것은 이미 아니까 그것 말고 또 있으면. 그런데 주방은 어때요? 도구가 충분하던가요?"

"아, 네. 모든 게 좋아 보여요."

케이트가 대답했다. 그녀는 주방에서 서랍 하나 열어 보지 않았지만, 왠지 머피 부인이 상상하는 신붓감에 장단을 맞춰야 될 것 같았다.

"우리 주방에 두 개 있는 물건들을 확인해 봐."

머피 부인이 리우 부인에게 말했다. 그녀가 몸을 돌릴 때 한쪽 발이 발판에서 미끄러졌다. 부인이 말하지 않았는데도 표트르가 몸을 굽혀서 그녀의 발을 제자리에 올려 주었다.

머피 부인이 계속 말했다.

"우리 주방에 전기 믹서가 적어도 두 개 있을 거야. 스탠드 믹서랑 핸드 믹서랑. 두 개 다 필요하지는 않지."

"아마도……"

리우 부인이 의심스러운 어조로 대답했다.

표트르가 말했다.

"이제 저희는 마당에 나가 볼게요. 믹서 이야기는 다음에 하세요."

"그래요, 피요더. 다시 우리를 보러 와요, 케이트! 그리고 부족한 게 있으면 작은 거라도 알려 주고."

"그러죠. 감사합니다."

케이트가 말했다. 그러고 나서—여전히 머피 부인이 상상하는 신붓감 모습에 사로잡혀서—앞으로 나가 다시 부인의 양손을 잡았다.

현관 입구 계단에 나오자 표트르가 말했다.

"두 분이 마음에 들었어요?"

"진짜 좋은 분들 같았어요."

케이트가 말했다.

"그들도 **당신을** 좋아하던걸요."

"그분들은 날 모르는데요!"

"그들은 당신을 알아요."

그는 이제 앞장서서 집의 옆면을 빙 돌아, 앞마당과 뒷마당 사이에 놓인 말뚝 울타리 쪽으로 향했다. 표트르가 말했다.

"차고에 정원 도구들이 있어요. 내가 열쇠를 어디 숨기는지 가르쳐 줄게요."

그는 문의 빗장을 올리더니, 케이트가 들어가게 뒤로 물러났다. 이번에도 그는 필요 이상으로 넉넉한 공간을 내주었지만, 그녀가 아니라 표트르 자신 때문이라는 생각이 머리를 스쳤다. 무슨 이유에선지 두 사람 다 같이 있는 게 쑥스러운 듯했다.

10

결혼식 당일 아침 케이트가 눈을 뜨니 버니가 침대 발치에 앉아 있었다.

"뭐야, 창가 자리를 살피고 있는 거야?"

그녀가 물었다. 하지만 버니는 창가 자리에 눈길도 주지 않고 있었다. 동생은 짧은 파자마 차림으로 책상다리로 앉아서, 케이트를 깨우고 싶기라도 한 듯 뚫어져라 쳐다봤다.

버니가 언니에게 말했다.

"잘 들어. 언니는 이 일을 할 필요가 없어."

케이트는 손을 뒤로 돌려서 베개를 헤드보드에 기대 세웠다. 그녀는 바깥 하늘을 힐긋 쳐다보았다. 화창할 거라는 일기예보가 있었지만, 빛이 하얀 걸 봐서 비가 올지 궁금했다. (셀마 이모는 지난주 내내 일기예보를 전해 주었다. 그녀는 '결혼 만찬'이라고 부르게 된 행사에서 테라스에 나가 음료를 대접할 참이었다.)

버니가 말했다.

"이민국을 속이려는 서류상 결혼인 줄은 나도 알아. 그런데 이 사람은 언니가 자기 마누라인 것처럼 굴기 시작하잖아! 그는 언니가 어떤 성을 써야 될지, 어디서 살지, 계속 일해야 될지 말지 말해. 내가 더 넓은 방을 차지할 수 있다면 좋은 일이지만, 그 대가로 내 하나뿐인 언니가 완전히 온순해지고 길들여지고 딴판인 사람으로 변한다면……"

"이봐. 번-번스. 생각해 줘서 고맙긴 한데 날 그렇게 몰라? 난 이 일을 감당할 수 있어. 내 말을 믿어. 난 인생 전체를…… 올리가크♦처럼 꾸려 온 사람이라고, 왜 이래."

"올리……"

"난 그렇게 쉽게 납작 엎드리는 사람이 아니야. 날 믿어. 난 한 손을 뒤로 묶고도 그를 처치할 수 있다고."

버니가 말했다.

"알았어. 그래. 티격태격 툭탁툭탁 하는 게 언니가 생각하는 재미라면 그렇게 해. 하지만 언니는 주야장천 그 사람이랑 **붙어** 있어야 되게 생겼다고! 아무도 얼마나 빨리 이혼할 수 있는지 언급조차 안 하지만, 내가 보기에 적어도 1년은 지나야 될 거야. 그동안 언니는 부탁한다거나 고맙다고 말할 줄 모르는 사람이랑 한

♦ 그리스의 과두정치 집권층의 일원. 최근에는 주요 산업과 언론을 장악해 전방위에서 권력을 행사하는 러시아의 신흥 재벌을 러시아식으로 올리가르히라고 한다.

아파트에서 지내야 된단 말이야. 미소 지어야 될 때 미소 짓지 않고, '어떻게 지내요?'를 인사말이 아니라 진짜 **어떻게** 지내는지 묻는 줄 아는 사람이야. 바싹 붙어서 말하고 '난 아마도 이러저러할 거라 생각한다'고 말하지 않고 늘 무뚝뚝하게 '틀린 말이에요' '이건 나빠요' '그 사람은 멍청해요'라고 말한다고. 회색이라곤 없이 전부 흑과 백밖에 없고 '내 말이 법이다'라는 식인 인간이야."

케이트가 대답했다.

"있지, 일부는 언어의 문제야. 기본적인 메시지를 이해시키려고 애쓸 때는 '부탁해요' '아마'라는 말을 못 하는 경우도 있거든."

버니는 케이트의 대답을 무시하고 말했다.

"또 가장 나쁜 건, **최악**은 말이지. 언니가 이 집에서 겪는 난처한 상황이랑 전혀 다르지 않을 거라는 점이야—별것 아닌 모든 일에 가설을 세우고 기회 있을 때마다 구닥다리 건강 이론을 떠들어 대고, 식사 때마다 폴리페놀인가 뭔가 측정하는 미친 과학 자랑 사는 거라고."

케이트가 말했다.

"그건 맞는 말이 아니야. **많이** 다를 거야. 표트르는 아버지가 아니야! 그는 남의 말에 귀를 기울여, 너도 알 수 있을걸. 그는 집중한다고. 또 저번 날 밤에 내가 대학에 복학하고 싶을 거라는 표트르의 말을 너도 들었지? 또 누가 내 생각을 해 준 적 있어? 내 말은, 달리 누가 내게 그런 제안을 한 적이 있느냐고? 여기 이 집에서 나는 가구의 일부나 다름없어. 인간 붙박이지. 지금부터 20년 후에도 나는 아버지를 위해 살림을 꾸리는 노처녀 딸이겠지. '네, 아버지. 아뇨, 아버지. 약 드시는 걸 잊지 마세요, 아버지.' 이건 내가 인생을 개선할 기회야, 버니! 획기적인 변화를 가져오는 거지! 그런 시도를 하고 싶은 나를 비난할 수 있겠니?"

버니는 반신반의하는 눈길로 언니를 쳐다보았다.

케이트는 '그래도 고마워. 걱정해 주니 고맙구나'라고 덧붙일 생각이었다. 그녀는 몸을 당겨서 버니의 맨발을 토닥였다.

버니가 말했다.

"흠, 나중에 내가 경고하지 않았다는 말은 하지 마."

동생이 방에서 나간 후에야 케이트는 깨달았다. 버니가 단 한 문장도 의문문으로 말하지 않았다는 것을.

아버지가 환할 때 집에 있으니 기분이 이상했다. 케이트가 아래층에 내려가니, 그는 간이 식탁에 앉아서 커피 잔을 앞에 두고 신문을 펼쳐 놓고 있었다.

"안녕히 주무셨어요."

케이트가 인사하자, 아버지는 고개를 들고 안경을 고쳐 쓰면서 말했다.

"그래. 잘 잤니? 세상에서 무슨 일이 벌어지고 **있는지** 아니?"

"뭔데요?"

케이트가 물었지만, 닥터 버티스타가 심란하게 신문을 손짓하고는 다시 읽기 시작한 걸로 봐서 일반적인 뉴스를 뜻한 게 분명했다.

그는 아래위가 붙은 작업복을 입고 있었다. 케이트로서는 아무래도 좋았으나, 잠시 후 주방에 들어온 버니는 아버지에게 말했다.

"설마 그런 차림으로 교회에 가실 건 **아니겠죠.**"

"응?"

아버지가 대꾸했다. 그는 신문을 한 장 넘겼다.

"존경심을 보여 주셔야죠, 아빠! 거긴 다른 사람들이 예배하는 장소라고요. 아빠가 개인적으로 뭘 믿든 상관없어요. 적어도 평범한 셔츠랑 바지 정도는 입어 줘야 된다고요."

아버지가 대답했다.

"오늘은 토요일이야. 거기 다른 사람은 아무도 없을 게다, 그냥 우리랑 너희 외삼촌만 있을 텐데."

"하지만 이민국에 어떤 사진을 제시하려고요?"

버니가 물었다. 버니는 이따금 놀랄 정도로 수완이 뛰어났다. 그녀가 덧붙여 말했다.

"아버지가 작업복 차림으로 있는 사진. 사정이 훤히 짐작되리란 생각은 안 들어요?"

"아. 그래, 적절한 지적이구나."

닥터 버티스타가 말했다. 그는 한숨을 쉬면서 신문을 접고 일어났다.

버니는 천사 날개가 달린 선드레스를 입었고, 케이트는—시어런 외삼촌에게 신세 지는 느낌이 살짝 들어서—대학 시절 입던 얇은 하늘색 면 원피스를 입었다. 연한 색 옷이 익숙하지 않아서 눈에 띄는 것 같아 불편했다. 너무 애써 노력하는 티가 날까 걱정스러웠다. 그러나 버니는 괜찮게 여기는 눈치였다. 적어도 흠잡는 말은 하지 않았다.

케이트는 냉장고에서 달걀을 꺼내서 버니에게 물었다.

"오믈렛 먹을래?"

하지만 버니는 싫다고 했다.

"아니, 내가 스무디를 만들어 먹을게."

"저기, 그러면 깨끗하게 치우도록 해. 지난번에 스무디를 만들면서 주방을 난장판으로 만들어 놨잖아."

"얼른 언니가 이 집에서 사라져서 툭하면 날 달달 볶지 않으면 좋겠다."

버니가 말했다.

버니는 하나밖에 없는 언니가 속아서 팔려 간다는 걱정을 극복한 것 같았다.

며칠 전 케이트는 캐럴 부인이라는 사람을 고용해서 매일 오후 집에 와서 가벼운 집안일을 해 달라고 부탁했다. 또 그녀는 닥터 버티스타가 퇴근해서 귀가할 때까지 버니와 같이 있어 주기로 했다. 캐럴 부인은 셀마 이모네 가정부 태이마의 숙모였다. 처음에 셀마 이모는 태이마의 여동생을 추천했지만, 케이트는 버니가 꿍꿍이를 부려도 속아 넘어가지 않을 노련한 도우미를 원했다.

"그 아이는 남들이 생각하는 것보다 훨씬 더 용의주도하거든요."

케이트가 말하자 캐럴 부인은 이렇게 대꾸했었다.

"무슨 말인지 알아들었어요."

아침 식사를 마치자 케이트는 다시 위층으로 올라가서 남은 소지품 몇 가지를 캔버스 가방에 챙겼다. 그런 다음 버니가 쓰도록 침구를 갈았다. 다음에 여기 오면 이 방의 풍경이 전혀 다르리라. 거울에 사진과 그림엽서가 잔뜩 붙어 있고 화장대에는 화장품이 빼곡하게 놓여 있겠지. 바닥에는 옷가지가 나뒹굴고. 케이트는 그 생각을 해도 심란하지 않았다. 이 방은 충분히 썼다고 느껴졌다. 이 **생활**은 충분히 했다. 그래서 표트르의 영주권이 나온 후에도 아버지가 어떤 예상을 하든 상관없이 이 집으로 돌아오지 않을 작정이었다. 작은 셋방에서 살 형편밖에 안 되더라도 혼자 살 거처를 찾으리라. 어쩌면 그즈음 그녀는 학위를 땄겠지. 새 직장을 구했을 테고.

침대 시트를 빨래 통에 넣었다. 이제부터 빨래는 캐럴 부인 담당이었다. 케이트는 캔버스 가방을 들고 아래층으로 내려갔다.

아버지가 거실 소파에 앉아 손가락으로 무릎을 두드리면서 기다리고 있었다. 검은 양복 차림이었다. 채근을 받자 그는 최선을 다해 차려입었다.

"아, 왔구나! 사랑하는 내 딸."

케이트가 거실로 들어서자 닥터 버티스타는 벌떡 일어나서 평소와 다른 목소리로 말했다.

"뭐예요?"

케이트가 물었다. 아버지가 무슨 발표 같은 것을 할 듯해서였다.

그러나 그는 "아……"라고 운을 떼더니 헛기침을 하고 말을 이었다.

"네가 아주 어른이 된 것 같구나."

케이트는 어리둥절했다. 바로 몇 분 전에 봤음에도 그는 이제 전혀 다르게 딸을 보고 있었다.

"저는 **원래** 어른이에요."

케이트가 아버지에게 말했다.

"그래, 하지만 좀 놀랍구나. 난 네가 태어난 때를 기억하니까 말이지. 네 어머니도, 나도 그 전에는 아기를 안아 본 적이 없어서, 우린 네 이모에게 아기 안는 법을 배워야 했지."

"아."

케이트가 중얼댔다.

"그런데 이제 네가 여기 파란 드레스 차림으로 서 있구나."

"저기요, 아이참. 이 오래된 옷을 입은 모습을 백번 넘게 보셨으면서 그래요. 너무 유별나게 굴지 마세요."

케이트가 말했다.

하지만 자기도 모르게 기분이 좋아졌다. 케이트는 아버지가 무슨 말을 하려고 하는지 알았다.

그녀의 어머니도 알았다면—그 의중을 알아차릴 수 있었다면—네 식구의 인생은 훨씬 행복했을 거라는 느낌이 들었다.

처음으로 케이트 자신이 훨씬 더 의중을 잘 파악하게 되었다는 생각이 머리를 스쳤다.

운전은 아버지가 했다. 그가 남이 운전하는 차에 타는 걸 불안해해서였다. 차는 고물 볼보였고 범퍼에는 그가 운전하다가 긁힌 자국이 무수히 많았다. 뒷좌석에는 세 사람의 물건들이 뒤죽박죽 섞여 있었다—실험용 고무 앞치마, 학술지 무더기, C자가 그려진 색도화지 포스터, 버니의 겨울 외투. 버니가 쏜살같이 조수석으로 달려갔기에 케이트는 뒷좌석에 앉아야 했다. 요크로路의 신호등에서 차가 덜컥대면서 급정거하자, 학술지 절반이 케이트의 발치로 쏟아졌다. 고속도로로 갔으면 더 빠른 건 말할 것도 없고 쭉 내달렸겠지만, 아버지는 고속도로로 진입하는 것을 꺼렸다. 가끔 물건을 구입하는 원예센터 앞을 지날 때 **장미나무 세 그루에 25달러**라는 광고문을 보자, 문득 케이트는 오늘 거기서 쇼핑하고 있으면, 평범한 토요일 아침처럼 이런저런 일을 보고 있으면 좋겠다고 생각했다. 결국 예보대로 화창한 날씨였고, 행인들이 느긋하게 꿈꾸듯 골목을 걷는 것으로 봐서 기온이 딱 적당한 것을 알 수 있었다.

케이트는 폐에 공기를 가득 채우지 못할 것 같은 느낌이었다.

시어런 외삼촌이 담임하는 교회는 '코키즈빌 통합 교회'였다.

지붕에 소형 첨탑이 있는—일종의 단순한 첨탑—회색 석조 건물은 골동품 상점들과 위탁판매점들이 모인 요크로의 바로 뒤편에 있었다. 주차장에는 달랑 시어런 외삼촌의 검정 쉐비*만 있었다. 닥터 버티스타는 그 차 옆에 주차하고 시동을 끈 후, 잠시 이마를 운전대에 댔다. 이것은 그가 가까스로 딸들을 어딘가로 데려가면 늘 하는 행동이었다.

"아직 피요더가 온 기미는 없구나."

닥터 버티스타가 마침내 고개를 들고 말했다.

이날 연구소의 오전 당직자는 표트르였다. 얼마 전 닥터 버티스타는 이런 말을 했었다.

"알겠지? 지금부터 난 믿고 교대를 맡길 수 있는 듬직한 사위를 얻게 되는 거라고."

그러나 그는 이미 표트르가 간과하고 넘어갈, 모르는 몇 가지 세부 사항을 말했다. 가족이 집을 나서기 전에도 그는 케이트에게 두 차례나 말했다.

"내가 그 친구에게 전화해서 어떻게 돌아가는지 알아봐야 될까?"

하지만 그는 스스로 대답했다.

"아냐, 신경 쓸 것 없어. 피요더를 간섭하고 싶지 않아."

아마 연락하지 않은 것은 그의 전화 알레르기뿐 아니라 최근

✦ 미국의 대중적인 차 쉐보레의 애칭.

표트르와의 관계가 변해서 그럴 터였다. 닥터 버티스타는 여전히 뚱한 기분을 감추지 못했다.

가족은 시어런 외삼촌이 미리 일러 준 대로 교회 뒤쪽으로 가서, 누구네 주방으로 들어가는 문처럼 생긴 단순한 나무 문을 두드렸다. 창틀에 파란색과 흰색 체크무늬 커튼이 달려 있었다. 잠시 후 체크무늬 천이 옆으로 젖혀졌고 시어런 외삼촌의 둥근 얼굴이 나타났다. 그는 미소 지으면서 문을 열어 주었다. 시어런 외삼촌은 양복과 타이 차림이었는데, 케이트는 그가 이렇게 진짜 행사로 대하는 것을 보자 가슴이 뭉클했다.

"결혼식을 축하한다."

시어런 외삼촌이 케이트에게 말했다.

"고마워요."

"방금 네 이모랑 통화했지. 셀마가 마지막 순간에 초대받을 거라는 가망 없는 희망에 매달리는 것 같더구나. 나한테는 피요더가 샴페인에 반대할 거라고 생각하는지 물어보려고 전화했을 뿐이라고 주장하더라마는."

"왜 그가 샴페인에 반대해요?"

"셀마는 피요더가 보드카를 기대할지 모른다고 생각하던걸."

케이트는 어깨를 으쓱했다.

"제가 아는 한 아닐걸요."

그녀가 말했다.

"셀마는 어쩌면 피요더가 벽난로나 어디에다 술잔을 깨부수고 싶어 할 거라고 했어.”

시어런 외삼촌이 덧붙였다. 그가 쌍둥이 누이가 없는 자리에서는 그녀를 언급할 때 훨씬 활기차다는 것을 케이트는 알아차렸다.

그가 말했다.

“내 사무실로 들어가자꾸나. 뒷문을 두드려야 된다는 걸 피요 더도 알고 있나?”

케이트는 아버지 쪽을 힐끗 쳐다보았다.

닥터 버티스타가 말했다.

“알고 있어요, 내가 말해 줬지.”

“기다리는 동안 서약문을 살펴보면 되겠구나. 최소한의 내용이면 된다고 합의한 줄은 알지만, 선택할 수 있는 문구들이 어떤 게 있는지 보여 주고 싶구나. 그러면 너희 둘이 어떤 서약을 할지 알 수 있을 테니.”

그는 앞장서서 좁은 복도를 지나 책들이 잔뜩 있는 작은 방으로 그들을 안내했다. 책꽂이마다 책들이 꽂혀 있고, 책상 위에도 산처럼 쌓여 있었다. 접이의자 두 개 위와 심지어 바닥에도 책 더미가 있었다. 책상 뒤에 놓인 회전의자만은 비어 있었지만, 시어런 외삼촌은 세 사람이 서 있는데 자기만 앉는 것은 예의가 아니라고 느끼는 듯했다. 그는 책상 앞쪽에서 반은 서고 반은 책상 끝에 걸터앉아, 어느 책 더미의 맨 위에 놓인 책을 집어서 귀퉁이가 접힌 부분을 펼쳤다.

"이제, 시작은……"

시어런 외삼촌은 손가락으로 한 줄을 짚으면서 말을 이었다.

"'여러분……' 요 대목에는 네가 반대하지 않을 것 같은데."

"네, 괜찮아요."

"그러면 내가 묻지. '누가 이 여인을 혼인시킵니까?'"

닥터 버티스타가 숨을 쉬면서 대답하려 했지만 케이트가 얼른 끼어들었다.

"아뇨!"

그렇게 그녀는 닥터 버티스타가 하려고 했던 말을 듣지 않았다.

"그러면 순종에 대한 약속 부분은 빼고 진행해야 될 것 같구나―케이트, 내가 널 아니 말이다. 허허. 사실 요즘은 '순종' 대목을 넣는 사람이 거의 없지. 곧바로 '좋은 일이 있을 때나 나쁜 일이 있을 때나'로 넘어가면 되겠어. '좋은 일이 있을 때나 나쁜 일이 있을 때나'는 괜찮지?"

"아, 그럼요."

케이트가 대답했다.

그녀는 시어런 외삼촌이 그렇게 융통성을 발휘해 줘서 고맙다고 생각했다. 그는 버티스타 일가가 잘 모르는 종교적인 부분은 입도 벙긋하지 않았다.

"요즘 일부 신랑 신부가 어떤 문구를 생략하고 싶어 하는지 알면 놀랄걸."

시어런 외삼촌이 책을 덮어 옆으로 치우면서 말을 이었다.

"그리고 직접 **자기들**에게 맞는 서약문을 쓰기도 하지. 도무지 믿기 힘든 내용이 들어가기도 하고. '나는 개의 귀여운 행동에 대해 하루에 5분 이상 말하지 않겠다고 약속합니다' 같은 문장 말이야."

"농담 마세요."

케이트가 말했다.

"농담이 아니란다."

그녀는 표트르에게 격언을 인용하지 않겠다는 약속을 받을 수 있을까 궁금했다.

닥터 버티스타가 물었다.

"사진은 어떻게 할까요?"

"사진을 어떻게 하다니?"

시어런 외삼촌이 되물었다.

"내가 몇 장 찍어도 될까요? 서약 도중에?"

"흠, 그래도 되겠지. 하지만 서약문이 워낙 **짧아서**."

시어런 외삼촌이 말했다.

"괜찮아요. 그냥 기록을 위해 찍고 싶은 것뿐이에요. 나중에 형님이 우리 넷의 사진을 찍어 주면 될 거고."

"물론이지."

시어런 외삼촌이 대답했다. 그는 손목시계를 쳐다보면서 중얼댔다.

"흠! 이제 신랑만 있으면 되겠는데."

11시 20분이었다. 케이트는 방금 손목시계를 봐서 이미 알고 있었다. 이 예식은 11시에 올릴 예정이었다. 하지만 그녀의 아버지는 자신 있게 말했다.

"오는 중이겠지."

"피요더가 결혼허가서를 가져오나?"

"내가 갖고 있어요."

닥터 버티스타가 안주머니에서 결혼허가서를 꺼내 시어런 외삼촌에게 건넸다.

"월요일에 이민국 절차를 밟으려고요."

"저기, 먼저 예배당으로 가서 더 편안하게 기다릴까?"

"실제로 결혼을 해야 신청할 수 있거든요. 분명히 결혼이 **기정사실**이어야 되는 거지요."

"미스 브루드를 만난 적이 있던가?"

시어런 외삼촌이 물었다. 그는 복도에서 다른 쪽으로 난 문에서 멈춰 섰다. 짧은 금발을 애들처럼 이마 위로 올려 파란 플라스틱 핀을 꽂은 창백한 40대 중반 여성이 책상에서 고개를 들었다. 그녀는 그들에게 미소 지었다.

시어런 외삼촌이 말했다.

"미스 브루드는 내 오른팔이지. 가끔 일주일에 7일 내내 여기 나온다니까, 시간제 자리에 불과한데도. 에이비스, 여기는 내 조카 케이트인데 오늘 결혼식을 해요. 그리고 여동생 버니랑 내 매부 루이스 버티스타."

"축하합니다."

미스 브루드가 의자에서 일어나면서 말했다. 무슨 이유에선지 그녀의 얼굴이 발그레했다. 그녀는 얼굴을 붉히면 눈물이 글썽거리는 것처럼 보이는 사람이었다.

"어쩌다 '에이비스'라는 이름을 얻게 됐는지 손님들에게 이야기해 봐요."

시어런 외삼촌이 말했다. 그러더니 미스 브루드의 설명을 기다리지 않고 다른 사람들에게 말했다.

"그녀는 렌터카에서 태어났거든."

"어머나, 델 목사님. 손님들이 그런 이야기를 듣고 싶지 않으실 텐데요!"

미스 브루드가 낭랑한 소리로 웃으면서 말했다.

"예기치 못한 출산이었지. 예기치 못한 조산이었다는 뜻이야. 물론 출산 자체는 예상되었지만."

시어런 외삼촌이 설명했다.

"아이참, 당연하죠! 엄마가 저를 차에서 낳을 **의도**는 전혀 없었죠."

미스 브루드가 덧붙여 말했다.

닥터 버티스타가 말했다.

"'허츠'가 아니어서 다행이네요."＊

미스 브루드는 다시 낭랑한 소리로 웃었지만, 그녀의 시선은 계속 시어런 외삼촌에게 쏠렸다. 그녀는 목에 건 흰 유리구슬 목걸이를 만지작댔다.

"자, 다들 가 봅시다······"

시어런 외삼촌이 말했다.

미스 브루드는 계속 미소 지으면서, 스커트 뒷자락을 감싸 쥐며 의자에 앉았다. 시어런 외삼촌은 일행을 이끌고 복도를 내려갔다.

케이트가 오래전 크리스마스이브와 부활절에 몇 차례 와 본 적 있는 예배당은 현대적으로 보이는 공간이었다. 바닥에는 온통 베이지색 카펫이 깔리고, 단순한 창문은 투명했으며, 신도석은 연갈색 나무 의자였다.

시어런 외삼촌이 말했다.

"다들 앉아 있지 그래요. 나는 표요더가 노크를 하면 들을 수 있게 다시 사무실에 가 있을 테니."

그것은 케이트가 걱정하던 일어어서—그들이 표요트르의 노크 소리를 못 들을까 봐—시어런 외삼촌이 가는 것을 보자 반가웠다. 또 가족끼리 있으면 잡담을 나눌 필요가 없었다. 다들 말없이 앉아 있을 수 있었다.

그녀는 복도 저편으로 사라지는 외삼촌의 발소리에 바싹 귀를 기울였다. 그가 미스 브루드가 있는 방 앞에서 잠시 멈추거나 적

✦ '에이비스'와 '허츠'는 세계적으로 유명한 미국의 렌터카 업체.

어도 걸음이 느려지는지 궁금해서였다. 하지만 그런 일은 없었다. 시어런 외삼촌은 의식하지 않고 곧장 그 앞을 지나갔다.

"이 교회는 나와 너희 엄마가 결혼한 곳이란다."

닥터 버티스타가 말했다.

케이트는 깜짝 놀랐다. 부모님이 어디서 결혼식을 올렸는지 물어보자는 생각도 해 본 적이 없었다.

버니가 말했다.

"정말이에요, 아빠? 신부 들러리들을 세운 화려하고 성대한 결혼식이었나요?"

"아, 그랬지. 맞아, 그 사람이 그놈의 법석을 피우려고 작심을 했거든. 그리고 시어런이 막 이 교회 부목사로 부임했으니, 그가 결혼식 주례를 하는 게 마땅했지. 내 누이가 어머니를 모시고 매사추세츠에서 여기까지 내려와야 했단다. 그 시절에는 너희 할머니가 아직 살아 계셨거든. 건강 상태가 최상은 아니었다만. 나참, '이 행사에 당신 가족이 꼭 와야 해요' '친구가 전혀 없는 거예요? 동료도 없어요?' 그런 식이었지. 내 밑의 박사후과정 연구생이 신랑 들러리를 했던 기억이 나는 것 같구나."

닥터 버티스타는 일어나서 중앙 통로를 왔다 갔다 했다. 잠시라도 가만히 앉아 있어야 되면 그는 늘 안절부절못했다. 케이트는 설교단 쪽을 쳐다보았다. 설교단은 신도석과 똑같은 연갈색 나무로 만들어져 있었다. 성경으로 보이는 커다란 책이 펼쳐져 있고, 빨간 리본 책갈피 몇 개가 삐져나와 있었다. 설교단 앞쪽에

낮은 나무 제단이 있고, 깔개 위에 하얀 튤립 화병이 놓여 있었다. 케이트는 신부인 어머니가 더 젊고 덜 고리타분한 아버지와 나란히 거기 선 광경을 상상해 보려고 애썼다. 그러나 떠올릴 수 있는 것은 오로지 긴 흰 드레스를 입은 힘없는 병자와 손목시계를 들여다보는 구부정한 대머리 닥터 버티스타였다.

버니의 휴대폰에 문자가 들어왔다. 케이트는 찌르르 소리로 알아차렸다. 버니는 가방에서 전화기를 꺼내 쳐다보고는 키득키득 웃었다.

아버지가 한 신도석 옆에서 걸음을 멈추고 찬송가대에서 안내서 한 장을 꺼냈다. 그는 앞면과 뒷면을 찬찬히 읽더니 제자리에 돌려 놓고 다시 오르락내리락하기 시작했다.

다음에 케이트 앞을 지나칠 때 닥터 버티스타가 말했다.

"연구소에 아무 일도 없어야 될 텐데."

"무슨 일이 있을 수 있는데요?"

그녀가 아버지에게 물었다.

케이트는 진심으로 알고 싶었다. 어떤 일이더라도, 표트르가 그녀와 결혼하면 득은 되겠지만 당혹스러워서 못 하겠다고 결정하는 것보다는 나을 테니까. 케이트의 귀에 '그럴 가치가 없어. 여자가 어찌나 **까다로운지**! 너무 예의도 없고'라는 그의 목소리가 들리는 것 같았다.

하지만 아버지는 이 말만 했다.

"어떤 일도 잘못될 수 있지. 그럴 만한 일은 많단다. 아, 피요더

의 손에 맡기면 안 될 것 같은 기분이 들었는데! 그 친구의 감탄
스러운 능력은 잘 알지만 그래도 결국 그가 나는 아닌 것을."

그러더니 그는 예배당 뒤쪽으로 걸어갔다.

이제 버니는 문자를 입력하고 있었다. **톡-톡-톡**, 옛날 영화에
서 전보 치는 것처럼 빠른 속도로 화면을 쳐다볼 필요도 없이 양
손 엄지를 움직였다.

결국 시어런 외삼촌이 다시 나타났다.

"그래서……"

그가 문간에서 소리쳤다. 그가 버니와 케이트가 앉은 신도석으
로 걸어오자, 닥터 버티스타는 방향을 돌려서 그들 옆으로 왔다.

"그래서 피요더는 아주 멀리서 여기로 와야 되는 건가?"

시어런 외삼촌이 물었다.

"내 연구소에서 오는데요."

닥터 버티스타가 그에게 대답했다.

"그가 외국식 시간관념을 갖고 있나?"

그는 이렇게 물으면서 케이트를 바라보았다. 그녀가 말했다.

"외국식……? 글쎄요, 어쩌면. 잘 모르겠는데요."

그 순간 외삼촌의 표정에서 케이트는 데이트를 오래했다면 그
녀가 확실히 **알아야 될** 일임을 눈치챘다. 이민국과 인터뷰할 경우
에 대비해서 그 부분을 기억해 둬야 할 터였다. 그녀는 명랑하게
말하리라. '정말, 못 말리는 사람이죠! 제가 친구 집에 6시에 가야
된다고 말하면, 그이는 7시가 됐는데도 옷 갈아입는 걸 시작도

하지 않는다니까요.'

그들이 실제로 인터뷰까지 가게 되기나 한다면.

시어런 외삼촌이 말했다.

"혹시 피오더에게 전화해서 길 안내가 필요한지 물어봐야 될 듯한데."

케이트는 바보 같은 생각인 줄 알지만 그에게 전화하고 싶지 않았다. 중학년 1학년 여자애들의 열띤 토론이 떠올랐다―여자가 '남자애를 쫓아다닌다'고 보이고 싶지 않다는 얘기였다. 이 남자애가 (말하자면) 그녀와 결혼할 사람이라고 해도 먼저 전화하면 안 될 것 같았다. 마음껏 늦게 나타나게 내버려 두지 뭐! **그녀가** 상관하는지 안 하는지 보라고.

케이트가 풀이 죽어서 말했다.

"그이는 아마 운전 중일 거예요. 한눈팔게 하고 싶지 않아요."

"그냥 문자를 보내."

버니가 언니에게 말했다.

"저기, 음⋯⋯"

버니는 혀를 차고 휴대폰을 가방에 넣더니 케이트에게 손바닥을 내밀었다. 케이트는 잠시 그 손을 쳐다보다가 무슨 뜻인지 알아들었다. 그러고는 최대한 꾸물대면서 가방에서 휴대폰을 꺼내 버니에게 건넸다.

톡-톡-톡, 버니는 생각할 겨를도 없이 문자를 입력했다. 케이트는 버니가 뭐라고 적는지 힐끗 곁눈질했다. '어디'라고 적혀 있

었다. 그 위에는 표트르가 케이트에게 마지막으로 보낸 '알았어
요 안녕'이라는 간단한 문자 메시지가 있었고, 그게 이틀 전이었
다.

이제 메시지가 의미심장하게 보였다.

답이 없었다. 그가 답을 보내는 중임을 뜻하는 작은 점들도 없
었다. 모두 맥없이 시어런 외삼촌을 바라보았다.

"전화를 해 보면?"

그가 다시 제안했다.

케이트는 마음을 다잡고 버니에게 휴대폰을 돌려받았다. 바로
그 순간 나직하게 윙 소리가 나자 그녀는 화들짝 놀랐다. 그 바람
에 손을 더듬거리다가 전화기를 놓쳤지만, 다행히 전화기는 무릎
위로 떨어졌다. 버니가 다시 혀를 차면서 전화기를 들고 메시지
를 읽었다.

"끔찍한 사고."

그들의 아버지가 말했다.

"뭐야!"

그는 시어런 외삼촌 앞으로 몸을 숙여서 버니의 손에서 휴대폰
을 낚아채 화면을 노려보았다. 그러더니 문자를 입력하기 시작했
다. 검지만 사용했지만 그래도 케이트는 깊은 인상을 받았다. 다
들 닥터 버티스타를 지켜보았다. 마침내 그가 입을 열었다.

"**이제** 어떻게 하면 되는 게냐?"

버니가 쯧쯧 하면서 휴대폰을 빼앗아서 화면을 눌렀다. 케이트

는 어깨 너머로 아버지가 입력한 메시지를 읽었다. '뭐 뭐 뭐야.'

잠시 기다렸다. 닥터 버티스타는 숨을 이상하게 쉬었다.

그러더니 다시 윙 소리가 났다. 버니가 메시지를 읽었다.

"쥐들이 사라졌어요."

닥터 버티스타는 목이 졸리는 것처럼 헐떡거렸다. 그는 몸을 홱 굽히더니 앞에 있는 신도석에 주저앉았다.

일순간 케이트에게 '쥐들'은 큰 의미가 없었다. 쥐들? 그게 무슨 상관이 있다는 거지? 그녀는 결혼에 관련된 소식을 기다리고 있었다. 시어런 외삼촌도 마찬가지로 이해 못 하는 듯했다. 그가 못마땅한 표정으로 말했다.

"쥐라니!"

"아버지 연구소의 쥐요."

버니가 그에게 설명했다.

"그 연구소에 쥐가 있어?"

"쥐들을 **갖고 있죠**."

"아……"

시어런 외삼촌이 말했다. 못 알아듣는 기색이 역력했다.

"기니피그 쥐요."

버니가 구체적으로 말했다.

이제 그는 완전히 혼란스러운 표정을 지었다.

닥터 버티스타가 힘없이 말했다.

"믿을 수가 없어. 이 일을 감당하지 못할 것 같다."

휴대폰에서 다시 윙 소리가 났다. 버니가 전화기를 위로 들고 메시지를 읽었다.

"'동물 권리 운동가들이 훔쳐 갔어요 프로젝트가 망했어요 다 없어졌어요 희망이 없어요.'"

닥터 버티스타가 신음했다.

"아, 그래, **그런** 종류의 쥐 말이군."

시어런 외삼촌이 이맛살을 펴면서 말했다.

버니가 모두에게 물었다.

"PETA⁺를 말하는 건가요? 어른들은 약어를 쓰면 안 된다는 법이라도 있는 거예요 뭐예요? 'PETA'라고, 이 멍청아! 그냥 'PETA'라고 하면 되는데! '동물 권리 운동가들'이라니 나 참! 이 사람은 진짜…… 한결같기도 하지! 게다가 갑자기 필요한 자리에 꼬박꼬박 정관사를 쓴 걸 보세요. 말할 때는 한 번도 정관사를 쓰지 않으면서."

"그 기나긴 연구 기간. 그 지난한 길고 긴 세월이 모두 수포로 돌아갔군."

닥터 버티스타가 중얼댔다. 이제 그는 머리를 양손으로 감싸 쥐고 허리를 굽혀서, 말소리가 제대로 들리지 않았다.

"아이고, 이런. 설마 **그렇게** 나쁜 상황일 리 없겠지. 분명히 복구 가능한 일일 거야."

⁺ People for the Ethical Treatment of Animals의 약자. '동물을 윤리적으로 대하는 사람들'이라는 의미로, 동물 권리를 위한 국제적인 단체이다.

시어런 외삼촌이 말했다.

"우리가 새로 쥐 몇 마리를 사면 되잖아요!"

버니가 맞장구쳤다. 버니는 휴대폰을 케이트에게 돌려줬다.

케이트는 마침내 상황이 파악되기 시작했다. 그녀가 버니에게 말했다.

"필요한 건 그 쥐들이라는 정도는 너도 알겠지. 그 쥐들이 긴 혈통의 마지막 세대야, 특별히 키워진 종류라고."

"그래서?"

"그 작자들이 어떻게 연구소로 들어갔을까? 어떻게 비밀번호를 알았을까? 아, 이럴 수가. 처음부터 다시 시작해야 되게 생겼군, 처음부터 시작하기에는 너무 늦었지. 최소 20년은 걸릴 거야. 연구비를 다 잃을 거고 연구소 문을 닫고 택시 운전을 해서 먹고 살아야 되겠지."

닥터 버티스타가 울부짖었다.

"말도 **안 되는** 소리!"

시어런 외삼촌이 진짜 겁을 먹고 외치자 버니가 말했다.

"아빠는 내가 자퇴하고 취직하게 하실 거죠, 그렇지 않은가요? 아빠는 내가 어느 스테이크 식당에서 피 나는 뻘건 등심 스테이크를 나르게 하겠죠."

케이트는 왜 아버지와 버니 둘 다 어울리지도 않는 일자리를 떠올리는지 의아했다. 그녀가 말했다.

"그만들 해요, 두 사람 다. 아직 확실히 모르는데……"

아버지가 고개를 홱 들면서 대꾸했다.

"아, **네가** 무슨 상관이냐? 장담컨대 너야 살판나겠지. 이제 결혼해야만 될 필요가 없으니."

케이트가 말했다.

"필요가 없다고?"

외삼촌이 말했다.

"왜 케이트가 결혼**해야만** 된다는 거지?"

"그리고 너! 그래 자퇴 좀 하면 어때서? 그게 뭐 대수라고! 공부에 재능을 눈곱만치도 보인 적 없으면서."

닥터 버티스타가 버니에게 말했다.

"아빠!"

케이트는 앞에 있는 찬송가대를 멍하니 바라보았다. 마음을 다잡으려고 애쓰고 있었다. 그녀는 일종의 환멸을 경험하는 듯했다.

아버지가 암담하게 말했다.

"그래 끝났어. 양해해 주겠어요, 형님? 연구소에 가 봐야 해서."

그는 훨씬 연로한 사람처럼 느릿느릿 일어나서 통로로 발을 내디뎠다. 닥터 버티스타가 맏딸에게 물었다.

"내가 더 살아서 뭐하겠니?"

"제가 어떻게 알겠어요."

그녀가 받아쳤다.

케이트는 전에 쓰던 방을 다시 써야 될 것 같았다. 그녀의 삶은 멈추었던 곳에서 다시 이어지겠지. 월요일 직장에 출근해서 어긋나 버린 상황을 설명하리라. 애덤 반스에게 결국 그녀가 결혼하지 않았다고 말하리라.

이런 처지는 그녀를 풀 죽게 만들 뿐이었다. 사실 애덤은 그녀와 아무 상관도 없었다. 그는 늘 케이트로 하여금 너무 꺽다리고 너무 퉁명스럽고 너무 형편없도록 느끼게 했다. 그녀는 애덤과 함께 있으면 언제까지나 말조심하려고 애쓰겠지. 그는 좋든 나쁘든 케이트를 있는 그대로 좋아하는 부류의 사람이 아니었다.

이 마지막 대목이 그녀의 전신에 슬픈 울림을 퍼뜨렸다. 시간이 지나서야 케이트는 그 이유를 생각해 냈다.

그녀는 일어나서 버니를 따라 통로로 나갔다. 뱃속에 납덩이가 든 기분이었다. 실내에서 모든 색깔이 빠져나간 듯했고 여기가 얼마나 답답한지 알았다―죽은 곳이었다.

아버지가 외삼촌과 악수하는 동안―악수라기보다 생명 줄이라도 잡는 듯 양손으로 시어런 외삼촌의 손을 잡고 **매달렸다**―케이트와 버니는 서서 기다렸다.

닥터 버티스타는 장례식에 온 사람 같은 목소리로 말했다.

"아무튼 고맙습니다, 형님. 시간을 할애하게 해서 미안……"

"켈로?"

표트르가 복도 입구에 서 있었고, 그의 왼쪽 어깨 뒤에서 미스 브루드가 초조하게 미소 지었다. 그는 행색이 얼마나 허름한지 노숙자로 보였다. 얼룩진 흰 티셔츠는 목 부분이 찢어진 데다 낡

아서 옷감이 나달나달해졌고, 아주 짧은 헐렁한 체크무늬 반바지
는 속옷 같아서 케이트는 신경이 쓰였다. 거기에 빨간 고무 샌들
을 신고 있었다.

"너!"

그가 아주 크게 외쳤다. 표트르는 버니에게 다가가고 있었다.
그는 예배당으로 뛰어들었고 미스 브루드는 다시 사라져 버렸다.
표트르가 버니에게 계속 말했다.

"체포되지 않을 거라는 생각은 단 1분도 하지 마."

"허?"

버니가 대꾸했다.

표트르는 곧장 버니에게 가서 얼굴을 바싹 들이밀면서 말했다.

"너…… 채소 먹는 애!"

버니는 한 걸음 물러나서 손바닥의 도톰한 부분으로 뺨을 두드
렸다. 표트르가 말할 때 침이 튀었음이 분명했다. 버니가 그에게
물었다.

"뭐 **때문에** 이래요?"

"너는 한밤중에 연구소에 갔어. 네가 그랬다는 걸 알아. 네가
쥐들을 어디 숨겼는지 모르지만 이런 짓을 벌인 게 너라는 건 알
아."

버니가 맞받아쳤다.

"내가! 이 일을 벌인 사람이 **나**라고 생각하다니! 내가 친아버지
의 프로젝트를 망치려 했다고 믿다니! 미쳤나 봐. 이 사람한테 말

해, 언니."

이 시점에서 닥터 버티스타가 둘 사이에 어렵사리 끼어들었다. 그가 말했다.

"피요더, 난 알아야겠네. 상황이 얼마나 나쁜가?"

표트르는 버니에게서 몸을 돌려 한 손으로 닥터 버티스타의 어깨를 꽉 잡았다. 그가 말했다.

"나쁩니다. 사실이에요. 더 나쁠 수 없을 만큼 나빠요."

"다 없어졌나? 전부 다?"

"전부 다요. 양쪽 선반이 텅 비었어요."

"하지만 어떻게……?"

표트르는 여전히 닥터 버티스타의 어깨에 한 손을 얹고 예배당 앞쪽을 향해 걷게 했다. 그가 말했다.

"저는 일찍 깹니다. 일찍 연구소에 가면 결혼식 시간에 맞출 수 있다고 생각해요. 도착하니, 문은 평소처럼 잠겨 있어요. 저는 비밀번호를 눌러요. 안으로 들어가요. 쥐 방으로 가지요."

그들은 제단으로부터 몇 걸음 거리에서 천천히 멈추었다. 시어런 외삼촌, 케이트, 버니는 지켜보면서 제자리에 있었다. 그때 표트르가 케이트를 돌아보았다.

"당신 어디 **있어요**?"

표트르가 그녀에게 물었다.

"나요?"

"이리 와요! 우린 결혼해야죠."

"저기, 있지. 모르겠군, 그게 정말로…… 내 생각에 지금 연구소에 가 봐야 될 것 같네, 피요더. 할 일이 없다고 해도……"

하지만 케이트가 말했다.

"우리가 서약을 할 때까지만 기다리세요, 아버지. 연구소는 나중에 확인해도 되잖아요."

"케이트 버티스타! 설마 이대로 밀어붙이지 않겠지!"

버니가 말했다.

"음……"

"저 사람이 방금 나한테 어떻게 말하는지 들었잖아."

"음, 표트르가 당황해서 그래."

케이트가 동생에게 말했다.

"당황은 얼어 죽을, 난 **당황 안** 해요!"

표트르가 소리쳤다.

"내 말뜻을 알지."

케이트가 버니에게 말했다.

"**당장** 이리 와요!"

표트르가 고함쳤다.

시어런 외삼촌이 말했다.

"아이고, 피요더가 당황**했군.**"

그는 고개를 저으면서 킬킬 웃었다. 시어런 외삼촌은 통로를 걸어 제단으로 가서, 몸을 돌리고 선포하는 천사처럼 양팔을 옆으로 뻗었다.

그가 물었다.

"케이트. 애야. 나올 거니?"

버니는 아연실색해서 경멸하는 소리를 냈고, 케이트는 몸을 돌려 동생에게 가방을 건넸다.

버니가 그녀에게 말했다.

"알았어, 좋아. 그렇게 해. 끼리끼리 놀지."

그러나 버니는 가방을 받았고 케이트를 따라서 통로를 걸었다.

제단에서 케이트는 표트르 옆에 자리를 잡았다.

표트르가 닥터 버티스타에게 말하고 있었다.

"처음에는 이해가 되지 않았습니다. 무슨 일이 생겼는지 빤했지만 그래도 이해가 안 됐어요. 저는 쳐다보기만 해요. 텅 빈 선반 두 개와 우리가 없어요. 선반 옆 벽에 페인트로 글씨가 쓰여 있어요. **동물은 실험실 장비가 아니다.** 이걸 보고 경찰에 신고할 생각이 납니다."

"경찰이라. 아, 흠, 경찰이 뭘 할 수 있지? 이제 그러기에는 너무 늦었네."

닥터 버티스타가 말했다.

"경찰은 시간이 아주아주 오래 걸리고, 마침내 그들이 와도 똑똑하지 않아요. 그들이 저한테 '이 쥐들에 대해 상세히 설명해 주겠습니까?'라고 물어요. 제가 말해요. '상세한 설명이라! 뭘 상세히 설명하지요? 그것들은 평범한 **생쥐**인데, 그걸로 충분하지요.'"

"아, 맞는 말이야."

닥터 버티스타가 말했다. 그러고 나서 덧붙였다.

"자네가 차려입지 않았는데 **내가** 왜 이렇게 입어야 했는지 모르겠군."

"그녀는 저랑 결혼하는 겁니다, 제 옷이 아니라."

표트르가 대답했다.

시어런 외삼촌이 목청을 가다듬었다.

"사랑하는……"

두 남자가 고개를 돌려 시어런 외삼촌과 마주 섰다.

"우리가 여기 모인 것은……"

"하지만 틀림없이 경찰이 놈들을 추적할 방도가 있을 거야. 쥐를 잡는 테리어 종이나 그런 걸 동원하겠지. 경찰이 그런 용도의 개들을 보유하고 있지 않으려나?"

닥터 버티스타가 표트르에게 주절댔다.

표트르가 살짝 몸을 돌리고 대꾸했다.

"개라니요! 개는 쥐를 먹을 텐데요. 그걸 원하세요?"

"아니면 족제비라든가."

"캐서린, 그대는 이 남자 피요더를……"

시어런 외삼촌이 유난히 단호한 어조로 말하고 있었다.

케이트는 표트르의 몸이 극도로 뻣뻣한 걸 봐서 긴장했음을 알아차릴 수 있었고, 아버지는 그 옆에서 초조함에 안절부절못했다. 또 뒤쪽에서 버니가 못마땅해하는 기색이 느껴졌다. 오직 케이트만 차분했다. 그녀는 아주 꼿꼿하게 서서 외삼촌을 응시했다.

순서가 '신부에게 키스하십시오'에 접어들 무렵 아버지는 이미 제단에서 떠날 채비를 하고 있었다.

"됐습니다, 이제 가죠."

표트르는 케이트의 뺨에 살짝 뽀뽀하려고 몸을 숙이고도 그렇게 말했다. 그가 닥터 버티스타에게 "경찰이……"라고 말할 때 케이트가 앞에 버티고 서서 양손으로 그의 얼굴을 잡더니 입술에 아주 가만히 키스했다. 그의 얼굴은 차가웠지만 입술은 따뜻하고 살짝 튼 상태였다. 표트르가 눈을 깜빡이면서 뒤로 물러났다.

그가 닥터 버티스타에게 힘없이 말했다.

"…… 경찰이 닥터 버티스타와도 얘기하고 싶어 합니다."

"두 사람 모두 축하하네."

시어런 외삼촌이 말했다.

11

표트르의 차에 타기 위해 케이트는 운전석으로 들어가서 힘들게 기어박스를 지나 조수석으로 가야 했다. 조수석 문이 쑥 박혀서 열리지 않아서였다. 그녀는 무슨 일이 있었는지 묻지 않았다. 표트르가 평소보다 훨씬 더 산만하게 운전했음이 분명했다.

케이트는 바닥에 흩어진 각종 전단지 틈에 가방을 내려놓은 다음, 깔고 앉은 것을 찾느라 엉덩이 아래쪽을 더듬었다. 알고 보니 표트르의 휴대폰이었다. 그가 운전석에 앉자 그녀는 휴대폰을 내밀면서 물었다.

"운전 중에 문자를 보냈던 거예요?"

표트르는 대꾸하지 않고 휴대폰을 낚아채서 반바지 오른쪽 앞주머니에 쑤셔 넣었다. 그가 시동 키를 돌리자 드르륵 소리를 내면서 시동이 걸렸다.

하지만 표트르가 주차된 차를 후진해서 빼기도 전에 닥터 버티스타가 운전석 창문을 두드렸다. 표트르가 창문을 내리고 소리쳤다.

"뭐요!"

닥터 버티스타가 그에게 말했다.

"난 집에다 버니를 내려 주고 곧장 연구소로 가겠네. 내가 상황을 파악한 후에 경찰과 이야기할 거야. 두 사람은 피로연에서 만나면 되겠군."

표트르는 고개만 끄덕이고 거칠게 후진 기어를 넣었다.

존스폴스 고속도로를 쏜살같이 달리면서 그는 비극적인 사건의 마지막 순간을 되살릴 필요를 느끼는 모양이었다.

"내가 거기 서 있어요. 난 '내가 뭘 보고 있는 거지?'라고 생각해요. '눈을 깜빡이면 모든 게 정상이 될 거야.' 그래서 눈을 깜빡이지만 여전히 선반들이 비어 있어요. 생쥐 우리도 없고. 벽에 적힌 게 **소리치는** 것 같아요. 소란한 것 같아요. 그런데 방은 아주아주 조용해요, 아무 움직임이 없고. 생쥐들은 늘 움직이잖아요. 그것들은 바스락대고 그것들은 찍찍대고, 그것들은 누군가 오는 소리가 나면 조르르 앞으로 나와요. 그것들은 인간을…… 기대할 수 있다고 보거든요. 이제 아무것도 없어요. 고요. 삼나무 칩* 서너 개가 맨바닥에서 뒹굴고."

---

* 축산 등에서 깔개로 사용되는 나뭇조각.

운전석 창문이 여전히 열려 있어서 머리가 바람에 날려 헝클어졌지만 케이트는 지적하지 않기로 했다.

"나는 이걸 믿고 싶지 않아서 몸을 돌려 다른 방에 가 봐요. 생쥐들이 제 발로 다른 데 가기라도 한 것처럼. 나는 '켈로?'라고 말해요, 왜 '켈로?'라고 하는지 모르겠지만. 생쥐들이 대답할 수 있는 것도 아닌데."

"이 갈림길에서 왼쪽으로 방향을 바꾸겠지요."

케이트가 말했다. 차가 아주 빨리 달리는 걸로 봐서 표트르가 좌회전할 계획이 없는 것 같아서였다. 마지막 순간에 그가 거칠게 운전대를 돌리는 바람에 그녀가 미끄러져 문에 부딪혔고, 잠시 후 그는 신호를 확인하지도 않고 급히 노스찰스 가로 들어섰다. (그는 다른 도로로 진입하는 데 망설임이 없는 게 분명했다.)

그가 케이트에게 말했다.

"난 그 버니를 믿은 적이 없었어요, 맨 처음부터. 너무 애기처럼 행동하고. 우리 나라에서 사람들은 그런 걸……"

그녀가 표트르에게 말했다.

"버니의 짓이 아니에요. 그 아이는 그럴 배짱이 없어요."

"당연히 버니의 짓이에요. 그 아이가 한 짓이라고 내가 경찰에 말했어요."

"무슨 말을 했다고요?"

"수사관이 수첩에 버니의 이름을 적었어요."

"세상에, 표트르!"

"버니는 비밀번호를 알고, 또 채소를 먹어요."

표트르가 말했다.

"채식주의자는 많지만, 그렇다고 그들을 도둑으로 몰 수는 없어요."

케이트가 말했다. 그녀는 발로 바닥을 지그시 눌렀다. 그들은 노란색 신호등에 다가가고 있었다. 케이트가 덧붙였다.

"게다가 버니는 진짜 채식주의자도 아니에요. 그냥 말만 그런 거라고요."

표트르가 훨씬 더 속력을 내서 신호등을 지나갔다. 그가 말했다.

"그 아이는 채식주의자예요. 버니는 당신이 곤죽에서 고기를 빼게 했어요."

"그래요, 하지만 그 후 계속 내 육포를 훔쳐 가요."

"버니가 당신의 육포를 훔친다고요?"

"버니가 항상 다 가져가기 때문에 난 이틀에 한 번씩 감추는 장소를 바꿔야 해요. 나처럼 버니도 채식주의자가 아니라고요! 그런 나이라서, 일시적인 유행에 집착하는 10대 시기여서 그런 거예요. 버니의 짓이 아니라고 경찰에게 말해야 해요, 표트르. 경찰한테 당신이 착각했다고 말해요."

"아무튼 누구 짓이든 달라질 게 뭔데요? 생쥐들은 사라졌어요. 우리가 그렇게 정성을 들여 키웠는데. 이제 그것들은 볼티모어의 거리를 조르르 다니고 있어요."

표트르가 침울하게 말했다.

"정말 동물 애호가들이 우리에 담긴 사육된 생쥐들을 도시의 차량들 속에 풀어 놓을 거라고 생각해요? 그들도 **어느 정도는** 상식이 있다고요. 그 생쥐들은 어딘가 안전하고 보호받는 곳에 있어요, 항체인가 뭔가를 고스란히 갖고서."

"제발 내 말에 반박하지 말아요."

표트르가 말했다.

케이트는 천장에 대고 눈을 굴렸고, 두 사람 다 다시 입을 열지 않았다.

케이트가 결혼식 후에 어머니의 결혼반지를 끼기 시작한다는 게 아버지의 계획이었고, 그래서 그녀는 반지를 교회에 가져갔었다. 그러나 결혼 서약을 하는 동안 반지는 언급되지 않았고—시어런 외삼촌이 소동 때문에 겉보기와 달리 허둥지둥했다는 증거였다—이제 그녀는 몸을 굽혀 가방에서 지갑을 빼서, 동전 칸에서 반지를 꺼냈다. 결혼반지는 옐로골드였고 약혼반지는 화이트골드였지만, 아버지는 케이트에게 그래도 괜찮다고 말했었다. 케이트는 손가락에 반지를 끼고 지갑을 도로 가방에 넣었다.

그들은 모든 교차로를 정지신호로 바뀌는 순간에 지나면서 노스찰스 가를 내달렸다. 꽃이 만발한 벚나무들과 서양배나무들을 지나칠 때, 나무 아래 바닥에 분홍색과 흰색 꽃잎이 흩어져 있었다. 존스홉킨스 대학교 주변 공사장에 가까워지자 표트르는 방향지시등도 켜지 않고 성급히 찰스 가를 벗어나다가, 피크닉 바구니를 든 젊은 사람들을 칠 뻔했다. 이제 거의 1시가 다 되어서 온 세상이 점심을 먹으러 나온 것 같았다—다들 웃으며 친구들을 부르고, 서두르는 기색 없이 유유자적 거닐었다. 표트르는 나직 하게 욕설을 내뱉으면서 창문을 닫았다.

머피 부인의 집 앞에서 그는 인도에 타이어가 닿도록 주차하고 시동을 껐다. 그는 문을 열고 내려서 문을 닫으려고 했다. 케이트 가 기어박스를 지나 운전석으로 건너와서 차에서 내리려다가 문 에 발목이 낄 뻔했다.

"조심해요!"

그녀가 표트르에게 외쳤다. 그러자 그는 적어도 물러서서 케이 트가 내리기를 기다리는 예의는 차렸지만, 여전히 아무 말도 하 지 않았다. 그녀가 차에서 내리자 표트르는 불필요하게 힘껏 문 을 닫았다.

그들은 골목에 겹겹이 뿌려진 연분홍 꽃잎들을 밟았다. 벽돌 계단 세 개를 올라 현관 앞 계단 꼭대기에 올라섰다. 표트르는 앞 주머니를 더듬었다. 그러더니 뒷주머니를 더듬었다. 그가 중얼댔 다.

"미치겠네."

그는 초인종에 손가락을 대고 꾹 눌렀다.

처음에는 아무도 나오지 않을 것 같았다. 하지만 마침내 안에 서 삐걱 소리가 나더니 리우 부인이 문을 열어젖히고 물었다.

"왜 초인종을 눌러요?"

그녀는 케이트가 처음 만나러 온 날과 똑같은 차림새로 보였지만, 이제 얼굴에 웃음기가 없었다. 리우 부인은 케이트에게는 눈길도 주지 않고, 표트르를 사납게 노려보면서 말했다.

"머피 부인은 낮잠을 자는 중인데요."

"난 머피 부인을 원하는 게 아니에요. 난 집에 들어가고 싶은 거라고요!"

표트르가 큰 소리로 말했다.

"집에 들어올 열쇠가 있으면서!"

"차에 열쇠를 놔두고 잠갔거든요!"

"또? 또 그래요?"

"**윽박지르지** 마세요! 너무 무례하네요!"

그러더니 그는 그녀를 밀다시피 들어가 곧장 쿵쾅대며 층계를 올라갔다.

케이트가 리우 부인에게 말했다.

"미안합니다. 성가시게 해 드릴 의도는 없었어요. 월요일에 여벌 열쇠를 만들면 다시는 이런 일이 없을 거예요."

"너무 무례한 건 **그 사람**이라고."

리우 부인이 말했다.

"그이가 몹시 힘든 날을 보내서 그래요."

"힘든 날이 하루 이틀도 아니고."

리우 부인이 투덜댔다. 하지만 마침내 뒤로 물러나서 케이트가 집에 들어가게 해 주었다. 뒤늦게 리우 부인이 물었다.

"결혼식은 했어요?"

"네."

"축하해요."

"고맙습니다."

케이트가 인사했다.

케이트는 리우 부인이 그녀를 안쓰러워하지 않기를 바랐다. 일전에는 부인이 표트르를 무척 좋아하는 것처럼 굴었지만, 이제 보니 둘은 원수지간인 듯했다.

표트르가 3층으로 가는 계단에 이르렀을 때 케이트가 그를 따라잡았다. 케이트는 앞질러서 그녀가 쓸 방으로 향했다. 거기 가방을 둘 작정이었다. 등 뒤에서 표트르가 말했다.

"비상 열쇠들이 어디 있더라?"

그녀는 걸음을 멈추고 뒤돌아섰다. 표트르는 계단참에 멈춰 서서 사방을 두리번거렸다. 계단참은 가구류나 그림, 심지어 벽에 고리 하나 없이 썰렁해서 열쇠를 찾아볼 만한 곳이 아닌 듯했다. 그럼에도 표트르는 당황한 표정을 짓고 거기 서 있었다.

케이트는 '비상 열쇠들이 어디 있는지 **내가** 어떻게 알아요?'라고 대꾸하고 싶은 마음을 눌렀다. 그녀는 가방을 바닥에 내려놓고 물었다.

"열쇠를 어디 보관하는데요?"

"주방 서랍에요."

그가 대답했다.

"그럼 우리 주방 서랍을 찾아봐요."

케이트가 말했다. 발끈한 인상을 주지 않으려고 평소보다 느리고 담담하게.

그녀가 앞장서서 주방으로 가서, 조리대 밑의 덜컹대는 흰 철제 서랍들을 열기 시작했다. 한 서랍에는 싸구려 나이프, 포크, 숟가락, 한 서랍에는 여러 가지 조리 기구, 한 서랍에는 행주가 들어 있었다. 그녀는 다시 조리 기구 서랍을 살폈다. 그녀라면 그런 곳에 열쇠를 두지 않을 테지만, 그래도 거기 있을 가능성이 그나마 커 보였다. 뒤집개 몇 개, 거품기, 손잡이를 돌리는 거품기 사이를 덜컥대면서 뒤지는데…… 표트르는 도와주려고 나서지 않고 양팔을 늘어뜨린 채 서서 구경만 했다.

"여기 있네요."

마침내 케이트가 알루미늄 샤워 커튼 고리를 위로 들었다. 거기 집 열쇠와 폭스바겐 열쇠가 매달려 있었다.

표트르가 말했다.

"아!"

그는 얼른 열쇠로 손을 뻗었지만, 케이트가 한 걸음 물러나서 열쇠 꾸러미를 뒤로 감추었다.

그녀가 말했다.

"우선 당신은 경찰에 전화해서 버니에 대해 이야기한 건 착각이었다고 말해야 해요. **그런 다음에** 열쇠를 받을 수 있어요."

"뭐예요? 아뇨. 열쇠를 이리 줘요, 캐서린. 난 남편이고 난 열쇠를 이리 달라고 말해요."

"난 아내고 안 된다고 말해요."

케이트가 맞받아쳤다.

그녀는 표트르가 열쇠를 빼앗으려고 몸싸움을 벌일 수도 있겠다고 짐작했다. 또 그런 생각이 얼굴에 떠오르는 것을 봤다고 상상했다. 하지만 결국 표트르가 말했다.

"경찰에 아마 버니는 채식주의자가 아닐 거란 말만 할 거예요. 됐어요?"

"버니가 생쥐들을 가져가지 않았다고 말해요."

"당신은 버니가 생쥐들을 가져가지 않았다고 **생각한다**고 경찰에 말할게요."

케이트는 그게 희망을 가질 수 있는 최선이라고 결정했다.

"그럼 그렇게 해요."

케이트가 말했다.

표트르는 반바지의 오른쪽 앞주머니에서 휴대폰을 꺼냈다. 그러고 나서 뒷주머니에서 지갑을 꺼냈다. 그가 명함 한 장을 빼냈다.

"내 사건을 맡은 수사관한테 개인적으로 전화할 거예요."

그는 으스대며 말하면서 케이트가 볼 수 있게 명함을 위로 들었다. 표트르가 그녀에게 물었다.

"이 이름은 어떻게 발음해요?"

케이트가 명함을 들여다보았다.

"매컨로."

그녀가 말했다.

"매컨로."

그는 휴대폰을 켜고 잠시 화면을 쳐다보더니 전화를 거는 힘든 과정을 시작했다.

케이트가 서 있는 자리에서도, 신호음이 한 번 울린 후 녹음된 남자 목소리가 들렸다.

그녀가 표트르에게 말했다.

"그 사람은 분명히 휴대폰을 꺼 놓았을 거예요. 메시지를 남겨요."

표트르는 전화기를 내리고 놀라서 그녀를 쳐다보았다.

"그가 전화기를 **껐다**고요?"

표트르가 물었다.

"그래서 그렇게 빨리 음성 메시지로 넘어가는 거예요. 메시지를 남겨요."

"하지만 수사관이 나한테 밤이든 낮이든 전화하라고 했는데요. 이건 개인 번호라고 했어요."

"정말이지, 못 살아."

케이트가 중얼댔다. 그리고 전화기를 빼앗아서 귀에 댔다. 그녀가 전화기에 대고 말했다.

"매컨로 수사관님, 케이트 버티스타라고 해요. 표트르 셰르바코프 대신 전화드렸어요. 연구소 침입 사건 때문에. 그가 수사관님에게 제 여동생 버니가 용의자일 가능성이 있다고 말했지만, 그건 그가 버니를 채식주의자인 줄 알아서였어요. 그런데 그게 아니에요. 동생은 고기를 먹어요. 또 어젯밤 내내 집에 있었고, 동생이 밤중에 집 밖에 나갔다면 제가 알았을 거예요. 그러니 용의자 명단에서 버니는 제하셔도 됩니다. 고맙습니다. 안녕히 계세요."

케이트는 전화를 끊고 전화기를 표트르에게 돌려주었다. 메시지가 녹음 시간을 초과하지 않았는지 알 수 없는 노릇이었다.

표트르는 전화기를 주머니에 넣었다. 그가 말했다.

"수사관은 내게 '여기 내 명함입니다'라고 말했어요. 나한테 '더 생각나는 게 있으면 언제든 전화 주세요'라고 말했다고요. 그런데 이제 전화를 안 받다니! 더는 못 참아요, 더는 못 견디겠네. 오늘이 내 인생 최악의 날이에요."

어처구니없는 생각인 줄 알지만 케이트로서는 모욕당한 기분이 드는 것은 어쩔 수가 없었다.

그녀가 말없이 열쇠 꾸러미를 내주었다.

"고마워요."

표트르가 무심하게 말했다. 그러더니 이렇게 덧붙였다.

"저기, 고마워요."

어색한 '저기'란 말이 말투를 약간 부드럽게 만들었다. 그가 손으로 자기 얼굴을 슬쩍 만졌다. 풀 죽고 지친 얼굴이었고, 갑자기 나이 들어 보였다.

표트르가 말했다.

"당신한테 이런 말을 한 적이 없지만 여기서 지낸 3년은 힘든 시간이었어요. 외로운 세월이었죠. 곤혹스럽고. 다들 미국에서 지내는 게 무슨 선물이라도 되는 것처럼 굴지만 백 퍼센트 선물만은 아니에요. 미국인들은 딱 오해하기 좋게 말해요. 아주 친절해 보이고, 처음부터 이름을 부르죠. 그들은 아주 편하고 격의 없어 보여요. 그러다가 전화를 꺼 버리죠. 난 미국인들이 이해되지 않아요!"

그와 케이트는 한 걸음도 안 되는 거리에서 마주 보고 있었다. 그녀는 표트르의 반짝이는 가는 금색 수염과 파란 눈에 박힌 작은 갈색 점들을 볼 수 있을 만큼 가까이 있었다.

표트르가 물었다.

"혹시 언어 때문일까요? 난 단어를 알지만 내가 원하는 방식으로 언어를 구사하지 못해요. 내가 말하는 사람이 바로 당신일 때 그 '당신'을 칭하는 특별한 단어가 없어요. 영어에는 오직 하나의 '당신'만 있고, 당신에게 말하든 모르는 사람에게 말하든 똑같이 '당신'이라고 해야 해요. 내 친밀감을 표현할 수가 없어요. 난 이 나라에서 집이 그립지만, 지금 내 모국에 있다 해도 집을 그리워할 거라고 생각해요. 이제 돌아갈 집이 없으니까—친척도 없고, 지위도 없고, 내 친구들은 나 없이 3년이나 살았어요. 내게는 아무 **곳**도 없어요. 그래서 나는 여기서 괜찮은 척해야 해요. 모든 게…… 어떻게 표현하죠? 끝내주게 좋은 척해야 된다고요."

케이트는 몇 주 전, 아버지가 얼마나 지난한 길이었는지 털어놓으면서 고백했던 게 떠올랐다. 남자들은 고통을 깊숙한 곳에 묻어 둬야 된다는 믿음에 사로잡혀 있었다. 그들에게 괴로움을 인정하는 것은 수치스러운 일인 듯했다. 그녀는 손을 뻗어서 표트르의 팔을 잡았지만, 그는 의식하는 기미를 보이지 않았다.

"아침 식사도 하지 않았겠네요. 그래서 그런 거죠! 당신은 배가 고픈 거예요. 내가 뭘 좀 만들어 줄게요."

그녀가 말했다. 생각나는 말은 그것밖에 없었다.

"먹고 싶지 않아요."

표트르가 대답했다.

교회에서 케이트는 그런 와중에도 그가 결혼식을 진행하려 한 것은…… 음, 그녀를 좋아해서라고, 조금은 좋아하기 때문일 거라고 생각했었다. 그런데 지금 그는 케이트를 쳐다보지도 않았다. 표트르는 케이트가 그의 팔을 잡고 이렇게 가까이 있어도 전혀 개의치 않는 듯했다.

"난 생쥐들을 돌려받고 싶을 뿐이에요."

표트르가 말했다.

케이트는 손을 내렸다.

그가 말했다.

"난 도둑이 버니라면 **좋겠어요**. 그러면 버니가 쥐들이 어디 있는지 말해 줄 수 있으니까."

케이트가 대답했다.

"내 말을 믿어요, 표트르. 버니가 한 일이 아니에요. 버니는 모방꾼에 불과해요! 에드워드 민츠에게 살짝 반했다고 할까, 그래서 에드워드가 채식주의자라고 말하니까……"

그녀는 잠시 말을 멈추었다. 여전히 표트르는 그녀를 쳐다보거나 그녀의 말을 듣고 있지 않는 듯했다. 케이트가 다시 중얼댔다.

"어머, 에드워드였네요."

그러자 그는 케이트 쪽으로 홱 눈을 돌렸다.

그녀가 말했다.

"에드워드는 연구소 위치를 알아요. 저번에 버니가 아버지 도시락을 가져다주러 갈 때 그가 연구소에 같이 갔어요. 버니가 비밀번호를 누를 때 틀림없이 에드워드가 뒤에서 봤을 거예요."

표트르는 왼손에 든 열쇠 꾸러미를 갑자기 위로 던졌다가 다시 받았다. 그가 주방에서 나갔다.

케이트가 불렀다.

"표트르?"

그녀가 계단참에 도착할 즈음 표트르는 계단의 중간쯤에 있었다.

케이트가 난간 너머로 소리쳤다.

"어디 가는 거예요? 점심시간이 끝날 때까지 기다렸다가 수사관에게 전화해서 말하면 되잖아요. 어떻게 할 생각이에요? 내가 같이 가도 돼요?"

그러나 샌들을 신은 그가 계단으로 내려가는 소리만 들릴 뿐이었다.

케이트는 표트르가 그녀를 데려가게 **만들어야** 했다. 그를 쫓아 달려가서 차에 올라타야 했다. 어쩌면 상한 감정이 그녀를 붙잡았다. 결혼식 이후 표트르는 노골적이게 독단적으로 굴었다. 마치 이제 결혼했으니 멋대로 그녀를 대해도 된다고 생각하는 것 같았다. 표트르는 그녀가 그놈의 열쇠를 찾아 준 게 얼마나 도움이 됐는지, 혹은 먹을 것을 만들겠다고 제안하다니 얼마나 친절한지 인사조차 하지 않았다.

케이트는 계단에서 몸을 돌려 복도를 지나 거실로 갔다. 창문으로 가서 아래 거리를 내려다보았다. 인도에 바짝 붙어 있던 폭스바겐이 이미 도로 쪽으로 움직이고 있었다.

영화에서 여자들은 늘 냉장고에 있는 잡다한 재료로 즉석에서 멋진 요리를 척척 만들었다. 하지만 케이트는 표트르의 냉장고에 있는 재료로 뭘 어떻게 할지 난감했다. 마요네즈 한 병, 맥주 몇 캔, 달걀 한 판과 시들어 빠진 셀러리만 달랑 들어 있었다. 또 둘둘 만 맥도날드 봉지가 있었지만 뭐가 들었는지 볼 엄두가 나지 않았다. 조리대에 놓인 과일 그릇에는 까만 점이 생긴 바나나 한 개가 있었다. 표트르가 '기적의 음식' 운운하는 소리가 귓가에 생생했다. 그가 맥도날드와 KFC를 좋아하는 걸 보면 이상한 말이긴 했다. 조리대 위쪽 찬장을 살펴보니 빈 용기들이 줄줄이 놓여 있었다―유리병, 단지, 물병이 말끔히 씻겨 간수되어 있었다. 누가 보면 표트르가 병조림이라도 만들 계획인 줄 알 터였다.

그녀는 스크램블드에그밖에 못 만들겠다고 생각했지만 그때 버터조차 없다는 것을 깨달았다. 버터 없이 스크램블드에그를 만들 수 있을까? 케이트는 그런 모험은 하지 않을 작정이었다. 그렇다면 데빌드에그*. 적어도 마요네즈는 있으니까. 스토브 아래 서랍에서 찾은 찌그러진 소스 팬에 달걀 네 개를 넣어 물을 붓고 끓였다.

케이트는 그가 어리석은 짓을 저지르지 않기를 바랐다. 표트르가 경찰에 전화했으면 됐을 텐데. 하지만 아마 그가 간 곳이 바로 거기리라. 직접 경찰서에 찾아가거나, 아버지와 상황을 점검하려고 연구소에 갔겠지.

그녀는 거실로 돌아가서 별다른 이유 없이 다시 창밖을 내다봤다.

표트르가 서재에서 책상을 옮겨 와서 이제 거실은 썰렁한 기운이 덜했다. 전에 서재에 있었음이 분명한 잡다한 물건들이 잔뜩 있었다―컴퓨터 장비 외에 광고 우편물, 책 더미, 둘둘 감긴 연장용 전선. 케이트는 벽걸이용 달력을 집었다. 표트르가 결혼식 날짜에 메모했는지 궁금했지만, 달력은 여전히 2월이었고 날짜마다 빈칸이었다. 그녀는 달력을 다시 책상에 내려놓았다.

계단참으로 다시 나가서 가방을 챙겨 그녀의 방으로 가져갔다.

✦ 삶은 달걀의 노른자를 머스터드, 마요네즈 등으로 매콤하게 맛을 낸 음식.

표범 무늬 커버는 보이지 않았다. 소파베드는 커버를 벗겨 내서 녹 얼룩이 있는 파란색과 흰색 줄무늬 매트리스가 드러났다. 커버를 벗긴 쿠션이 소파 옆 바닥에 떨어져 있었다. 표트르가 새 리넨 정도는 씌울 수 있지 않았을까?—그녀에게 더 환영하는 느낌을 주려고 노력할 수는 없었을까? 그녀의 천 가방이 옷장에 걸려 있었고, 결혼 선물들이 담긴 상자는 화장대에 있었지만, 케이트는 여기 사는 느낌을 갖는 걸 상상할 수가 없었다.

방 안 공기에 다락방 같은 냄새가 배어 있어서 창으로 가서 창문을 열려고 했지만 좀처럼 열리지 않았다. 결국 포기하고 다시 주방으로 갔다. 달걀이 다 삶겼는지 쳐다봤지만 본다고 알 수 있을까? 집에서는 전에 라킨 부인이 일할 때부터 쓰던 달걀이 삶기면 색이 변하는 플라스틱 기구로 확인했다. 그래서 달걀을 몇 분 더 불에 올려 두고 그사이 플라스틱 믹싱 볼에 숟가락으로 마요네즈를 담고, 식탁에 있는 소금 통과 후추 통을 흔들어 소금과 후추로 간했다. 그런 다음 다시 점검에 들어가 조리대 아래 찬장들을 다 들여다봤지만 거의 빈 상태였다. 점심을 먹은 후 선물 상자에 든 주방용품들을 풀어야 될 터였다. 그 생각을 하자 기분이 좀 나아졌다. 일거리가 생겼으니까! 케이트는 초록색 머그컵들을 어디 두면 좋을지 알았다.

달걀을 삶은 스토브의 불을 끄고, 냄비를 개수대로 가져가서 찬물을 틀어 달걀을 손으로 만질 수 있을 정도까지 식혔다. 첫 번째 달걀의 껍데기를 벗기기 시작하면서 흰자의 감촉으로 잘 익었음을 알 수 있었다. 하지만 운이 거기까지였는지 껍데기가 날카롭게 조각조각 부서지고 쑥 벗겨지지 않고 흰자가 붙은 채로 떨어졌다. 결국 껍데기를 깐 달걀은 원래의 절반 크기인 데다 표면이 파이고 울퉁불퉁했으며, 그녀는 손끝을 베여 피가 났다. "미쳐"라고 중얼대면서 달걀을 수돗물로 헹궈서 공중에 들고 살폈다.

좋아, 그럼 달걀 샐러드를 해야지.

이것은 현명한 결정으로 판명되었다. 나머지 달걀 세 개 모두 껍데기를 벗긴 후 똑같이 엉망이 되었으니까. 케이트는 삶은 달걀을 들지 않는 칼로 다진 다음 셀러리를 다졌다. 도마를 찾을 수가 없어서 대신 조리대를 도마로 써야 했다. 셀러리는 거의 전부 벗겨서 개수대 아래 있는 쓰레기통에 버려야 했다. 속심마저도 약간 무른 상태였다.

결혼 선물로 받은 샐러드 볼이 생각나서 가지러 다시 방으로 갔다. 볼 안에 드림캐처가 담겨 있었다. 케이트는 그것을 꺼내서 위로 들고, 방 가운데서 천천히 빙그르르 돌면서 어디 매달지 고심했다. 침대 바로 위 천장에 매다는 게 이상적일 듯했지만, 그러려면 일이 많을 것 같았고 표트르가 망치와 못을 갖고 있을 것 같지 않았다. 그녀는 창문 쪽을 쳐다보았다. 노란 종이 블라인드가 걸려 있었는데, 브래킷 사이에 철제 봉이 있는 걸 보면 예전에 커튼을 드리웠음이 확실했다. 케이트는 드림캐처를 내려놓고 구석의 안락의자 앞에 있는 오토만을 끌고 왔다. 구두를 벗고 오토만에 올라가서 드림캐처를 커튼 봉에 매달았다.

그녀는 표트르가 이런 것을 본 적이 있을지 궁금했다. 아마도 그는 드림캐처를 독특하게 여기겠지. 하긴 독특하긴 **했다**. 표트르는 팔짱을 끼고 고개를 갸우뚱하면서 오랫동안 말없이 살필 것이다. 항상 사물들은 그의 관심을 끄는 듯했다. 그는 늘 그렇게 밀착해서 그녀를 주시하는 것 같았다―적어도 오늘 이전까지는 그랬다. 케이트는 관심에 익숙하지 않았지만 불쾌한 기분이 든다고는 말할 수 없었다.

오토만에서 폴짝 뛰어 내려와 의자를 원래대로 안락의자 앞에 갖다 놓고, 다시 구두를 신었다.

경찰이 에드워드를 체포하러 그의 집으로 가면서 표트르를 동행시켰을 가능성이 있을까?

거의 2시 30분이 되었다. 결혼 피로연이란 것은 5시로 잡혀 있었다. 아직은 시간이 넉넉하다는 뜻이었지만, 한편으로 셀마 이모의 집은 말이 뛰노는 외곽 지역에 있었고 표트르는 가기 전에 씻고 옷을 갈아입어야 될 터였다. 케이트는 연구소 사람들이 툭하면 시계 보는 걸 잊는다는 것을 잘 알았다.

어쩌면 그는 영장인가 진술서인가 하는 것을 작성해야 될 터였다.

그녀는 나머지 결혼 선물들을 풀어서 주방에 자리를 찾아 넣었다. 가방에 든 소지품을 서랍장에 넣으면서 처음에는 정신이 없었지만, 시간이 넉넉하다고 느끼자 모든 물건을 차곡차곡 재배치했다. 손가방에 담긴 물건들도 꺼냈다—솔빗과 빗은 서랍장 위에 올려놓고, 칫솔은 욕실로 가져갔다. 표트르의 칫솔이 담긴 통에 그녀의 칫솔을 넣으려니 왠지 너무 스스럼없는 것 같아서, 주방에 가서 젤리 병을 가져와 그녀의 칫솔을 담아서 욕실 창틀에 올려놓았다. 욕실 장은 없었지만 세면대 위의 좁은 나무 선반에 면도용품, 빗, 치약이 놓여 있었다. 이 치약을 둘이 같이 사용하게 될까? 그녀가 자기 치약을 가져왔어야 했나? 정확히 어떻게 생활비를 분담해야 될까?

두 사람이 의논해야 될, 미처 생각 못 한 사항이 아주 많았다.

샤워 부스 옆 철제 수건걸이에 사용한 것 같은 목욕 수건과 세면 수건이 걸려 있었고, 변기 옆 다른 수건걸이에는 완전히 새것인 목욕 수건과 세면 수건이 걸려 있었다. 그녀를 위해 준비했음이 분명했다. 그것을 보자 케이트는 침실의 매트리스 때문에 속상했던 마음이 조금 누그러졌다.

이제 3시가 지났다. 그녀는 가방에서 핸드폰을 꺼내서 확인했다. 혹시 그의 연락을 못 받았는지 염려됐지만 메시지는 없었다. 그녀는 전화기를 도로 집어넣었다. 음식을 만들어서 혼자 먹을 작정이었다. 갑자기 배가 고팠다.

주방에 가서 이가 빠진 흰 접시에 달걀 샐러드를 조금 떠 담았다. 포크를 꺼내고 냅킨을 찾을 수가 없어서 키친타월을 뜯어 식탁에 앉았다. 하지만 음식을 내려다보니 노른자 조각에서 새빨간 반점이 눈에 띄었다. 그녀의 피였다. 다른 반점이, 또 다른 반

점이 계속 보였다. 사실 달걀 샐러드는 억지로 만들었고 정갈해 보이지 않았다―너무 주물럭댔다. 그녀는 일어나서 접시에 담긴 샐러드를 쓰레기통에 넣고, 볼에 담긴 나머지도 버린 다음 키친타월을 덮어서 보이지 않게 했다. 주방에 식기세척기가 없어서 수돗물을 틀고 그릇들을 헹궈 새 키친타월로 닦아 치워 두었다. 그렇게 증거를 없앴다.

남녀 공용 기숙사 생활은 이보다 훨씬 재미있었다는 생각이 스쳤다. 또 (왼손을 내려다보니) 화이트골드와 옐로골드가 전혀 어울리지 않았다. 무슨 생각으로 패션에 대해 아버지의 조언에 따랐을까? 사실 손톱이 짧고 깔쭉깔쭉하고 정원의 흙이 끼어 있는 사람들은 반지를 끼지 않았다.

냉장고에서 캔 맥주를 꺼내 뚜껑을 따서 쭉 마시고, 맥주를 들고 다시 계단참으로 나갔다. 표트르의 방 쪽으로 슬슬 걸어갔다. 문이 닫혀 있었지만 그게 뭐 어때서. 손잡이를 돌리고 안으로 들어갔다.

그의 침실은 아파트의 다른 부분처럼 가구가 별로 없고 정돈이 잘되어 있었다. 자리를 잡지 않은 살림살이는 방 가운데 세워 둔 다리미대밖에 없었다. 그 위에 다리미가 놓여 있고, 폭이 좁은 끝 쪽에 빳빳한 흰 와이셔츠가 걸려 있었다. 이것은 케이트에게 새 수건들과 똑같은 효과를 발휘했다.

창문 아래 더블베드에 모텔에서 쓰는, 자수된 금실이 너덜너덜한 빨간 새틴 이불이 깔려 있었다. 헤드보드에는 집게 달린 독서 램프가 아슬아슬하게 걸려 있었다. 침대 옆 탁자에는 아스피린 병과 케이트의 사진이 담긴 금색 액자가 있었다. 케이트의 사진? 그녀는 액자를 집어 들었다. 세상에, 케이트와 표트르였다. 다만 그녀가 앉은 스툴이 표트르의 보통 의자보다 높아서 그녀가 사진의 대부분을 차지했다. 케이트는 놀란 표정을 지어서 이마에 이상한 주름이 생겼고, 벅스킨 재킷 속의 티셔츠는 흙 얼룩이 있었다. 남에게 보일 만한 사진이 아니었다. 아버지가 찍은 다른 사진들―실물보다 조금 나은 사진도 몇 장 있었다―과의 차이는 이게 처음 찍은 사진이라는 점이었다. 두 사람이 처음 만난 날 찍은 사진이었다.

케이트는 잠시 생각에 잠겼다가 액자를 탁자에 내려놓았다.

서랍장 위에는 먼지 낀 컷워크[*] 덮개가 깔려 있었다. 리우 부인의 솜씨일 터였다. 또 동전 몇 개와 안전핀 한 개가 담긴 접시가 있었다. 그 외에 아무것도 없었다. 서랍장 위에 걸린 호두나무 틀 거울은 너무 낡아서 거즈 사이로 얼굴을 보는 느낌이었다― 갑자기 얼굴이 창백하고 검은 머리카락은 거의 잿빛으로 보였다. 케이트는 맥주를 한 번 더 들이켜고 서랍 하나를 열었다.

케이트는 남의 사적인 공간을 기웃거리면 마음의 상처를 입을 물건을 발견하는 벌을 받는다는 미신을 믿었다. 하지만 표트르의 서랍에는 얌전히 개어서 쌓아 둔 옷 몇 벌밖에 없었다. 그녀가 열

---

[*] 레이스 바탕의 오려 낸 자리에 무늬를 넣는 자수 기법.

댓 번은 본 긴팔 저지 상의 두 벌, 반팔 폴로셔츠 두 벌, 짝 맞춰 뭉친 양말 몇 켤레(파란색 정장용 양말 한 켤레를 제외하면 모두 골 진 흰 스포츠 양말), 4세반 남자애들의 속옷과 비슷한 흰 메리야스 팬티 몇 장, 유난히 어깨가 가까이 붙은 외국풍의 얇은 속셔츠 몇 장. 파자마는 없었다. 액세서리도 없고, 장식품도 없고, 야한 것도 없었다. 그녀가 표트르에 대해 알게 된 것은 가슴 찡한 검소한 생활이었다. 검소함, 그리고⋯⋯ 엄격함. 그런 표현이 연상되었다.

옷장에 표트르가 틀림없이 결혼식에 입고 갈 예정이었을 정장―광택이 도는 파란색―과 청바지 두 벌이 있었다. 청바지 한 벌에는 벨트가 끼워져 있었다. 노란색 번개 무늬가 있는 화려한 보라색 타이가 봉에 걸려 있고 갈색 정장용 구두가 바닥의 운동화 옆에 놓여 있었다.

케이트는 다시 맥주를 한 모금 마시고 방에서 나왔다.

주방으로 돌아와서 맥주를 단숨에 들이켜고, 표트르가 재활용품을 담는 것으로 보이는 종이봉투에 빈 캔을 던졌다. 냉장고에서 새 맥주 캔을 꺼내 들고 그녀의 방으로 돌아갔다.

곧장 옷장으로 가서 천 가방의 지퍼를 열고, 셀마 이모의 집에 입고 갈 예정인 원피스를 꺼냈다. 그녀의 옷 중 파티에 어울릴 디자인은 이것밖에 없었다―빨간 스쿠프 네크라인* 면 원피스. 케

✦ 깊이 파인 둥근 깃이 달린 디자인.

이트는 옷을 옷장 문고리에 걸고 뒤로 물러나서 살폈다. 표트르의 다리미로 다려야 될까? 하지만 번거로울 듯했다. 생각에 잠겨 맥주를 홀짝인 후 다림질은 포기했다.

이 침실의 벽 역시 다른 벽들처럼 썰렁했다. 벽에 뭔가 걸지 않으면 얼마나 휑해 보이는지 이제야 깨달았다. 무엇을 걸면 좋을지 궁리하면서 몇 분간 즐거움을 맛보았다. 집의 방에 붙어 있던 것들을 걸면 될까? 그러나 그 그림들은 너무 오래되었다—이제는 노래를 듣지 않는 록그룹들의 빛바랜 포스터들, 그녀가 농구를 하던 시절에 팀원들과 찍은 사진들. 새로운 뭔가를 찾아야 했다. 완전히 신선한 것으로.

그런데 이번에는 할 일이 있다는 사실이 활력을 주지 않았다. 갑자기 몹시 피곤해졌다. 맥주 때문일지 모르지. 혹은 지난밤에 잠을 설쳐서 고단하거나. 낮잠을 잘 수 있으면 좋을 텐데. 침대에 침구가 깔려 있다면 낮잠을 **잤을** 터였다. 그래서 구석에 있는 안락의자에 앉아 구두를 벗어 던지고, 다리를 쭉 펴서 오토만에 올렸다. 창문이 닫혀 있는데도 새가 노래하는 소리를 들을 수 있었다. 케이트는 그 소리에 집중했다. 새들이 '삐리리, 삐리리, 삐리리!'라고 노래하는 것 같았다. 눈꺼풀이 점점 무거워졌다. 맥주 캔을 바닥에 내려놓고 스르르 잠에 빠져들었다.

탁-탁-탁, 계단을 올라오는 발소리.

"켈로?"

계단참을 지나는 발소리.

"어디 있어요?"

표트르가 외쳤다. 그녀의 방 문간에 큰 작약이 도착했고, 그 뒤에 표트르가 있었다. 그가 다시 말했다.

"이런. 쉬고 있군요."

표트르가 나무 뒤에 있어서 얼굴이 보이지 않았다. 초록색 플라스틱 화분에 심은 작약에 이미 꽃봉오리가 몇 개 달려 있었다. 봉오리를 보니 흰 꽃이 필 터였다. 케이트가 일어나 똑바로 앉았다. 약간 혼란스러웠다. 낮에 맥주를 마신 게 실수였다.

"어떻게 됐어요?"

그녀가 물었다.

표트르는 대답 대신 말했다.

"당신 침대에서 쉬지 그랬어요?"

그러더니 그가 자기 옆머리를 찰싹 때리는 통에 작약 화분이 쏟아질 뻔했다. 표트르가 말을 이었다.

"침대 시트. 침구를 새로 샀는데, 새 침구에는 유해 화학물질이 있어서 세탁했어요. 그것들이 머피 부인의 건조기에 들어 있어요."

이 말을 들으니 이상하게 가슴이 뭉클했다. 케이트는 구두를 집어서 신었다.

"경찰에 말했어요?"

그녀가 물었다.

"경찰에 뭘 말해요?"

그가 대꾸했다. 상대를 짜증 나게 하는 어조였다. 표트르는 작약 화분을 바닥에 내려놓고 물러나서 손에 묻은 흙을 털었다. 그러더니 태연하게 중얼댔다.

"참, 생쥐들이 돌아왔어요."

"생쥐들이…… 돌아와요?"

"당신이 에디의 짓이라고 말하자 난 '맞아, 말이 되네. 에디의 짓이야'라고 생각했죠. 그래서 차에 올라타고 그의 집으로 달려가서 문을 두드려요. '내 쥐가 어디 있지?' 내가 그에게 물어요. '무슨 쥐요'라고 그가 말해요. 거짓 놀란 표정을 짓는 걸 난 바로 알아차려요. 난 '쥐들을 거리에 풀지 않았다는 말만 해 줘'라고 말해요. 그는 '거리라니! 정말 내가 그렇게 잔인할 거라고 생각해요?'라고 말해요. 나는 이렇게 말하죠. '쥐들이 어디 있든 우리에 들어 있다고 말해. 쥐들을 흔한 **시내**의 쥐들에게 노출하지 않았다고 말하라고.' 그는 뿌루퉁한 어두운 표정을 지어요. '그것들은 내 방에 안전하게 있어요'라고 말하죠. 그의 어머니가 나한테 고함을 치지만 난 상관하지 않아요. '경찰에 신고할 거예요!'라고 그녀가 소리치지만 난 곧장 위층으로 뛰어가서 그의 방을 찾아요. 높이 쌓인 우리들 안에 쥐들이 있어요."

"와."

케이트가 중얼댔다.

"이것 때문에 이렇게 오래 못 온 거예요. 에디가 쥐들을 연구소에 돌려주게 하느라고. 당신 아버지는 연구소에 계셨어요. 그가 날 포옹했어요! 안경 너머로 눈물이 고여 있더라고요! 그 후 에디가 체포됐지만 당신 아버지는, 그걸 뭐라고 하더라? 고소하지 않았어요."

"정말요! 어째서요?"

케이트가 물었다.

표트르는 어깨를 으쓱하면서 대답했다.

"긴 이야기예요. 수사관이 온 후에 우린 결정했어요. 이번에는 수사관이 전화를 받았죠! **진짜** 좋은 사람이에요. 친절한 사람이죠. 화분은 리우 부인이 준 거예요."

"뭐라고요?"

케이트가 물었다. 눈가리개를 하고 빙빙 도는 기분이었다.

"리우 부인이 나더러 이걸 당신에게 전해 달라고 부탁했어요. 결혼 선물이래요. 뒷마당에서 뽑은 거예요."

"그러니까 이제 부인이 괜찮나요?"

케이트가 물었다.

"괜찮나니요?"

"아까는 굉장히 화가 났잖아요."

"아, 그래요. 리우 부인은 내가 열쇠를 잊어버리면 늘 심하게 말하죠."

표트르가 태평하게 대꾸했다. 그는 창가로 가서 별로 애쓰는 기색 없이 창문을 위로 밀었다.

"아! 바깥 날씨가 좋네요! 우리가 늦지 않았나요?"

"뭐라고요?"

"파티가 5시 아니었어요?"

케이트는 손목시계를 힐끗 보았다. 5시 20분.

"이런, 어쩌면 좋아."

그녀가 중얼대면서 벌떡 일어났다.

"가요! 빨리 운전하면 돼요. 당신이 차에서 이모님에게 전화드려요."

"하지만 난 옷을 갈아입지 않았는데요. **당신도** 갈아입지 않았고요."

"우리 그대로 가요. 가족이잖아요."

케이트가 양팔을 벌리니 낮잠을 자느라 원피스 앞부분에 생긴 주름이 드러났고, 옷단에 묻은 마요네즈 얼룩이 보였다. 그녀가 말했다.

"잠깐만 시간을 줘요, 알았죠? 원피스가 엉망이에요."

"아름다운 원피스인데요."

표트르가 말했다.

그녀는 원피스를 내려다보다가 팔을 내렸다. 케이트가 말했다.

"그래요, 아름다운 원피스예요. 당신 뜻대로 해요."

하지만 표트르는 이미 계단참에 나가서 계단을 내려가고 있었다. 케이트는 그를 따라잡기 위해 달음질해야 했다.

12

바닥까지 끌리는 꽃무늬 드레스를 차려입은 셀마 이모가 문을 열어 주었다. 케이트가 서 있는 자리까지 이모의 향수 냄새가 진동했다.

"어서 와라, 우리 신랑 신부!"

셀마 이모가 외쳤다. 그녀는 두 사람의 차림새에 경악하지 않았을 리 없지만 기분을 잘 감추었다. 셀마 이모는 베란다로 나와서 케이트와 뺨을 맞댄 다음 표트르와 뺨을 맞댔다. 그녀가 다시 말했다.

"결혼 피로연에 온 걸 환영한다!"

"감사합니다, 셀 이모님."

표트르가 말했고, 그가 열정적으로 포옹하는 바람에 셀마 이모가 넘어질 뻔했다.

"너무 늦어서 죄송해요. 저희가 옷을 차려입을 시간이 없어서 유감이에요."

케이트가 말했다.

"자, 너희가 이렇게 왔고 그게 가장 중요하지."

이모가 말했다―케이트가 예상한 반응보다 한결 누그러진 태도였다. 셀마 이모는 표트르가 헝클어뜨린 머리 장식의 옆 부분을 두드리면서 말을 이었다.

"뒤쪽으로 나가자꾸나. 다들 한잔하고 있단다. 날씨가 이렇게 좋으니 우리가 운이 좋았지!"

그녀는 몸을 돌려 앞장서서 2층 높이의 현관홀을 지나갔다. 크리스마스트리를 엎은 모양의 웅장한 크리스털 샹들리에가 홀 중앙에 매달려 있었다. 표트르는 걸음을 늦추고 잠깐 눈부신 표정으로 샹들리에를 올려다보았다. 몇 부분으로 이루어진 소파들이 코뿔소 무리처럼 넓은 거실 공간을 채웠고, 두 개의 커피 테이블 모두 더블베드만 한 크기였다.

"케이트의 아버지한테 얼마나 사건이 많은 날이었는지 듣던 참이었어요, 피요더."

셀마 이모가 말했다.

"**진짜** 사건이 많았지요."

표트르가 맞장구쳤다.

"제부가 평소에 비하면 아주 말이 많네. 우린 생쥐에 대해서 놀라운 사실을 아주 많이 배웠어."

그녀가 테라스로 나가는 프렌치 도어를 열었다. 일몰은 아직 멀었지만 나무들에 매달린 종이 등에 불이 켜지고, 모든 테이블에서 그물로 싼 초들이 빛났다. 케이트와 표트르가 판석에 발을 내딛자 손님들이 일제히 고개를 돌려서, 실제 인원보다 훨씬 많아 보였다. 케이트에게 그들의 관심이 갑자기 얼굴에 부는 바람처럼 강하게 다가왔다. 그녀는 걸음을 우뚝 멈추고, 가방을 아래로 내려 마요네즈 얼룩을 감추었다.

"두 사람이 왔네요!"

셀마 이모가 명랑하게 말하고, 당당하게 한 팔을 내밀면서 말을 이었다.

"소개합니다…… 체르바코프와 체르바코바 부부입니다! 둘이 이름을 어떻게 부를지 모르겠지만."

사람들은 "아!"라고 중얼대면서 박수를 치는 시늉을 했다. 대부분 와인 잔을 들고 있어서 손가락으로 손목만 두드렸다. 케이트의 옛 친구 앨리스는 지난번 만난 이후로 살이 붙었고, 그녀의 남편은 팔로 아기를 받쳐서 안고 있었다. 시어런 외삼촌은 교회와 전혀 어울리지 않는 카키색 바지와 알로하셔츠 차림이었지만, 그 외의 남자들은 모두 정장을 입었다. 또 여자들은 겨울을 보내느라 하얘진 팔과 다리를 드러낸 봄 원피스 차림이었다.

닥터 버티스타가 가장 요란하게 박수를 쳤다. 그는 술잔을 테이블에 올려놓고 양손으로 손뼉을 쳤는데, 감격해서 얼굴이 빛났다. 테라스 맨 끝에 있는 버니는 손뼉을 치지 않았다. 버니는 펩시 캔을 손에 쥐고 표트르와 케이트를 원수처럼 노려보았다.

"좋아요, 여러분. 우리 샴페인으로 바꿉시다."

바클리 이모부가 큰 소리로 말했다. 그가 거품이 일어난 술잔 두 개를 들고 표트르와 케이트 앞으로 왔다. 바클리 이모부가 두 사람에게 말했다.

"쭉 마시라고, 고급 샴페인이야."

"감사합니다."

케이트가 술잔을 받으면서 말했고, 표트르도 인사했다.

"고맙습니다, 바크 이모부님."

"**자네는** 막 침대에서 나온 모습이군, 피요더."

바클리 이모부가 엉큼하게 키득대면서 말했다.

"이게 최신 유행 패션이거든요. 이 사람이 꼼데가르송에서 산 옷이에요."

케이트가 이모부에게 말했다.

"뭐라고?"

그녀는 샴페인을 쭉 마셨다.

"너랑 피요더랑 더 가까이 서 보겠니?"

아버지가 케이트에게 말했다. 그는 양손으로 휴대폰을 들고 말을 이었다.

"내가 예식 사진을 하나도 안 찍었다니 어이가 없어서 정말. 머릿속에 생각할 게 많았던 건 알지만…… 어쩌면 네 외삼촌이 우리를 위해 식을 다시 올려 줄 수 있겠지."

"아뇨."

케이트가 딱 잘라 대답했다.

"아니라고? 아, 그래. 네가 하자는 대로 해야지, 얘야. 오늘은 정말 기쁜 날이야! 민츠네 아들을 지목해 준 너에게 우리가 감사해야겠지. 나라면 그 아이일 줄 짐작도 못 했을 거야."

그는 눈을 가늘게 뜨고 휴대폰을 보면서 말했다.

닥터 버티스타는 말하면서 사진을 더 찍었고, 휴대폰을 다루는 품이 덜 엉성해 보이기 시작했다. 하지만 더 나은 결과물이 나올 가능성은 없었다. 케이트가 샴페인 잔에 코를 박았고 표트르는 셀마 이모가 내민 쟁반에서 카나페를 집느라 고개를 돌리고 있었으니.

"두 개 집어야겠는데요. 아침도, 점심도 못 먹었거든요."

표트르가 말했다.

셀마 이모가 말했다.

"세상에, 딱하기도 하지! 세 개 집어요. 루이스? 캐비아 먹을래요?"

"아니요, 신경 쓰지 마세요. 바클리, 나랑 신랑 신부가 같이 있는 사진 좀 찍어 주겠습니까?"

"그러지."

바클리 이모부가 대답했고, 동시에 셀마 이모는 남편에게 말했다.

"먼저 다들 샴페인을 받았는지 확인부터 해야죠. 케이트는 벌써 자기 술을 다 마셨는데 우린 아직 건배도 하지 않았다고요."

케이트는 죄책감을 느끼면서 술잔을 내렸다. 사실 그것은 바클리 이모부의 잘못이었다. 그녀에게 쭉 마시라고 권한 사람은 바로 이모부였다.

아버지가 말했다.

"이 일이 벌어진 이유를 아직 모른다는 게 마음에 걸리는군요. 이 동물 보호 사람들과 겪은 일 말이에요. 내 쥐들은 부러움을 살 만한 생활을 하거든요! 사실 쥐들보다 건강하지 않은 생활을 하는 인간도 많죠. 난 늘 쥐들과 아주 좋은 관계를 유지하고 지내는데."

"하긴, 좋은 관계인 상대가 전혀 없는 것보다는 그것들이라도 있는 게 낫겠네요."

셀마 이모가 말하고는 쟁반을 들고 저만치 갔다.

그녀의 아들 리처드가 아내와 나란히 그들 쪽으로 다가왔다. 리처드의 부인은 옅은 금발로 도자기 같은 피부와 진줏빛 도는 분홍 입술을 갖고 있었다. 케이트는 아버지의 소매를 잡아당기면서 속삭였다.

"얼른요, 리처드의 부인은 이름이 뭐죠?"

"지금 **나한테** 묻는 거냐?"

"L로 시작하는 이름인데. 레일라? 리아?"

"아무튼 간에!"

리처드가 쾌활하게 인사를 건넸다. 평소 그리 다정한 사람은 아니었다.

"축하해! 축하해요, 피요더."

리처드는 어울리지 않게 표트르의 등을 툭 치면서 말을 이었다.

"난 케이트의 사촌 리처드예요. 여기는 내 아내 지넷."

닥터 버티스타가 케이트에게 눈썹을 치떴다. 표트르가 인사했다.

"리치, 만나서 반갑습니다. 진, 만나서 반갑습니다."

케이트는 리처드가 못마땅해하며 조소하기를 기다렸지만 그는 상황을 그냥 넘겼다.

"우리가 드디어 이 아이를 시집보내다니 믿을 수가 없군. 온 가족이 안도감에 넋이 나갈 지경이라니까."

리처드가 말했다.

이 말로 그간 품었던 의심이 확인되자, 케이트는 심장이 찔린 느낌을 맛보았다. 그러자 지넷이 만류했다.

"아이 참, **리처드**."

그 말이 상황을 더 악화시켰다.

표트르가 말했다.

"저 역시 마음이 놓입니다. 케이트가 저를 좋아할지 몰랐거든요."

"아니, 당연히 좋아하겠지요! 케이트와 같은 부류가 맞죠?"

"제가 케이트와 같은 부류라고요?"

리처드는 갑자기 자신 없는 표정을 지었지만 이렇게 말했다.

"내 말은 배경이 같다고 할까, 그런 뜻이에요. 케이트가 성장한 과학적인 배경 말이죠. 그렇죠, 루이스 이모부?"

리처드는 그렇게 묻고 덧붙여 말했다.

"**정상적인** 사람이라면 여러분을 이해 못 하지요."

"정확히 어떤 걸 이해하기 힘들다는 거지?"

닥터 버티스타가 리처드에게 물었다.

"저기, 아시잖아요. 그 과학 전문 용어들 말입니다. 저는 도무지……"

"나는 자가면역질환을 연구하는 중이지. '자가면역'이 네 음절인 것은 사실이지만 단어를 분석해 보면……"

닥터 버티스타가 말했다.

케이트는 누군가 그녀의 허리를 팔로 감싸자 깜짝 놀랐다. 고개를 돌리니 앨리스가 옆에 서서 미소 짓고 있었다.

"축하해, 누구신지 모르겠지만."

"고마워."

케이트가 대답했다.

"난 이 행사를 절대 놓치지 않았을 거야. 그동안 어떻게 **지냈어**?"

"잘 지냈어."

"저기 있는 내 귀염둥이를 봤어?"

"그래, 알아봤지. 아들이야, 딸이야?"

앨리스는 얼굴을 찡그리고 대답했다.

"당연히 딸이지."

그러더니 그녀는 얼굴이 환해져서 말을 이었다.

"이제 너도 서둘러서 아이를 낳아. 그러면 두 아이가 같이 놀 수 있겠네."

"아이고."

케이트가 중얼댔다. 그녀는 카나페를 찾느라 두리번거렸지만, 카나페 쟁반은 테라스의 저쪽에 있었다.

"신랑 이야기 좀 해 봐! 어디서 만났어? 안 지 얼마나 됐는데? 네 신랑, 굉장히 섹시하다."

"아버지 연구소에서 일해. 서로 안 지는 3년 됐고."

케이트가 말했다. 이 말이 사실처럼 느껴지기 시작한다는 것을 깨달았다. 알고 지내면서 생긴 구체적인 추억이 기억날 것만 같았다.

"저기 있는 두 사람이 신랑 부모님?"

"뭐? 아, 아니야. 저분들은 고든 부부야. 우리 아래아래 집 이웃이지. 표트르는 부모님이 없어. 가족이 아무도 없어."

케이트가 대답했다.

"운이 좋네. 물론 **그에게는** 안된 일이지만 너한테는 행운이란 뜻이야. 씨름해야 되는 시댁 식구가 없으니 좋지. 언제 네가 내 시어머니를 만나면 무슨 말인지 금방 알걸."

앨리스는 남편에게 이를 드러내며 활짝 웃고 손가락을 흔들었다.

"시어머니는 저이가 신경외과 의사인 여자 친구와 결혼하지 않은 걸 아쉬워한다니까."

바클리 이모부가 테라스 한가운데로 나와서 큰 소리로 말했다.

"이제 다들 샴페인을 받았나요?"

사람들이 웅성댔다.

그가 말했다.

"그러면 건배 제의를 하고 싶습니다. 피요더와 캐서린! 두 사람이 이모와 나처럼 행복하기를."

여기저기서 환호성이 터졌고 모두 샴페인을 홀짝였다. 케이트는 어떻게 답해야 될지 몰랐다. 사실 건배를 해 본 적이 없었다. 그래서 참석자 모두에게 잔을 기울이며 목례를 했고, 그런 다음 표트르에게 시선을 돌려 **그가** 뭘 하는지 보았다. 표트르는 입이 양쪽 귀에 걸리도록 웃고 있었다. 그는 술잔을 아주 높이 들고 있다가 내리더니, 머리를 젖히고 단숨에 샴페인을 들이켰다.

셸마 이모는 정식 연회장이라도 되는 것처럼 만찬 석상의 자리를 배정해 두었다―식탁의 긴 쪽 중앙에 신랑과 신부가 앉고, 가족이 가까운 순서대로 좌우로 자리 잡았다. 일종의 〈최후의 만찬〉 같았다.

"아버지가 네 오른쪽에 앉을 거야."

셸마 이모는 케이트를 식당으로 안내하면서 말했다. 사실 우아한 서체의 이름 카드가 접시 상단에 놓여 있어서 이모가 설명할 필요가 없었다. 그녀는 계속 말했다.

"버니는 피요더의 왼쪽이야. 내가 네 아버지 옆에 앉고 바클리는 버니의 옆에 앉을 거야. 시어런은 식탁의 이쪽 끝에, 리처드는 다른 쪽 끝에 앉고 나머지 사람들은 너와 마주 보게 남-여-남-여로 배치했지."

하지만 문제가 있었다. 먼저 버니는 표트르 옆에 앉는 것을 거부했다. 버니는 식당으로 들어가다가 자리 카드를 보고 말했다.

"난 어디든 저 사람 근처에는 앉지 않을래요. 저랑 자리를 바꿔 주세요, 바클리 이모부."

바클리 이모부는 놀란 표정을 지었지만 너그럽게 대했다.

"그러자꾸나."

그는 대답하면서 버니가 앉게 의자를 빼 준 다음 표트르 옆자리에 앉았다. 이모부가 표트르에게 중얼댔다.

"**자네가** 앞으로 처제 때문에 속 좀 썩겠는걸."

"네, 저한테 무척 화가 났어요."

표트르가 차분하게 말했다.

케이트는 냅킨을 펼치는 아버지에게 몸을 더 숙이고 속삭였다.

"버니가 뭐 때문에 화가 났어요? 고소하지 않은 걸로 아는데요."

"사정이 복잡해."

아버지가 대답했다.

"어떻게 복잡한데요?"

아버지는 어깨만 으쓱하더니 냅킨을 무릎 위에 얌전히 폈다.

그다음에 앨리스가 버니보다는 덜해도 **자기** 자리 배정에 불만을 표했다. 그녀는 케이트와 표트르의 맞은편 긴 줄에 앉게 되어 있었지만, 셀마 이모 옆으로 다가가서 말했다.

"이런 부탁을 드리기 싫지만 제 자리를 끝으로 옮겨 줄 수 있으세요?"

셀마 이모가 되물었다.

"끝자리로?"

"도중에 아기 젖을 먹어야 되는데, 그러려면 팔꿈치를 올릴 공간이 필요하거든요."

"그래요. 리처드, 애야? 앨리스와 자리를 바꿔 줄 수 있겠니?"

셀마 이모가 말했다.

리처드는 바클리 이모부와 달리 순순히 양보하지 않았다.

"왜요?"

그가 물었다.

"앨리스가 아기 젖을 먹이려면 공간이 필요해서 그렇단다."

"**아기 젖을 먹여요?**"

셀마 이모는 우아하게 닥터 버티스타의 옆자리에 앉았다. 리처드는 한참 가만히 있다가 일어나서 고든 씨 옆 좌석으로 옮겨 갔고, 앨리스는 테이블 끝자리에 자리를 잡고 아기를 안으려고 양팔을 내밀었다.

케이트는 셀마 이모에게 어쩔 수 없이 존경심을 느끼기 시작했다. 〈바람과 함께 사라지다〉를 어른이 되어 다시 봤을 때 불쑥 멜러니가 진짜 여주인공이라는 생각이 머리를 강타하던 것과 비슷했다. 사실 이모를 결혼식에 초대하지 않은 게 후회될 지경이었다. 물론 결혼식이 얼마나 엉망이 되었는지 생각하면 초대하지 않기를 잘했지만.

표트르는 케이트와 바싹 붙어 앉아서, 이제 어떤 일에 대한 평가를 나누고 싶으면 팔꿈치로 찌를 수 있었다. 게다가 그는 평가할 것들을 많이 찾아냈다. 그는 처음에 나온 비시스와즈*를 좋아했고—케이트는 그가 감자나 양배추가 들어가는 음식은 다 좋아한다는 것을 알게 되었다—다음에 나온 양 갈비구이도 맛있게 먹었다. 바클리 이모부의 음향 기기에서 흘러나오는 바흐 파르티타**도 좋아했으며, 몰딩의 네 귀퉁이에 보이지 않게 달린 네 개의 스피커에서 나오는 음향도 마음에 들어 했다. 앨리스가 아기를 보여 주려고 공중에 높이 드는 바람에 아기가 토하자 표트르는 특히 즐거워했다. 그걸 보고 웃음을 터뜨렸고, 그 순간 케이트는 조용히 시키려고 **그의** 옆구리를 찔러야 했다. 또 시어런 외삼촌이 고든 부인에게 최근에 성가대 지휘자가 '농땡이를 피운다'고 말하자, 표트르는 재미나서 어쩔 줄 몰라 했다.

✦ 감자와 파를 넣은 크림수프로 차갑게 식혀서 먹는다.
✦✦ 바로크 시대에 쓰던 악곡의 형식. 본래는 변주곡을 이르는 말이었으나 나중에는 모음곡을 뜻하게 되었다.

"농땡이를 피운다!"

그가 따라 말하면서, 양 갈비를 자르는 케이트를 슬쩍 밀었다. 그의 팔꿈치가 맨살에 닿는 감촉이 따뜻하고 굳은살이 느껴졌다.

그녀의 한쪽 옆에서 아버지가 갑자기 몸을 굽혔다. 그는 식탁 밑으로 기려고 하는 것 같았다.

"뭘 **하시는** 거예요?"

케이트가 묻자 그가 대답했다.

"네 가방을 찾는 중이야."

"가방으로 뭘 하려고요?"

"이 서류들을 넣어야 해서."

닥터 버티스타가 말했다. 그는 얼른 서류 뭉치를 보여 주었다―서류 몇 장이 업무용 서신처럼 세 번 접혀 있었다. 그러더니 그가 다시 테이블 밑으로 고개를 숙였다. 아버지가 웅웅대는 목소리로 말했다.

"이민국 사람들에게 낼 서류들이야."

"아휴, 제발요."

케이트가 쏘아붙이고 필요 이상으로 힘껏 고기를 찔렀다.

"루이스? 뭘 잃어버렸어요?"

셀마 이모가 소리쳤다.

"아니요, 아닙니다."

닥터 버티스타가 대답했다. 그가 똑바로 앉았다. 용을 써서 얼굴이 붉었고, 안경이 콧잔등에서 미끄러졌다. 그가 덧붙여 말했다.

"케이트의 가방에 뭘 좀 넣느라고요."

"아, 그래요."

셀마 이모가 잘했다는 듯 대꾸했다. 그녀는 닥터 버티스타가 돈을 넣었다고 짐작했고 그 정도로 제부를 몰랐다.

그녀가 닥터 버티스타에게 말했다.

"이 말은 해야겠네요, 루이스. 제부는 두 아이를 상당히 잘 건사했어요. 모든 상황을 고려해 볼 때 그렇죠."

셀마 이모는 와인 잔을 그를 향해 들면서 말을 이었다.

"내가 제부에게 그 정도는 해 줘야 될 거예요. 전에 **내가** 키울 테니 아이들을 넘겨 달라고 말했던 걸로 알지만, 제부가 아이들을 계속 데리고 있겠다고 고집부린 게 옳았던 것 같네요."

케이트는 음식을 씹다가 멈추었다.

"네, 글쎄요."

닥터 버티스타가 말했다. 그는 케이트에게 몸을 돌리고 더 소리를 낮춰서 말했다.

"처음에는 관료들 전부 위협적으로 보일 테지만 내가 모턴 스탠필드의 전화번호가 적힌 명함을 끼워 놓았다. 그는 이민 변호사고 이 일의 진행을 도와줄 거야."

"알겠어요."

케이트가 대답했다. 그러고 나서 아버지의 손을 토닥이며 덧붙였다.

302

"알겠어요, 아버지."

앨리스는 카디건으로 상체를 가리고 그 아래서 수유하느라 버니에게 고기를 썰어 달라고 부탁했다. 지넷은 남편과 눈을 맞추려고 애썼는데, 그는 틀림없이 적어도 석 잔째의 와인을 따랐다. 그녀는 몸을 숙이고 개정을 요구하려는 사람처럼 검지를 위로 들었지만, 리처드는 애써 다른 데로 시선을 돌렸다. 고든 부인은 표트르에게 민츠네 아들이 생쥐들을 훔쳐 갔다는 말을 들었다며 유감이라고 이야기하고 있었다. 그녀는 표트르의 옆쪽으로 몇 자리 건너에 앉아 있어서 목소리를 높여야 했다.

"짐과 소니아 민츠 부부가 플레이트에 올라와야 된다고요."[*]

고든 부인이 말하자, 버니가 그녀의 말을 들었을 게 분명해서 케이트는 움찔했다.

"플레이트."

표트르는 고심하는 어조로 그녀의 말을 따라 했다.

"타자가 들어서는 플레이트 말이야. 야구에서."

바클리 이모부가 조언했다.

"아! 멋지네요. 정말 그럴듯한 표현인데요. 저는 접시를 생각하고 있었습니다."

"아니, 아니지."

"에드워드가 어릴 때도 짐과 소니아는 너무 **자유방임주의**였어

---

[*] step up to the plate(플레이트에 오르다)에는 '나서서 처리하다'란 뜻이 있다.

요. 에드워드는 애초부터 독특한 애였지만 부모가 알았을까요?"

고든 부인이 말했다.

"그들이 농땡이를 피웠나 본데요."

표트르가 그녀에게 말했다.

그는 이 말을 하면서 무척 즐거워 보였다. 표트르가 스스로 만
족하는 기미를 보이자 바클리 이모부가 웃기 시작했다.

"자네는 우리 미국식 표현을 좋아하는군, 피요더. 그렇지 않나."

이모부가 말하자, 표트르도 웃으면서 대답했다.

"미국식 표현을 **사랑합니다**!"

그의 얼굴 전체가 환했다.

"좋은 친구군. 여기 우리 피요더를 위하여! 그가 우리 집안에
들어온 것을 환영합시다."

바클리 이모부가 다정하게 말하면서 와인 잔을 들고 건배했다.

식탁 주위에 부산한 움직임이 일어났다. 사람들이 맞장구치면
서 와인 잔으로 손을 뻗었지만 다들 건배하기 전에—버니가 의
자를 쪽마루 바닥에 끽 소리가 나게 밀며 발딱 일어났다.

"저기, **전** 그를 환영하지 않아요. 결백한 사람을 공격하는 사람
을 절대 환영하지 않을 거예요."

"결백하다고!"

케이트가 중얼대고 나서 짐짓 놀라 덧붙여 물었다.

"공격을 해?"

버니가 표트르에게 몸을 돌리고 쏘아붙였다.

"당신이 무슨 짓을 했는지 그에게 들었어! 그에게 생쥐를 돌려달라고 점잖게 부탁할 수는 없었어? 아니, 그러지 않았지. 하필 당신은 들어가서 그를 때렸잖아."

손님들 모두 버니를 쳐다보았다.

"그를 때렸어요?"

케이트가 표트르에게 물었다.

"그가 내가 집에 들어가는 것을 좀 꺼렸거든요."

표트르가 대답했다.

버니가 말했다.

"당신은 그의 턱을 부러뜨릴 뻔했다고! 당신이 그의 턱을 **부러뜨렸**을지 몰라. 지금 그의 어머니는 그를 응급실에 데려가야 할지 고민 중이야."

"잘됐네. 의사가 철사로 그의 입을 묶겠군."

표트르가 빵에 버터를 바르면서 말했다.

버니가 다른 사람들에게 물었다.

"저 말을 들었죠?"

그러자 닥터 버티스타가 말했다.

"자, 번-번스. 자, 아가. 진정해라, 애야."

그와 동시에 케이트가 물었다.

"**무슨** 일이 있었던 거야? 잠깐만."

"저 사람이 민츠네 문을 부서져라 두드리고, 에드워드의 얼굴에 대고 소리를 지르면서 먹살을 잡지. 가여운 민츠 부인은 심장

마비를 일으킬 지경이고, 그러니 에드워드는 **당연히** 막아서려고 하고—자기 집이잖아—피요더는 그를 때려서 쓰러뜨리고 쿵쾅대며 계단을 올라가서 민츠 가족의 침실들을 누비고 다니다, 결국 에드워드의 방을 찾아내고 고함을 질러. '이리 올라와! 냉큼 올라오라고!' 그러더니 강제로 에드워드가 그를 도와서 생쥐 우리들을 들고 계단을 내려가 가족의 미니밴에 싣게 만들지. 민츠 부인이 '이게 무슨 일이야? 멈추지 못해!'라고 말하자, 그는 부인에게 밉살스럽게 '저리 비켜요!'라고 윽박질러. **그분**은 아무것도 몰랐는데! 부인은 에드워드가 친구를 위해서 생쥐들을 보관하는 걸로 생각했을 뿐인데! 또 에드워드는 친구를 위해 보관하고 **있었어**. 에드워드가 인터넷에서 만난 사람인데, 펜실베이니아에 있는 어떤 단체 소속이고 다음 주에 와서 쥐들을 죽이지 않고 입양할 수 있는 곳으로 데려갈 거라고 말했어……"

닥터 버티스타가 신음했다. 분명히 그의 소중한 쥐들이 병균이 우글대는 펜실베이니아 사람들의 수중에 들어가는 상상을 할 터였다.

"……그래서 그들은 차를 몰고 연구소로 가고 에드워드는 쥐들을 미니밴에서 내려서 쥐 방에 다시 갖다 두는 일을 아주 열심히 도왔다고. 장담컨대 그건 쉽지 않은 일인데 에드워드가 어떤 감사 인사를 받는지 알아? 피요더가 경찰을 부르지. 에드워드가 전혀 해를 끼치지 않았는데도, 피요더는 경찰에 신고했어. 알고 보니 민츠 부인이 **피요더를** 경찰에 먼저 신고했기에 망정이지, 아니면 이 순간 에드워드는 구치소에서 썩고 있을 거야."

"이게 다 무슨 소리야?"

케이트가 중얼댔다.

"내가 복잡하다고 했잖니."

아버지가 말했다.

다른 사람들은 넋 나간 표정을 지었다. 앨리스의 아기까지 입을 벌리고 버니를 쳐다보고 있었다.

버니가 말했다.

"가여운 에드워드는 많이 다쳤어. 얼굴 한쪽이 호박처럼 퉁퉁 부어서, **당연히** 그의 어머니는 경찰에 신고했지. 그래서 여기 아버지가……"

버니는 닥터 버티스타에게 몸을 돌렸고, 케이트는 동생이 그를 '아버지'라고 부르는 것을 몇 년 만에 처음으로 들었다.

"……다행히도 **아버지가** 고소를 취하해야 했지. 그러지 않으면 민츠 가족이 피요더를 고소하겠다고 했거든. 유죄답변거래*였지."

바클리 이모부가 말했다.

"흠, 그게 정확히 그런 뜻은 아닐걸……"

"고소하지 않은 이유가 **그것** 때문이었어요?"

케이트가 아버지에게 물었다.

✦ 자신의 죄를 인정하거나 다른 사람의 유죄를 입증해 준 범죄자의 형을 어느 정도 감해 주는 일.

"그게 편리할 것 같아서."

닥터 버티스타가 대답했다.

케이트가 말했다.

"하지만 표트르는 자극당했다고요! 에드워드를 때려야 했던 건 **그의** 잘못이 아니었어요!"

"맞아요."

표트르가 고개를 끄덕이면서 말했다.

셀마 이모가 끼어들었다.

"어쨌든 간에……"

버니가 케이트에게 말했다.

"당연히 언니는 그렇게 말하겠지. 당연히 언니는 피요더가 잘 못할 리 없다고 생각하겠지. 언니는 좀비 같은 게 되어 버렸나 봐. 얼빠져서 그를 졸졸 쫓아다니며 '네, 피요더. 아니요, 피요더. 뭐든 당신이 원하는 대로 할게요, 피요더. 당연히 결혼해 드려야 죠, 피요더. 당신이 원하는 건 오직 그놈의 미국 시민권이라고 해 도요'라고 말하지. 그러다가 자기 결혼식 피로연에 완전히 늦게 나타나는데 두 사람은 제대로 차려입지 않고, 오후 내내 붙어 지 낸 것처럼 옷이 구깃구깃 주름투성이야. 구역질이 나, 정말이라 고. **난** 남편이 생겨도 그렇게 망가진 꼴은 보이지 않을 거야."

케이트가 일어나서 냅킨을 옆으로 치웠다.

"알았어."

그녀가 말했다. 케이트는 표트르의—모든 사람의—시선이 쏠아지는 것을 알아차렸다. 바클리 이모부의 재미있어하는 표정과 셀마 이모의 긴장한 태도도 느껴졌다. 이모는 이 상황을 끝낼 수 있게 끼어들 기회를 노렸다. 그러나 케이트는 온전히 버니에게 집중했다.

"어떤 방식이든 네가 원하는 대로 네 남편을 대하도록 해. 하지만 그가 누가 됐든 그 사람이 가엾구나. 남자로 사는 것은 **힘들어**. 그 생각을 해 본 적이 있니? 남자들은 뭐든 고민을 숨겨야 된다고 생각해. 관리해야 된다고, 통제해야 된다고 생각하고, 진솔한 감정을 못 드러내지. 아프거나 간절하거나 슬픔에 휩싸여도, 상심하거나 고향이 그립거나 큰 죄책감에 시달려도, 뭔가 대실패를 할 순간이어도—그들은 '아, 난 괜찮아요. 모든 게 좋아요'라고 말하지. 생각해 보면 남자들은 여자들보다 훨씬 자유롭지 못해. 여자들은 아장아장 걸을 때부터 사람들의 감정을 살피면서 살아. 레이더가—육감이나 공감, 대인 관계라나 뭐라나 하는 게—완벽해지지. 여자들은 상황이 이면에서 어떻게 작용하는지 아는 반면, 남자들은 스포츠 경기와 전쟁, 명예와 성공에 몰두하지. 남자와 여자는 다른 두 나라에 있는 것과 비슷해! 난 네가 말하는 것처럼 '망가지지' 않아. 난 그를 내 나라에 들어오게 하는 거야. 우리 둘이 본모습으로 지낼 수 있는 곳에서 그에게 자리를 주고 있는 거라고. 제발 버니, 우릴 좀 **봐줘**!"

버니는 멍한 표정으로 의자에 주저앉았다. 버니는 설득당하지는 않았더라도 당장은 싸움을 포기했다.

표트르가 벌떡 일어나서 케이트의 어깨를 한 팔로 감싸 안았
다. 그는 그녀의 눈을 보고 웃으면서 말했다.

"키스해요, 카탸."

그러자 그녀는 키스했다.

에필로그

　루이 셰르바코프는 보모와 있어야 될 때는 식사를 스스로 준비하기로 부모와 이야기가 되어 있었다. 루이는 이미 요리 솜씨가 어머니보다 훨씬 좋았고, 아버지와 거의 비슷했다. 이번 가을에 1학년에 입학하면, 부모는 어른이 옆에 있을 경우 루이의 스토브 사용을 허락할 예정이었다. 그러나 그때까지는 전자레인지와 토스터 오븐, 식칼이 아닌 식탁에서 쓰는 개인용 나이프만 쓸 수 있었다. 루이는 주방용 가위로 육포를 척척 잘 잘랐다.

　오늘 밤에는 어머니가 상을 받기 때문에 부모는 워싱턴에 갈 예정이었다. 그녀는 버태니컬Botanical 페더레이션이 주는 '원예생태상'을 받았다. 한 주 내내 루이는 사람들에게 이 이야기를 했다.

　"엄마가 **버트**–애니컬Butt-anical 페더레이션에서 상을 받을 거예

요."✦

그렇게 말하고는 깔깔대면서 바닥에 쓰러지곤 했다. 사람들은 대개 미소만 지었지만, 아빠는 그 말을 듣고 루이처럼 웃어 댔다. 웃을 때면 아빠의 눈꼬리가 쭉 올라갔다. 루이도 눈이 그렇게 됐고, 머리가 아빠처럼 노란 직모였다. 엄마의 셀마 이모는 루이가 아빠랑 판박이라 코믹하다고 말했지만, 루이는 뭐가 코믹하다는 건지 몰랐다. 루이의 팔에 아빠 같은 알통이 없다는 뜻일까? 하지만 점점 알통이 생기는 중이었다.

식빵 두 쪽을 토스터 오븐에 넣은 다음, 식료품 찬장 앞에 발판을 끌어다 놓고 올라가서 정어리 통조림을 꺼냈다. 정어리를 그다지 좋아하지 않지만, 작은 통조림 따개로 통조림을 따는 게 재미있었다. 그 일을 마치자, 조리대에 놓인 볼에서 기적의 음식인 바나나 한 개를 꺼냈다. 껍질을 벗겨서 개인용 나이프로 바나나를 납작하게 썰었다. 그런 다음 계단참으로 나가서 큰 소리로 말했다.

"강낭콩은 어디 있어요?"

"뭐라고? 없는데!"

엄마가 침실에서 소리쳤다.

"할 수 없지 뭐."

루이는 혼잣말처럼 중얼댔다. 할아버지 집에 가면 자주 강낭콩

✦ 영어 단어 butt에는 '엉덩이'란 뜻도 있다.

을 다른 재료와 으깨서 많이 먹었다. 쌉싸름한 맛이 좋았다.

"도대체 강낭콩으로 뭘 하고 싶어서?"

엄마는 그렇게 외치다가, 소리를 낮춰서 말을 이었다.

"왜 바지를 입으면 안 되는지 아직도 모르겠다니까."

"그래도 이건 공식 석상이야. 나도 양복을 입을 거야."

아빠가 엄마에게 말했다.

"언제 **당신도** 드레스를 입어 봐요. 난 꼭 정신 나간 애가 치장해 준 강아지 꼴이라니까."

루이는 주방으로 돌아가서 다시 발판에 올라가, 꾹 짜는 케첩 병을 내렸다. 빨간색이 어울릴 거란 생각이 들었다. 빨강, 은색, 베이지색. 케첩, 정어리, 바나나. 아빠는 항상 묻곤 했다.

"초록색은 어디 있을까?"

하지만 엄마는 이렇게 대꾸했다.

"아휴, 그냥 내버려 둬요. 난 대학에 입학해서 집을 떠날 때까지 하얀 음식만 먹은 아이들을 아는데 완벽하게 건강하다고요."

버니 이모가 개인 트레이너였던 남자랑 결혼해서 뉴저지로 이사하자, 보통 루이는 할아버지가 돌봐 주었다. 그는 『어린이를 위한 궁금한 과학 사실들』이라는 아주 낡고 바랜 책을 갖고 있어서, 루이를 봐 주러 올 때 그 책을 가져와서 읽어 주었다. 루이는 내용을 다 알아듣진 못했지만 중요한 사람이 되어 대접받는 것 같았다. 그런데 오늘 밤에는 할아버지도 워싱턴에 가고, 셸마 할머니와 바클리 할아버지, 시어런 할아버지도 동행했다. 그래서 루이는 아래층에서 리우 부인과 있을 예정이었다. 하지만 그것도 괜찮았다. 리우 부인은 코카콜라를 마시게 해 주었고, 친구인 머피 부인의 유리 장식장에는 멋진 물건이 많았다. 눈송이 대신 금색 별들이 떠다니는 문진, 뚜껑을 열면 작은 흰 코끼리 떼가 나오는 선홍색 열매. 갈색 나무 지붕이 있는 황갈색 나무로 만든 일기예보 집*. 일기예보 집의 문에서는 작은 남자나 여자가 나왔다―날씨가 화창하면 여자, 비가 올 거면 남자. 그러나 항상 조그만 물뿌리개를 든 여자가 나왔고, 남자는 비가 쏟아져도 손톱만 한 우산을 들고 그늘 속에 있었다. 루이의 아빠는 일기예보 집이 아주 부정확한 과학이라고 말했다.

리우 부인은 자신이 루이의 할머니라면서 수고비를 받지 않으려 했다. 어릴 때 루이는 자기와 이름이 거의 비슷하기에 그녀를 친할머니로 알았다. 하지만 엄마가 리우 부인이 할머니와 다름없는 가까운 사이라고 설명해 주었다. 머피 부인도 마찬가지고. 할아버지는 루이네 가족이 그의 집으로 이사 들어오기를 바랐지만, 그들은 머피 부인의 집에 살았다. 엄마는 여기 11년간 살았고 완벽하게 만족스럽다고, 또 방이 많아지면 청소하기만 귀찮을 거라고 말했다. 아빠는 엄마의 말이 틀림없이 맞는다고 했다.

루이는 토스터 오븐에서 토스트를 꺼내서 조리대에 올려놓았다. 토스트 한쪽에 바나나 썬 것을 깔고 그 위에 정어리를 줄 맞

---

* 습도 변화에 따라 남녀 인형 한 쌍이 들락날락하는 집 모양의 공예품이자 청우계.

쳐서 펼친 다음, 케첩을 지그재그 모양으로 뿌렸다. 마지막으로 다른 토스트를 맨 위에 덮어서 꾹 누르고, 샌드위치를 서랍에서 꺼낸 플라스틱 샌드위치 용기에 담았다. 샌드위치가 눌려서 케첩이 조리대 상판에 떨어졌지만 그리 많은 양은 아니었다.

지난겨울 아빠와 할아버지가 **같이** 상을 받을 때는 다른 나라여서 루이도 동행해야 했다. 시상식이 너무 지루해서, 엄마는 루이가 휴대폰으로 계속 게임을 하게 해 주었다. 이번에 루이는 집에 남는 게 싫지 않았다.

손가락에 묻은 케첩을 핥아 먹고 행주걸이에서 행주를 당겨서 티셔츠에 묻은 케첩을 최대한 닦아 냈다. 그러는 사이 계단참에서 부모님의 말소리가 들렸다.

엄마가 말했다.

"자리를 떠도 되기 무섭게 1분도 지체 말고 나오자고요. 내가 얼마나 수다를 싫어하는지 알잖아요."

그러더니 두 사람이 주방 문에 나타났다. 엄마의 긴 검은 머리는 어깨까지 흘러내렸고, 눈이 번쩍 뜨이게 빨간 파티 드레스 아래로 맨다리가 드러났다. 아빠는 파란 양복과 노란 번개 무늬가 있는 예쁜 보라색 타이 차림이었다.

"우리 어때?"

엄마가 묻자 루이가 대답했다.

"일기예보 집 사람들이랑 비슷해요."

하지만 루이는 사실 그렇지 않다는 것을 알았다. 두 사람이 문에 서 있는 것은 똑같았지만, 한 사람이 앞서거나 뒤에 있지 않고 둘이 나란히 가까이 서 있었다. 두 사람은 손을 잡고 미소 짓고 있었다.

옮긴이의 말

앤 타일러는 오래전 『종이시계*Breathing Lessons*』가 출간되었을 때 독자로서 좋아한 작가였다. 그러다가 『우연한 여행자*The Accidental Tourist*』를 만나 작업하면서 내가 번역가가 되었다는 것을 실감했다. 그만큼 앤 타일러와의 조우가 행복했고 행운 같았다. 하지만 이때만 해도 몰랐다. 오랜 세월을 두고 이 작가의 여러 작품을 번역하는 기쁨을 누리게 될 줄은.

『식초 아가씨』는 윌리엄 셰익스피어 서거 400주년을 맞아 뛰어난 현대 작가들이 셰익스피어의 희곡을 다시 쓰기 한 시리즈의 하나이다. 앤 타일러는 『말괄량이 길들이기』를 모티브로 삼아 이 시대 작가의 관점에서 전혀 새로운 이야기를 만들어 냈다. 400년 전의 셰익스피어와 요즘 가장 잘 쓰는 작가 중 한 명인 앤 타일러의 만남. 거기에 영문학을 공부하고 오랫동안 영미 소설을

번역해 온 내가 함께하다니! 가슴 떨리는 선물을 받은 듯한 경험
이었다.

앤 타일러는 미국 동부 볼티모어 시에 살면서 주로 그 지역을
배경으로 보통 사람들, 보통 가정의 이야기를 쓴다. 그런데 이 노
련한 작가가 만드는 인물은 겉으로는 어디에나 있을 법한 평범
한 이들이지만, 성격이나 관계를 맺는 방식 즉 삶의 방식은 색다
르고 독특하다. 처음에는 '뭐지, 좀 이상한 사람이네'라는 생각이
들지만, 이야기의 끝에는 넉넉한 미소를 지으면서 '그럴 수도 있
겠어. 참 좋은 사람들이네'라는 생각이 든다. 책을 덮고 나면 사
람과 세상을 보는 눈이 한 뼘쯤 자라고 선해진 자신을 발견한다.
작품마다 그런 경험을 하는 나는 그것을 '앤 타일러의 마법'이라
고 부른다.

『식초 아가씨』도 마찬가지이다. 한적하고 좀 심심한 교외 지
역. 연구소장인 닥터 버티스타, 유치원 보조 교사인 맏딸 케이트,
고교생인 막내딸 버니가 함께 산다. 집에서 주부 노릇을 하는 케
이트는 자기주장이 강한 여성이지만, 유치원의 유일한 남자 보
조 교사를 짝사랑하고 아버지와 동생을 뒷바라지하면서 희생적
인 삶을 이어 간다. 어느 날 아버지는 케이트에게 러시아인 연구
원 표트르를 소개한다. 초청 비자의 만료를 앞둔 표트르와 맏딸
의 결혼을 주선하고 싶은 아버지. 케이트는 당황스럽고, 아버지
가 일 때문에 딸을 팔아넘기려고 한다는 생각에 분노한다. 한편
서툰 영어로 자신을 고스란히 보이면서 다가오는 표트르를 향한

그녀의 마음은 복잡하다. 결혼해서 비자를 갱신하지 못하면 그는 연구를 멈추고 러시아로 돌아가야 한다. 모국에 돌아가도 가족이 한 명도 없는 외톨이 표트르의 사정을 케이트는 안다. 또 연구가 중단되면 아버지가 곤란해진다는 사실도 안다. 현대 미국 여성인 케이트는 어떤 선택을 해야 할까.

셰익스피어가 『말괄량이 길들이기』에서 보여 준 카테리나의 성격과 결정 과정은 400년 후 앤 타일러의 케이트와는 사뭇 다를 것이다. 인생살이의 처지와 상황은 시공을 초월하여 비슷할 수 있으나, 인간과 관계에 대한 사고가 달라졌으니 상황에 대해 자신을 설득하고 주체적으로 결정하는 과정은 다를 수밖에 없다. 그 모든 풍경이 곧 인간의 삶이고, 소설의 고갱이가 아닌가. 그래서 우리는 전혀 새로운 소설 『식초 아가씨』가 어떤 결정을 내리는지, 왜 그런 결정을 내리는지 흥미롭게 지켜보게 된다.

나는 이 소설을 '좀 엉뚱하고 재미난 작은 극'으로 여기지 않는다. 이것은 케이트와 표트르의 사랑 이야기이다. 똑똑하지 못하고 억지를 부리는 듯 보여도, 인간적인 여자와 남자가 만나 서로를 알아볼 때, 오해하던 가족들이 서로의 마음을 알게 될 때 어떤 아름다운 풍경이 펼쳐질 수 있는지 보여 주는 소설이다. 『식초 아가씨』를 통해 나는 앤 타일러를 더욱 깊이 사랑하게 되었다.

2016년 9월
공경희

셰익스피어 때문에 왔다가, 너무 멋진 타일러 때문에 머문다.

《라이브러리 저널》

장담컨대 셰익스피어는 기뻐하리라. 대단히 정교하며 현재성이 뛰어난 앤 타일러의 소설은 사진이나 디지털시계처럼 우리가 어디에 있는지, 동시에 우리가 어디로부터 왔는지를 들려준다. 『식초 아가씨』는 사색적이고 생명력 넘치는 이 순간의 소박한 상像이다.

《뉴욕 타임스 북 리뷰》

타일러의 진정한 목적은 셰익스피어 희극의 전제前提에 도전하는 것이다. 그녀의 다정하고 익살스러운 소설은 우리가 습관적으로 쓸데없는 고집을 부림에도 스스로를 망가뜨리지 않을 수 있는 뜻밖의 방법을 찾아내는 일이 가능하다고 역설한다.

《타임스 리터러리 서플러먼트》

지금 활동하는 미국 작가 가운데 앤 타일러만큼 결혼에 대해 잘 쓴 이가 있었던가. 아니면 영원토록 행복하게 사는 금실 좋은 부부라는 환상과 서로 다른 두 사람이 실제로 함께 지내는 대체로 울적하지만 우스꽝스럽기도 한 놀라운 사건 사이의 불일치에 대해 누가 그렇게 변함없이 솔직했었나. 『식초 아가씨』는 유쾌하고 낙천적이고 기발하고 온정적이며, 여느 때와 같이 등장인물을 향한 타일러의 특별한 애정으로 충만하다.

《밀워키 저널 센티널》

타일러의 전매특허인 위트와 예리한 비평이 여기에 가득하다. 그녀는 유머와 파토스를 자유자재로 옮겨 다니며 어떠한 감상感傷의 편린 없이 감동을 빚어낸다.

《선데이 익스프레스》

논란 많은 셰익스피어의 고전에 대한 속 시원하고 지적인 해석은 식초보다 꿀로 더 많은 파리를 잡을 수 있다는 오래된 격언을 뒤집는다.

《가디언》

『말괄량이 길들이기』를 몰라도 재미있고 명랑하고 행복감을 주는 이소설을 즐기는 데는 전혀 문제가 없다. 원작을 잘 아는 독자라면 새로운 케이트가 덜 고약한지 혹은 그야말로 더 나은 인물로 바뀌었는지, 그녀의 동기와 고뇌가 보다 설득력을 가지게 되었는지 같은 타일러의 변주에 흥미를 가질 것이다. 중요한 점에서 셰익스피어의 원작으로부터 벗어난 놀라운 대단원은 특이하고 시대를 초월한 이야기에 훈훈한 결론을 내려 준다.

《셀프 어웨어니스》

셰익스피어보다는 사실 제인 오스틴에 가까운 스크루볼 코미디. 단언컨대 타일러는 즐겁게 『식초 아가씨』를 썼다. 독자 역시 즐겁게 읽을 것이다. 유난스럽고 원칙주의자인 당신의 개성에 기꺼워하는 짝을 찾는, 시지 않고 달콤한 로맨틱 코미디의 탄산 칵테일. 길들이기는 필요 없다.

내셔널 퍼블릭 라디오

참으로 유쾌하고, 독창적이며, 설득력 있다. 앤 타일러는 재료를 가져와 가방을 흔들어서, 21세기적이고 대단히 미국적인 어떤 것을 만들어 냈다. 흡인력 강한 비주류 주인공들과 근사하게 창조된 에피소드가 많이 있다. 눈부신 햇빛 같은 책. 좋은 글을, 그리고 사람들이 어떻게 느끼고 생각하고 말하는지에 대한 지적인 관찰과 묘사를 중요하게 여긴다면 『식초 아가씨』 또한 즐길 수 있을 것이다.

《스코츠먼》

HOGARTH
SHAKESPEARE

'그는 어떤 한 시대의 작가가 아니라 모든 시대의 작가이다.'
벤 존슨

지난 400여 년 동안 셰익스피어의 작품은 전 세계적으로 공연되고, 읽히고, 사랑받아 왔다. 그의 작품들은 새로운 세대마다 10대 영화, 뮤지컬, SF 영화, 일본 무사武士 이야기, 문학적 변형 등 다양한 방식으로 재해석되었다.

호가스 출판사는 1917년에 버지니아 울프와 레너드 울프가 설립했는데 당대의 가장 좋은 새로운 책들만 출판한다는 목표를 가지고 있었다. 2012년에 호가스는 그 전통을 계속 이어 가기 위해 런던과 뉴욕에 설립되었다. 호가스 셰익스피어 프로젝트는 셰익스피어의 작품들을 오늘날의 가장 인기 많은 베스트셀러 작가들이 다시 쓰도록 후원하는 계획이다.

마거릿 애트우드, 『템페스트』
트레이시 슈발리에, 『오셀로』
길리언 플린, 『햄릿』
하워드 제이컵슨, 『베니스의 상인』
요 네스뵈, 『맥베스』
앤 타일러, 『말괄량이 길들이기』
지넷 윈터슨, 『겨울 이야기』

옮긴이 **공경희**

서울대학교 영어영문학과를 졸업했다. 성균관대학교 번역대학원 겸임교수를 지냈으며 서울여자대학교 영어영문학과 대학원에서 강의했다. 현재 전문 번역가로 활동하면서 앤 타일러의 『인생』『우연한 여행자』『태엽 감는 여자』『놓치고 싶지 않은 이별』『깡통나무』『파란 실타래』를 비롯하여, 「애거사 크리스티 스페셜 컬렉션」(전 6권), 호아킴 데 포사다의 「마시멜로 이야기」(전 3권), 「C. S. 루이스의 우주 3부작」(전 3권), 「타샤 튜더 캐주얼 에디션」(전 6권), 미치 앨봄의 『모리와 함께한 화요일』, J. D. 샐린저의 『호밀밭의 파수꾼』, 얀 마텔의 『파이 이야기』, 조이스 캐럴 오츠의 『좀비』, 실비아 플라스의 『벨자』 등 많은 책을 우리말로 옮겼다. 지은 책으로 북 에세이 『아직도 거기, 머물다』가 있다.

식초 아가씨

초판 1쇄 펴낸날 2016년 10월 25일

지은이 앤 타일러
옮긴이 공경희
펴낸이 양숙진

펴낸곳 (주)현대문학
등록번호 제1-452호
주소 06532 서울시 서초구 신반포로 321(잠원동, 미래엔)
전화 02-2017-0280
팩스 02-516-5433
홈페이지 www.hdmh.co.kr

ISBN 978-89-7275-795-5 04840
      978-89-7275-768-9 (세트)

* 책값은 뒤표지에 있습니다.